Uwe Reiner Röber

Mord im Kurpark

Bad Mergentheim-Krimi

Uwe Reiner Röber

Mord im Kurpark

Bad Mergentheim-Krimi

TRIGA
Der Verlag

Bibliografische Information der Deutschen Nationalbibliothek
Die Deutsche Nationalbibliothek verzeichnet diese Publikation in der Deutschen Nationalbibliografie;
detaillierte bibliografische Daten sind im Internet über http://dnb.d-nb.de abrufbar.

Die Handlung dieses Romans ist frei erfunden.
Ähnlichkeiten mit lebenden oder verstorbenen Personen wären zufällig und sind nicht beabsichtigt.
Die verwendeten Ortsnamen, Straßennamen, Werke und alle sonstigen Bezeichnungen stehen in keinem tatsächlichen Zusammenhang mit diesem Roman.

1. Auflage 2017

Herstellung: TRIGA – Der Verlag
Leipziger Straße 2, 63571 Gelnhausen-Roth
www.triga-der-verlag.de

Coverfoto: Mario Olk

Druck: Druckservice Spengler, 63486 Bruchköbel
Printed in Germany

ISBN 978-3-95828-144-8 (Print-Ausgabe)
ISBN 978-3-95828-145-5 (eBook-Ausgabe)

»Alles, was man für einen Krimi braucht, ist ein guter Anfang
und ein Telefonbuch, damit die Namen stimmen.«

(Georges Simenon 1903–1989)

Prolog

Bad Mergentheim, 26. Januar 1924

Das Gurren einer Taube drang aus weiter Entfernung undeutlich an sein Ohr. Es war stockfinstere Nacht um ihn herum! Wo befand er sich? Er konnte sich an überhaupt nichts erinnern. Sein Kopf fühlte sich an, als wäre er mit voller Kraft gegen eine Granitwand gelaufen. Was war nur mit ihm geschehen? Eine zweite Taube begann, wie er nur unter größter Anstrengung mitbekam, der ersten zu antworten. Die schier unerträglichen Kopfschmerzen ließen ihn erneut in eine barmherzige Ohnmacht fallen.

Als er zwei Stunden später abermals erwachte und mit aller Gewalt versuchte, sich an irgendeine Kleinigkeit des vergangenen Abends zu erinnern, waren die grauenhaften Schmerzen tief in seinem Kopfinneren nur noch sehr schwer zu ertragen. Seine allerletzten Kräfte mobilisierend, versuchte er vorsichtig eines seiner Augen zu öffnen, was, wie er augenblicklich feststellen musste, keine wirklich gute Idee war. Nach und nach probierte er es immer wieder, bis es ihm endlich gelang, die Augen wenigstens einen Spalt weit zu öffnen. Trotzdem brauchten sie noch eine geraume Zeit, um sich den gegebenen Umständen anzupassen.

Das diffuse Licht, das in diesem dunklen Raum herrschte, ließ ihn im ersten Moment nicht allzu viel erkennen. Die spärliche Beleuchtung schien von einem kleinen Fenster zu kommen oder, was wahrscheinlicher war, durch einen Lichtschacht in den Raum zu gelangen. Er konnte grob ausmachen, dass er sich wohl in einem alten Kellergewölbe befinden musste, das zur Aufbewahrung von Lebensmittelvorräten diente. Er konnte sich beim besten Willen nicht erklären, wie er ausgerechnet an diesen Ort gekommen war, und schon gar nicht, was er hier gewollt haben könnte.

Abermals fiel er in einen tranceähnlichen Schlummer.

Das Klappern eines Schlüsselbundes und das Geräusch, das ein Schlüssel verursacht, wenn er im Schloss gedreht wird, holten ihn einige Zeit später abrupt in die Wirklichkeit zurück. Jetzt war ihm zu allem Überfluss auch noch speiübel. Er hörte, wie eine schwere Tür sachte geöffnet wurde, und ein Schwall frischer Luft drang zu ihm in den Raum. Da er hinter sich Geräusche hörte, versuchte er sich in die Richtung zu drehen, wobei er entsetzt feststellen musste, dass er mit Händen und Füßen an die vier Pfosten eines eisernen Bettgestelles gefesselt war, auf dem sich nur ein Rost als Auflage befand. Das Fehlen einer Matratze erklärte ihm seine starken Rückenschmerzen.

Der nach billigem Wein riechende Atem einer ihm fremden Person drang deutlich in seine Nase, noch lange, bevor er die gedämpfte Stimme eines ihm unbekannten Mannes hören konnte. Dieser wies ihn barsch an, bewegungslos liegen zu bleiben und keinen Lärm zu verursachen, dann, so versprach ihm die Person, würde ihm nichts geschehen.

Trotz seiner intensiven Bemühung, zumindest das Gesicht des Kerkermeisters zu erkennen, blieb er weiterhin im Ungewissen über dessen Identität. Plötzlich fühlte er ein feuchtes Tuch in seinem Gesicht, von dem ein stechendes Aroma ausging. »Äther«, schoss ihm als letzter Gedanke jäh durch den Kopf, als er den Geruch erkannte, dann befand er sich von einer Sekunde auf die andere abermals im Reich der Träume!

1. Kapitel

Wie jeden Morgen stand auch an diesem Tag Herbert Brandner schon in aller Herrgottsfrühe auf dem kleinen Balkon seines Zimmers und führte eine beachtliche Anzahl von Kniebeugen durch. Die Bewegung an der frischen Luft weckte täglich aufs Neue seine Lebensgeister. Gleichzeitig genoss er den herrlichen Ausblick auf den Kurpark, dessen Eingang nur wenige Meter Luftlinie von seinem Zimmer entfernt lag.

Das Kassenhäuschen war zu dieser frühen Stunde noch nicht besetzt, sodass einige Passanten die Abkürzung durch den Park nahmen, um auf schnellstem Wege zu ihren Arbeitsplätzen drüben in der Stadt zu kommen. Er war immer wieder verblüfft, wie viele Leute um diese Uhrzeit schon unterwegs waren.

Als er mit seinen Kniebeugen fertig war, führte er noch Dehnungsübungen am Balkongeländer durch. Hierbei ließ er seinen Blick gerne mal über den herrlichen Baumbestand des Parks gleiten, der in unmittelbarer Nähe vor ihm lag. Er hegte die vage Hoffnung, das kleine rotbraune Eichhörnchen, das sich dort seit geraumer Zeit aufhielt, auch heute wieder beobachten zu können. Wenn er Glück hatte und sich das putzige Nagetier tatsächlich zeigte, konnte er wenigstens für einen Moment vergessen, aus welchem unschönen Grund er eigentlich hier in dieser Klinik weilte.

Jetzt noch den linken Fuß auf den Hocker setzen, dann das rechte Bein gestreckt nach hinten schieben und auf keinen Fall vergessen, den Oberkörper dabei immer kerzengerade zu halten! Als Nächstes den ganzen Körper vor und zurück bewegen. Dabei auf exakt gleichmäßige Bewegungen achten und vor allem das Atmen nicht vergessen! Beim Nach-vorne-Beugen ausatmen und beim Nach-hinten-Beugen einatmen. Viel besser hätte das sein Physiotherapeut jetzt auch nicht sagen können!

Hatte sich da nicht gerade etwas in den unteren Ästen der hohen Eiche bewegt? Einige Meter hinter dem Kassenhäuschen! Herr Brandner glaubte, eine schnelle Bewegung wahrgenommen zu haben. Er suchte den gesamten Baum ab, ohne den putzigen Baumbewohner zu erspähen.

Zum Abschluss seines Trainings reckte er abwechselnd seine

beiden Arme hoch in die Luft, dann war sein persönliches Fitnessprogramm für diesen Morgen beendet. Jetzt noch unter die Dusche, dann würde dem Frühstück nichts mehr im Wege stehen, dachte er, als sein Blick auf etwas äußerst Merkwürdiges stieß. Neben einer Holzbank, die am Wegesrand stand und die vielen Kurgäste zum Verweilen einlud, stand ein Paar schwarze Herrenschuhe. Diese hatte irgendwer fein säuberlich ausgerichtet vor der Sitzbank abgestellt. So intensiv sich Herr Brandner auch bemühte, er konnte niemanden ausmachen, dem diese Schuhe gehören konnten.

Nun klopfte sein neuer Bekannter, mit dem er im Speisesaal am selben Tisch saß, an die Zimmertür. Er wollte Herbert aufwecken, damit der sich für das gemeinsame Frühstück fertig machen konnte. Er hatte nämlich vergessen, einen Wecker in die Reha mitzunehmen! So waren die sonderbaren Herrenschuhe schnell wieder vergessen.

Die beiden Männer trennten sich nach der ersten Mahlzeit des Tages, da Hans-Georg, wie der Bekannte hieß, bereits zu seiner ersten Anwendung musste. Herr Brandner, dem noch über eine Stunde Zeit blieb, bis auch er zu seiner ersten Therapie musste, entschloss sich dazu, auf der Terrasse die Tageszeitung zu lesen und dabei das herrliche Wetter zu genießen. Auf seinem Weg dorthin schaute er in seinem Postfach nach, ob eventuell Änderungen in seinem Behandlungsplan vorlägen.

Als er in der Zeitung auf die Annonce eines Schuhgeschäftes stieß, fielen ihm siedend heiß die schwarzen Schuhe wieder ein.

Spontan beschloss er, nachzusehen, was es mit dem ominösen Schuhwerk auf sich habe. Nur wenige Minuten später stand er also vor besagter Bank, in deren unmittelbaren Nähe wahrhaftig ein Paar teure Herrenschuhe standen. Diese waren auf Hochglanz poliert. Er sah sich erneut um, ohne jemanden zu entdecken, dem die Fußbekleidung eventuell gehören könnte. Er spürte mehr, als dass er sie wirklich sah, eine leichte Bewegung etwa zwanzig Meter entfernt in einem Baum. An einem der Äste hatte sich eindeutig etwas bewegt.

Als Brandner zur genaueren Begutachtung der besagten Stelle hinüber zu dem Baum gegangen war, stellte er fest, dass etwa einen Meter über seinem Kopf ein Paar Füße sachte hin und her baumelten. Ihnen fehlten die Schuhe. Als dann die unteren Extremitäten eine ganz bestimmte Position eingenommen hatten, war es ihm möglich, trotz des dichten Blätterwerks des Baumes, die Gestalt eines auf den ersten Blick noch durchaus jung aussehenden Mannes zu erkennen.

***

Eine Polizeistreife war als Erstes am Ort des Geschehens eingetroffen. Sie informierte umgehend die Einsatzzentrale über den Fund eines unbekannten Mannes mittleren Alters. Der habe, so wie es aussah, offensichtlich Suizid begangen. Herbert Brandner, der den Leichnam gemeinsam mit den beiden Beamten begutachtet hatte, war jedoch völlig anderer Meinung. Das behielt er allerdings im Moment noch für sich.

Kurz nach der Feuerwehr, die die sterbliche Hülle von dem Baum herunterholen sollte, traf auch der Kommissar vom Kriminaldauerdienst aus Heilbronn ein. Bei ihm handelte es sich um einen hochgewachsenen Mann mittleren Alters, dessen lange, dunkelblonden Haare zu einem Zopf zusammengebunden waren. Dazu trug er einen Dreitagebart.

Der begutachtete den Leichnam des Mannes, nachdem dieser von zwei Feuerwehrleuten vom Ast geschnitten und von der Schlinge befreit worden war. Er lag nun im noch feuchten Gras neben dem Baum. Nachdem der Kriminaler auf die Schnelle keine Anzeichen für eine stattgefundene Fremdeinwirkung entdecken konnte, tendierte er, wie übrigens auch schon seine uniformierten Kollegen vor ihm, zu Selbstmord als Todesursache.

»Nichts für ungut, Herr Kommissar«, ergriff das Wort Herr Brandner, der durchaus nicht verstehen konnte, dass der Kriminaler das Offensichtliche nicht erkannte. »Ich habe den Toten gefunden und mir sind dabei seine Schuhe aufgefallen. Das heißt, eigentlich bin ich zuerst auf die Schuhe aufmerksam geworden und habe anschließend den Toten entdeckt.«

»Worauf wollen Sie hinaus?«, wollte der Polizeibeamte ungeduldig und leicht gereizt wissen. »Was haben diese Schuhe, von denen Sie sprechen, mit dem Ableben dieses Mannes hier zu tun? Könnten Sie das notfalls auch in konkrete Worte fassen?«

»Die standen sauber nebeneinander vor der Parkbank dort drüben. Welcher Selbstmörder zieht seine Schuhe aus und drapiert sie mehr als zwanzig Meter von dem Baum entfernt, an dem er sich anschließend das Leben zu nehmen gedenkt?«

»Dasselbe machen zum Beispiel Leute, die vorhaben, ins Wasser zu gehen!«, erklärte der Kommissar kurz angebunden. »Auch sie legen, meist sogar sauber und sorgfältig zusammengefaltet, ihre Bekleidung ab!«

»Die entledigen sich aber nicht ihrer Schuhe oder ihrer Kleidung und laufen dann noch eine größere Strecke, bis sie schließlich das Wasser erreichen. Das machen sie mehr oder weniger unmittelbar bevor sie den ersten Fuß ins Wasser setzen! Direkt am Ufer!«, ergänzte Brandner nun seine Anmerkung.

»Sie behaupten allen Ernstes, dass es sich in diesem Fall nicht um eine Selbsttötung handelt? Wie kommen Sie darauf? Worauf stützen Sie Ihre nicht nachvollziehbare These?«

»Gerade wegen des entfernt liegenden Fundortes seiner Schuhe! Aber auch wegen fehlender Indizien, die auf einen Selbstmord schließen lassen. Wie zum Beispiel das Fehlen einer Strangmarke am Hals des Toten oder das Fehlen einer Speichelabflussspur. So etwas in der Art meine ich!«

»So, so! So etwas meinen Sie also?«, stellte der Zopfträger eine rhetorisch gemeinte Frage und machte ein übertrieben nachdenkliches Gesicht. Dass die Leute immer annehmen, nur weil sie dreimal die Woche im Fernsehen einen Krimi anschauen, wären sie auch schon im Stande, seine Arbeit verrichten zu können, dachte er gereizt.

»Ja, das meine ich!«, bekräftigte der Gefragte. »Dieser Mann war längst tot, als man ihn an den Baum hängte!«

»Ach, was Sie nicht sagen? Im Übrigen, haben Sie bei meinen Kollegen schon Ihre Personalien angegeben?«

»Vorhin schon, bei dem weißhaarigen Polizeihauptmeister, der dort neben der Bank einen Zeugen befragt. Und ja, ich weiß selbstverständlich, dass ich mich zu Ihrer Verfügung halten muss! Das ist zumindest die nächsten drei Wochen kein Problem. Sie finden mich in der Klinik Hohenlohe. Ach ja, richten Sie doch bitte Herrn Roth einen schönen Gruß von mir aus!«

Der junge Kommissar fragte sich, woher dieser Mensch nun

bloß wieder den Chef der Mordkommission kannte. Als er ihn aber nach seinen Namen fragen wollte, was er zu seinem Unmut bislang versäumt hatte, war der Mann längst verschwunden. Gerade so, als hätte er sich in Luft aufgelöst.

***

Als Brandner von der Lothar-Daiker-Straße her die große Freitreppe zum Foyer der Kurklinik hochgehen wollte, wurde er von allen Seiten belagert. Unter seinen Mitpatienten verbreitete sich die schauderhafte Neuigkeit wie ein Lauffeuer. Sie waren begierig zu erfahren, ob es tatsächlich stimme, dass man im Kurpark eine männliche Leiche entdeckt habe. Ob es weiterhin zuträfe, dass ausgerechnet er derjenige gewesen sei, der diese grausige Entdeckung gemacht habe, lautete die nächste Frage. Er bejahte und bat um Verständnis, dass er sich vorab erst einmal ein wenig von diesem Schock erholen müsse. Hans-Georg, sein Bekannter, der in dem Moment mit der Laufgruppe in die Klinik zurückgekehrt war, bahnte ihm einen Weg durch die Menschenmenge zu dem kleinen Aufzug im sogenannten Altbau. Der befand sich links neben dem imposanten Treppenaufgang.

Als sich der Aufzug auf seinen Weg hoch in den zweiten Stock machte, sackte er, wie leider Gottes immer und zum Leidwesen des einen oder anderen schreckhaften Kurgastes, erst ein paar Zentimeter nach unten, bevor er dann zielstrebig nach oben fuhr. Hans-Georg ließ sein bereits obligatorisches: »Noch jemand zugestiegen? Die Fahrkarten bitteschön!«, hören, worauf er, wie jedes Mal, wenn er den Aufzug benutzte, eine Art Lachkrampf bekam.

Sie hatten den zweiten Stock erreicht und standen vor der Tür des Zimmers mit der Nummer 253. Brandner konnte seinen Schlüssel nicht auf Anhieb finden, weswegen er in jeder Tasche seines Trainingsanzuges nach ihm suchte. Der Stationsarzt kam eiligen Schrittes auf sie zugelaufen und erkundigte sich besorgt, ob er dem bedauernswerten Herrn Brandner in irgendeiner Weise behilflich sein könne, das grausige Erlebnis zu verarbeiten. Oder ob er lieber einen Termin mit der Psychotherapeutin des Hauses für ihn vereinbaren solle?

»Danke!«, erwiderte Brandner. »Ein Gläschen guten, alten Cognacs ist alles, was ich momentan benötige. Zum Reden habe ich erst einmal Hans-Georg. Du hast doch einen Augenblick Zeit für mich, oder?«

Der Mediziner bot sich sofort an, alle Termine der beiden persönlich für den restlichen Tag abzusagen! Er erneuerte sein Angebot, dann ließ er die Herren wieder allein.

So saßen die beiden Kurgäste also, jeweils einen schweren Cognacschwenker in der Hand haltend, auf dem schmalen Balkon und Herbert erzählte seinem Gast, wie es dazu gekommen war, dass er am frühen Morgen die Schuhe im Park entdeckt hatte.

Dass der Zopfträger allerdings der Meinung war, es würde sich hier um einen Selbstmörder handeln, konnte selbst Hans-Georg nicht ganz glauben, obwohl er schon von Berufs wegen ein sehr gläubiger Mensch war. Schließlich war er bis zu seinem Ruhestand evangelischer Gemeindepfarrer gewesen.

»Was es nur mit diesen Herrenschuhen auf sich hat? Ich kann mir da keinen Reim drauf machen«, überlegte der Pastor laut und schwenkte den Inhalt seines Glases vorsichtig mit einer Hand, bevor er seine Nase an die Glasöffnung hielt und genießerisch das köstliche Bouquet einsog.

»Da ich davon ausgehe, dass es sich um einen Mord handelt, bin ich zu der Überzeugung gelangt, dass der Täter uns gegenüber etwas zum Ausdruck hat bringen wollen«, dozierte Herbert Brandner.

»Uns persönlich etwas mitteilen wollen? Mir läuft ein eiskalter Schauer den Rücken hinunter! Der Mörder will uns etwas sagen? Mir, Herbert, oder doch eher dir?«

»Dem, der das Opfer findet, wenn derjenige überhaupt die Zeichen erkennen würde! Spätestens aber sollte die Polizei, die in einem solchen Fall hinzugezogen würde, stutzig werden. Wobei unser Täter bei dem jungen Kommissar eindeutig an den Falschen geraten ist. Der würde ja nicht einmal eine Kuh erkennen, selbst dann nicht, wenn sie ihm geradewegs auf die Füße treten würde!«

»Mit dem Verdacht, dass der Ermittler nicht gerade ein Schnellmerker ist, lieber Herbert, magst du ja recht haben. Aber ›unser Täter‹? Gehst du mit der Aussage da jetzt nicht doch ein wenig zu weit?«, gab Hans-Georg zu bedenken und nippte an seinem Glas. Nachdem er die goldbraune Flüssigkeit langsam durch seine

Kehle hatte rinnen lassen, fügte er an: »Also von Cognac verstehst du auf jeden Fall etwas, das muss ich dir neidlos zugestehen, mein Freund!«

»Nicht nur von edlen Getränken, mein Lieber! Auch wenn es um das Ableben eines Menschen geht, rühme ich mich, einen gewissen Kenntnisstand erreicht zu haben, über den nicht viele Zeitgenossen verfügen. Schließlich war ich jahrelang Dozent an der Außenstelle der Polizeiakademie in Wertheim!«

»Du hattest also schon aus rein berufstechnischen Gründen mit dem schnellen und unnatürlichen Dahinscheiden der Menschheit zu tun?«

»Da jedes Lebewesen auf dieser Welt unausweichlich irgendwann einmal das Zeitliche segnet, ist der Tod an sich noch lange nichts Unnatürliches. Es gibt nur unnatürliche Todesarten! Und in genau diesem Fall bin ich felsenfest überzeugt davon, dass es sich um eine solche handelt!«

»Das werden wir gemeinsam herausfinden, mein Freund! Da du den Schuhen eine so große Bedeutung beimisst, sollten wir meiner Meinung nach auch mit ihnen beginnen!«

»Gut kombiniert!«

Ihr kurzes Gespräch wurde durch ein lautes Klopfen an die Zimmertür unterbrochen. Kriminalhauptkommissar Roth, der Chef der Mordkommission des Polizeipräsidiums Heilbronn, war gekommen, um sich zum einen davon zu überzeugen, ob es sich bei dem sonderbaren Zeugen, den sein Kollege vom Kriminaldauerdienst erwähnte, tatsächlich um seinen ehemaligen Dozenten handeln würde. Zum anderen wollte er dessen Aussage höchstpersönlich aufnehmen. Er gab im Laufe der folgenden Unterhaltung unumwunden zu, dass der Mitarbeiter des Kriminaldauerdienstes nicht gerade der Allerschnellste seiner Gattung sei, gerade wenn es darum ginge, komplexe Zusammenhänge zügig zu durchschauen.

»Dafür ist er aber extrem ausdauernd. Wie ein Terrier verbeißt er sich in eine Aufgabe, bis sie beendet ist«, nahm ihn Roth in Schutz.

Hans-Georg musste sich leider verabschieden, da man im Schwimmbad, wie er glaubwürdig versicherte, schon auf ihn warten würde! In Wirklichkeit wollte er das unerwartete Treffen der beiden Kriminaler nur nicht durch seine Gegenwart stören.

***

Den Nachmittag verbrachten die beiden Kurgäste dann wieder gemeinsam im *Café Beethoven* drüben im Kurpark. Ganz in der Nähe der Konzertmuschel, von wo die Klänge von Dmitri Dmitrijewitsch Schostakowitschs ›Walzer Nummer 2‹ zu hören waren. Auch hier dauerte es nicht besonders lange, und das Gespräch drehte sich, wie sollte es auch anders sein, um den Toten.

»Wer dieser arme Mann wohl war? Ob er aus Bad Mergentheim stammte?«, überlegte Hans-Georg laut.

»Wenn ja, dann war er allerdings kein sonderlich bekanntes Mitglied seiner Gemeinde. Da ihn weder die hiesigen uniformierten Polizeibeamten noch sonst irgendjemand der heute Morgen Anwesenden erkannt hat. Leider konnten auch keine Papiere oder etwas, das ihn identifizieren könnte, bei ihm gefunden werden. Die Bekleidung, die der Mann am Körper trug, war offensichtlich sehr kostspielig. Die Etiketten in den Kleidungsstücken, anhand derer man die Ladengeschäfte hätte herausfinden können, in denen sie käuflich erworben wurden, sind leider alle entfernt worden. Hier in der Region wird auch niemand vermisst, auf den seine Personenbeschreibung passen könnte.«

»Sind wir denn jetzt schon am Ende unserer Ermittlungen angekommen? Das gibt es doch nicht! Es hat noch überhaupt nicht richtig begonnen!«, bedauerte der Pfarrer im Ruhestand die Entwicklung der Dinge zutiefst.

»Nein!«, rief der Kriminologe außer Dienst. »Jetzt fangen wir erst richtig an! Wie du heute Morgen schon richtig bemerkt hast, legen wir unser Interesse nun verstärkt auf die Schuhe des Mannes. Ich habe die Gunst der Stunde genutzt und ein paar Fotos von ihnen gemacht.« Bei diesen Worten nahm er sein Smartphone zur Hand und rief die Bilder auf. Er drehte das Display so, dass sein Bekannter sie auch sehen konnte. »Ich habe das Gefühl, dass es sich um sehr teure Schuhe handelt, die, wie ich ebenfalls stark vermute, noch mit der Hand gearbeitet wurden!«

»Auf jeden Fall sind sie schon mal besonders elegant«, pflichtete ihm Hans-Georg bei.

»Unter dem Schuh befindet sich zwischen Absatz und Sohle ein eingeprägter Stempel.« Er deutete auf das Foto, das er durch das Auseinanderziehen von Daumen und Zeigefinger, die auf dem Display seines Smartphones lagen, so weit vergrößerte, bis sie das Zeichen erkennen konnten. »Ich habe mich vorhin bei der freundlichen Dame an der Rezeption nach einer Schuhmacherwerkstatt hier in der Nähe erkundigt und in der Tat eine Adresse erhalten. Ich denke, wir zwei sollten dem Handwerksmeister einen kurzen Besuch abstatten.«

Gesagt, getan. Kurze Zeit später standen sie in einem engen Gässchen in der Altstadt vor der Tür zur Werkstatt des besagten Schuhmachermeisters. Einer der letzten aus der Schustergilde, die trotz ihres hohen Alters immer noch arbeiteten. Er erklärte ihnen, dass es sich bei der Herstellungsweise der Schuhe eindeutig um eine, schon allein von der Technik her, hervorragend ausgeführte Handarbeit handelte. Er kam regelrecht ins Schwärmen. Er könne sich noch gut an seinen alten Lehrmeister erinnern, Gott hab ihn selig, der habe damals noch selbst solche Maßanfertigungen hergestellt. »Die waren aber damals schon gar nicht mal so günstig!«

Brandner wollte die Aufmerksamkeit seines Gesprächspartners gerade auf den markanten Prägestempel lenken, als der Meister von sich aus, auf genau dieses Thema zu sprechen kam.

»Es gab Werkstätten, die hatten ein Brandzeichen auf der Sohle, also auf dem Steg, wie man das Stück zwischen Absatz und Sohle in Fachkreisen nennt. Anhand dieses Zeichens konnte man nicht nur das Jahr der Herstellung erkennen. Vereinzelte Betriebe hatten für ihre besonderen Kunden sogar jeweils noch eine kleine Veränderung im Zeichen vorgenommen, sodass die Schuhe einem jeden Käufer persönlich zugeordnet werden konnten. Damals war der Kunde wirklich noch König! Ich kann mich wahrhaftig noch an das eine oder andere Zeichen erinnern.«

Das Symbol auf dem Foto, das ihm der pensionierte Kriminologe daraufhin zeigte, kannte er bedauerlicherweise aber nicht. Sie plauderten noch eine Weile über belanglose Themen, als dem Schuhmachermeister plötzlich doch noch eine Möglichkeit einfiel, eventuell etwas über diese Erkennungszeichen herauszubekommen.

»Es gibt in der Schuster-Innung noch einen betagten Mann, der hat sich rein hobbymäßig auf die alten Meister und insbesondere auf alles, was mit ihren Eigenheiten zusammenhängt, spezialisiert. Der könnte Ihnen wahrscheinlich einen großen Schritt weiterhelfen. Der weiß bestimmt, welche Werkstatt mit diesem Zeichen in Verbindung gebracht werden kann!«

***

Im *Palais Madeleine* in der Poststraße saßen drei Herren in der Lobby und unterhielten sich aufgeregt. Der Reiseleiter der bulgarischen Reisegruppe, die auf ihrer Deutschland-Tour drei Tage im schönen Bad Mergentheim verbracht hatte, versuchte die beiden jungen Männer zu beruhigen, was sich aber als gar nicht so einfach herausstellen sollte.

»Wann haben Sie Viktor das letzte Mal gesehen?«, fragte er die beiden.

»Es war mir schon beim Frühstück aufgefallen, dass er nicht an seinem Platz saß. Da habe ich mir aber noch gar nichts dabei gedacht. Er hätte schon fertig sein können mit dem Frühstück. Oder er hätte vielleicht seinen Wecker nicht gehört und käme aufgrund dessen erst lange nach uns in den Frühstücksraum«, berichtete der junge Mann mit den langen, dunklen Haaren. »Das wäre ja immerhin möglich gewesen!«

»Weil der Vormittag für uns zur freien Verfügung stand, haben wir uns auch beim Essen noch nichts Schlimmes gedacht. Er hätte ja wer weiß was auf eigene Faust unternommen haben können, weswegen wir ihn eben auch am Mittagstisch nicht gesehen haben!«, fügte sein Freund an.

»Und dann?«, wollte der Reiseleiter wissen. »Was war dann? Ist er danach wieder aufgetaucht?«

»Dann haben wir alle gemeinsam vor dem Hotel auf den Bus gewartet, der uns nach Weikersheim brachte. Auf dem Ausflug waren Sie ja dabei! Da haben wir uns doch langsam ernsthaft Gedanken gemacht. Aber, wie gesagt, wer weiß, wo er sich zu diesem Zeitpunkt herumgetrieben hat? Vielleicht war er nur zu spät zum Treffpunkt gekommen und der Bus eben ohne ihn losgefahren! Dachten wir uns jedenfalls zu diesem Zeitpunkt noch.«

»Wenn wir am späten Nachmittag zurück ins Hotel kämen, so hofften wir, würde er sicherlich auf uns warten und uns jede

Menge Vorwürfe machen, weil wir nicht länger auf ihn gewartet hatten!«, ergänzte sein Freund dessen Bericht.

»Uns blieb gar nichts anderes übrig, als die Stadt- und Schlossbesichtigung mitzumachen und abzuwarten, bis wir wieder in unserem Hotel sein würden. Dann, so hatten wir gemeinsam beschlossen, wollten wir noch mal überprüfen, ob er nicht doch mit einer guten Flasche Wein, von denen es hier in der Region ja mehr als genug gibt, und einer edlen Zigarre in seinem Zimmer säße.«

»Und? Sitzt er?«

»Er macht nicht auf! Wir haben mehrfach und kräftig an die Türe geklopft! Nichts! Dann haben wir noch versucht, ihn über sein Handy zu erreichen. Ebenfalls umsonst! Das Gerät ist leider ausgeschaltet. Jetzt haben wir gedacht, dass man eventuell etwas unternehmen sollte. Vielleicht ist ihm ja etwas passiert? Dass er sich verlaufen hat oder so etwas in der Art.«

»Wenn ich Sie richtig verstanden habe, vermissen Sie Ihren Freund seit heute Morgen gegen acht Uhr! Ist das richtig?«, zog der Reiseleiter ein Resümee. Was die beiden Männer durch leichtes Kopfnicken bestätigten.

»Das ist jetzt gerade einmal etwas mehr als elf Stunden her! Da kann man hier in Deutschland leider noch nicht viel unternehmen. Mit an Sicherheit grenzender Wahrscheinlichkeit wird es einen ganz banalen Grund geben, warum er sich kurzfristig von der Gruppe abgesetzt hat! Das Problem löst sich in null Komma nichts von ganz alleine, glauben Sie mir!«

»Was sollte das für ein Grund sein?«, wollte es der Langhaarige jetzt aber schon genauer wissen.

»Na ja! Eine einzigartige, wunderschöne Frau vielleicht? Das kommt nämlich auf Urlaubsreisen viel öfter vor, als Sie vielleicht glauben, meine Herren!«

»Niemals!«, riefen die beiden entrüstet. »Er würde seine Gruppe nicht wegen eines flüchtigen Abenteuers so in Besorgnis stürzen!«

»Alkohol wäre auch eine plausibler Erklärung! So ein richtiger Vollrausch braucht schon seine Zeit, bis er wieder halbwegs abgebaut ist. Der eine oder andere unterschätzt ganz gerne einmal die Wirkung, die ein paar Gläser unseres guten Weines hervorrufen können.«

»Auf keinen Fall!« Die beiden schüttelten nachdrücklich ihre Köpfe.

»Da habe ich aber schon Sachen erlebt, die können Sie sich wahrscheinlich noch nicht einmal in Ihren kühnsten Träumen vorstellen! Gerade mit Touristen aus Osteuropa! Nur die Engländer sind noch schlimmer, die saufen nämlich noch mehr als die Russen! Ich schlage deshalb vor, meine Herren dass wir, wenn er bis morgen in der Frühe nicht wieder aufgetaucht ist, dann gemeinsam die örtliche Polizei informieren. Aber glauben Sie mir, das wird nicht nötig sein.«

***

Bad Mergentheim, 1. Dezember 1921

Hinten in der vorletzten Reihe kniete Gottlob eingezwängt zwischen seinen Eltern, seinem älteren Bruder und dessen Ehefrau, die schon wieder guter Hoffnung war, vor der Kirchenbank und lauschte andächtig den Worten des Priesters. Nach einer Weile konnte er sich einfach nicht mehr konzentrieren. Die durchaus wohlklingende Stimme des Geistlichen drang zwar weiterhin bis an seine Ohren, den Sinn seiner Worte nahm er allerdings nicht mehr wahr. Seine Gedanken schweiften weit ab.

Er dachte an Edeltraud, die jüngste Tochter des Schankwirtes Heinrich. Dem gehörte ein gut gehender Gasthof direkt am Marktplatz. Die Traudl, wie er sie nannte, war ein hübsches Mädchen mit zwei blonden Zöpfen und vielen kleinen Sommersprossen im Gesicht. Sie war immer jedem gegenüber freundlich und hilfsbereit. Allerdings war sie auch sehr lebenslustig. So manchem Gast in der Herberge ihres Vaters, hatte sie bereits die Augen verdreht. Mehr aber nicht! Dessen ungeachtet war er wild entschlossen, die Traudl eines hoffentlich nicht mehr allzu fernen Tages zum Traualtar zu führen. Wobei er sehr genau wusste, dass, damit sein Wunsch in Erfüllung gehen konnte, erst ein kleines Wunder geschehen müsste! Wahrscheinlich wäre dafür sogar ein großes Wunder vonnöten! Ansonsten war eine eheliche Verbindung zwischen ihm, dem Sohn des kleinen Schreinermeisters und Bestatters, Bertram Fleuchaus, und dem überaus liebreizenden

Töchterlein des großen Gasthofbesitzers Heinrich Spaht, schon naturgemäß völlig ausgeschlossen! Der Gedanke war, wie er sich eingestand, reine Utopie!

Ein Klaps seines Vaters brachte ihn unmittelbar in die Realität zurück. Er war der einzige, der noch immer kniend vor der Bank verweilte, während der Rest der großen Kirchengemeinde bereits stand, um den Segen des Priesters für das neue Jahr entgegenzunehmen.

Nachdem der Gottesdienst beendet war, blieben die einzelnen Familien noch auf dem tief verschneiten Kirchenplatz stehen und tauschten dort untereinander Neuigkeiten aus. Aufgrund der extremen Kälte und dem soeben wieder abrupt einsetzenden Schneefall zeichnete sich bereits nach einigen Minuten ab, dass die Plauderstunde diesmal allerdings relativ kurz ausfallen würde. Das gefiel Gottlob wiederum gar nicht, da er Traudl unter den Kirchenbesuchern leider immer noch nicht entdecken konnte. Er ließ seinen Blick ungeduldig über die Menschenmenge gleiten, ohne allerdings fündig zu werden.

»Na, Kleiner, hältst du Ausschau nach deiner Freundin? Vergiss sie einfach! Das wird eh nichts zwischen euch!«, zog ihn sein älterer Bruder auf, worauf das Gesicht des jüngeren eine knallrote Farbe annahm. Er bewegte sich ein paar Schritte von seiner Familie weg, um die Kirchgänger, die am Rand des Platzes standen, besser überblicken zu können. Er konnte sie aber auch hier nirgendwo entdecken.

Plötzlich teilte sich die Menge und der Pfarrer geleitete einen Mann, der sich im gleichen Alter wie Gottlob befand, zum Pfarrhaus, das sie gemeinsam betraten. Der Mann trug einen langen Mantel aus teurem Tuch mit einem breiten Biberpelzkragen. Auf seinem Kopf saß eine Mütze, die aus demselben Pelz gearbeitet war wie der Mantelkragen.

So einer hatte ganz bestimmt keine Probleme damit, so ging es Gottlob durch den Kopf, seine Angebetete zur Gemahlin nehmen zu können! Bei dem würde der alte Heinrich sicherlich nicht nein sagen, wenn der um die Hand seiner jüngsten Tochter anhalten würde. Ganz im Gegenteil! Er würde bestimmt noch einiges dafür tun, um seinen Segen zu dieser Heirat geben zu dürfen!

Dieser Gedanke begleitete ihn den ganzen Tag über. Bis zum

Abend war in seinem Kopf ein abenteuerlicher Plan gereift, von dem er fest entschlossen war, ihn konsequent und so schnell wie nur irgend möglich in die Tat umzusetzen.

2. Kapitel

Herbert und Hans-Georg saßen einträchtig nebeneinander auf ihrem Ergometer und steigerten langsam ihr Tempo, während vor ihnen eine Therapeutin im trockengelegten Bewegungsbad mit der Kniegruppe verschiedene Situationen des Alltags übte. Im Moment ging es darum, wie man mit Krücken unfallfrei in einen Zug oder in eine Straßenbahn einsteigt – und wie man wieder aussteigt.

Herbert beobachtete die Patienten und ihre mehr oder weniger erfolgreichen Versuche, die nicht einfache Aufgabe zu bewältigen, so gespannt, dass er nicht mitbekam, dass sein Bekannter mehrfach versuchte, von ihm eine Antwort auf seine Frage zu bekommen. Die diversen Herangehensweisen der gehandicapten Menschen erstaunten Herbert kolossal. Ein weiterer Patient lief auf seinem Weg zu den Bewegungsschienen an ihnen vorüber. An Herbert gewandt sagte der: »Sie! Ihr Nachbar hat Sie fei was gefragt!«

»Oh, entschuldige bitte, Hans-Georg, aber ich war gerade so sehr in meine Gedanken vertieft, dass ich dich gar nicht gehört habe!«

»In Gedanken? So, so! Ich glaube ja eher, dass dich die hübsche Brünette im blauen T-Shirt mit dem strammen Po dermaßen abgelenkt hat!«

»Hans-Georg! Also, bitte!«, rief Herbert entrüstet. »Darf ich dich ganz dezent daran erinnern, dass du Pfarrer bist?«

»Wenn es denn unbedingt sein muss! Allerdings ›Pfarrer in Ruhe‹, wenn man es ganz genau nimmt. Aber sexy ist die Dame auf jeden Fall!«, erwiderte der lachend. »Ich verstehe gut, dass du bei diesem Anblick keinen Gedanken mehr an mich verschwendest.«

»Was wolltest du eigentlich von mir wissen?«, wechselte Herbert nun schnell das Thema, um nicht weiterhin auf die hübsche Dame angesprochen zu werden.

»Ich sage nur ›Stichwort Schuster-Innung‹! Hast du bei denen gestern Abend noch jemanden erreicht?«

»Ja, habe ich. Stell dir mal vor, der Liebhaber handgefertigten Schuhwerks war tatsächlich persönlich anwesend! Er sagte mir, dass es nicht übermäßig viele Hersteller gibt, die ihm nicht bekannt wären. Als ich ihn fragte, wann ich ihm ein Foto vorbeibringen könne, antwortete er doch wahrhaftig, ob ich das denn nicht per E-Mail an ihn schicken könne. Schließlich würden das doch heutzutage schon die Schulkinder machen! Das wäre nicht nur die einfachste, sondern vor allem auch die schnellste Lösung!«

»Da muss ich ihm durchaus beipflichten«, gab Hans-Georg dem Mann recht. »Aber, jetzt weiß ich immer noch nicht, was dabei herausgekommen ist? Das würde mich jetzt schon interessieren!«

»Herr Seidel, wie der Mann heißt, brauchte nicht lange. Er erkannte den ›Firmenstempel‹ praktisch auf Anhieb. Diese Werkstatt existiert sogar noch! Er konnte mir auch noch die Telefonnummer geben. Leider war, zumindest gestern Abend, dort niemand mehr telefonisch zu erreichen.«

»Und jetzt?«

»Jetzt fahr ich noch zehn Minuten mit dem Fahrrad. Du bist doch auch noch nicht an deinem Ziel angekommen! Jetzt solltest du aber langsam einmal einen Zahn zulegen!«

»Sehr lustig! Ich meinte, was unternimmst du jetzt wegen der Schuhe?«

»Ich habe bereits, als du erst noch dein drittes Brötchen belegen und aufessen musstest, mit der Firma Kontakt aufgenommen! Der Seniorchef meldet sich in etwa zwanzig Minuten per Handy bei mir.«

»Das Frühstück ist die wichtigste Mahlzeit des Tages! Die Auswirkungen auf den menschlichen Körper darf man nicht unterschätzen«, erklärte der Pfarrer. »Eine mangelnde Ernährung kann überaus fatale Folgen auf den gesamten menschlichen Organismus haben. Wusstest du das?«

»Das sagst du bei jedem Essen!«, hielt Herbert ihm vor.

Der Physiotherapeut, der bei ihnen vorbeigelaufen kam, um seine Patienten aus den Bewegungsschienen zu befreien, riet ihnen, wenn sie rechtzeitig zum Mittagessen am Ziel ankommen wollten, müssten sie jetzt das Tempo aber um einiges steigern.

»Übrigens«, rief ihm Hans-Georg lachend hinterher, »das Mittagessen ist die wichtigste Mahlzeit des Tages! Wussten Sie das eigentlich?«

»Oh, Herr, verschone mich in Zukunft doch bitte von den Sprüchen deines Mitarbeiters im Ruhestand!«, lachte nun auch Herbert.

Die beiden saßen eine halbe Stunde später in der gemütlichen Sitzgruppe im Rundbau, der den Altbau mit dem Neubau verband. Da sie sich gegenüber der Rezeption aufhielten, musterten sie neugierig die Neuankömmlinge. Wie zwei kleine Schulbuben konnten sie sich den einen oder anderen Kommentar nicht verkneifen. Plötzlich ertönte laute Musik in der Halle. Es handelte sich um den ›Kriminal-Tango‹ vom Hazy Osterwald Sextett! Umgehend angelte Herbert sein neues Smartphone aus seinem Rucksack, in dem er sein Handtuch und die Behandlungsmappe mit sich führte. Er formte lautlos mit seinen Lippen die Worte ›Herr Seidel‹ und deutete dann überflüssigerweise auf sein Telefon.

Hans-Georg konnte es nicht mehr erwarten, bis er endlich erfahren würde, was der Schuhmachermeister herausgefunden hatte.

Herbert spannte seinen Bekannten aber erst noch auf die Folter. Er druckste eine Zeit lang herum, ohne wirklich etwas zu sagen, bis er schlussendlich doch noch Erbarmen mit dem armen Hans-Georg hatte.

Herr Seidel habe das Kennzeichen sofort erkannt, berichtete Herbert. Es habe jahrzehntelang den Eingang einer kleinen, aber feinen Schuhmacherei hier in der Region geziert. Er selbst habe allerdings nur das Herstellungsjahr entziffern können. Seiner Meinung nach wären sie bereits zu Beginn des Jahres 1924 angefertigt worden, was sich der pensionierte Kriminaloberrat aber auf keinen Fall vorstellen konnte. Die aktuelle Adresse der Firma habe er ihm per E-Mail zugesandt.

»Dort sollten wir jetzt schleunigst einmal vorbeischauen!«, empfahl Hans-Georg.

***

Nachdem der inzwischen nicht minder besorgte Reiseleiter am Morgen von den beiden jungen Männern erfahren hatte, dass sich

Viktor noch immer nicht eingefunden hatte, zog er den Hotelportier ins Vertrauen. Gemeinsam machten sie sich auf den Weg zu dessen Zimmer, um sicherzustellen, dass Viktor nicht doch noch tief und fest schlafen würde. Unterdessen wollte der Hausangestellte exakt die gleichen Fragen beantwortet haben, die am Abend zuvor auch schon der Reiseleiter gestellt hatte. Was sie in ihren Bemühungen jedoch nicht einen Deut weiterbrachte.

Am Zimmer im zweiten Stockwerk angelangt, klopfte der Portier mehrmals gegen die Hotelzimmertür und rief dazu laut Viktors Nachnamen. Darauf erfolgte bedauerlicherweise aber keine Reaktion.

»Nun schließen Sie doch endlich diese Tür auf, guter Mann! Vielleicht ist ihm etwas zugestoßen und er braucht dringend Hilfe!«, forderte einer von Viktors Freunden vehement.

Der Concierge hatte den Zimmerschlüssel noch nicht richtig herumgedreht, da drängten die drei anderen schon an ihm vorbei in den großen, hellen Raum. So schnell, wie die drei hineingestürmt waren, kamen sie Sekunden später allerdings auch wieder herausgerannt. Sie schüttelten resigniert die Köpfe. Der Gesuchte befand sich nicht in diesem Raum.

»Nun bleibt uns gar nichts anderes mehr übrig, als die örtliche Polizei zu verständigen!«, schlug der Reisebegleiter widerstrebend vor, wofür der Portier allerdings überhaupt nicht zu begeistern war. Er fürchtete um das gute Ansehen des Hauses. Letztendlich blieb ihm nichts anderes übrig, als nachzugeben. Er ließ es sich allerdings nicht nehmen, bei dem Polizeibeamten, dem er am Telefon den Sachverhalt erklärte, aus Rücksicht auf den guten Ruf des Hauses, auf vollster Diskretion zu bestehen.

Keine halbe Stunde später betrat Hauptkommissar Roth, begleitet von seinem Assistenten, die Hotelhalle. Der in der Zwischenzeit informierte Hotelmanager geleitete die Herren Kriminaler umgehend zu der Sitzgruppe, wo die drei Männer, etwas abseits von anderen Gästen, die sich ebenfalls in der Lobby aufhielten, bereits ungeduldig auf sie warteten.

Nach den üblichen Fragen, die in einem solchen Fall immer zuerst gestellt werden, ließ sich Roth eine haargenaue Personenbeschreibung des Vermissten geben.

Der erfahrene Kriminalbeamte, der bereits längst vermutete,

dass zwischen dem eifrig gesuchten Touristen und dem Ermordeten aus dem Mergentheimer Kurpark eine direkte Verbindung bestand, zog ein Foto aus seiner Jackentasche. Dieses zeigte er den drei fassungslosen Männern, die schockiert auf das Bild des Toten starrten.

Die beiden bulgarischen Touristen bombardierten den Hauptkommissar augenblicklich mit unzähligen Fragen. Der beantwortete diese nach und nach wahrheitsgemäß, so weit es der jetzige Ermittlungsstand überhaupt zuließ. Nachdem am Tisch etwas Ruhe eingekehrt war, hatte auch der Ermittler einige Fragen an die jungen Männer. Ob der Vermisste in den vergangenen Tagen eventuell Streit mit irgendjemanden gehabt habe. Ob ihnen vielleicht etwas Ungewöhnliches an seinem Verhalten aufgefallen wäre. Oder ob er sich mit jemandem habe treffen wollen. Was der eine Bulgare jedoch klar verneinte, während der andere eher ausweichend antwortete, dass er nichts dergleichen bemerkt habe.

Unmittelbar nach der leider gänzlich erfolglosen Befragung, machten sie sich gemeinschaftlich, ausgenommen den Reiseleiter, auf den Weg hinüber ins Caritas-Krankenhaus, um den vermeintlich vermissten Viktor zu identifizieren. Der lag derweil in einem der Kühlfächer der dortigen Pathologie.

Der langhaarige Freund Viktors wollte, nachdem sie ihn beide zweifelsfrei erkannt hatten, wissen, woran Viktor letztendlich gestorben sei und ob es in seinem Fall um Mord gehen würde. Worauf Roth antwortete, dass dies ein sehr interessanter Aspekt sei, den er da anspreche. Diese Frage könne indessen erst nach der Obduktion mit absoluter Sicherheit beantwortet werden. Er ginge zum jetzigen Zeitpunkt allerdings davon aus, dass es keine Selbsttötung gewesen sei. Ob sie denn irgendeinen Grund hätten, davon auszugehen, dass Viktor ermordet wurde? Das verneinten die Freunde jedoch umgehend.

Dann fragte er sie nach dem vollständigen Namen ihres Freundes und ob ihnen eventuell seine genaue Adresse bekannt sei. Was die beiden wiederum verneinten. Das müsste der Reiseleiter alles in seinen Unterlagen stehen haben, merkte der Ältere der beiden an. Dann wollte Roth noch von ihnen wissen, wo sie sich vorgestern am Abend aufgehalten hätten. Am besten wäre es allerdings für sie, wenn sie auch gleich Zeugen hierfür benennen könnten.

»Das sollte das geringste Problem sein, das wir jetzt im Moment haben!«, antwortete der Langhaarige.

Sein Kumpel fügte daraufhin nachdenklich an, dass sie den ganzen Abend mit den restlichen Mitgliedern der Reisegruppe verbracht hätten. Zuerst hätten sie ein Klavierkonzert im Kursaal besucht, anschließend wären sie bis weit nach Mitternacht in einem chinesischen Restaurant gewesen.

»Ihr Reiseleiter wird das sicherlich bestätigen können, denke ich?«, hakte der Hauptkommissar nach.

»Der war nicht dabei, weder im Konzert noch später«, erklärte ihm der eine, während der andere anfügte, dass der nach dem Mittagessen starke Schmerzen im Unterbauch bekommen habe und deshalb lieber in seinem Zimmer geblieben sei.

***

Vor dem Bad Mergentheimer Polizeirevier, das im Deutschordensschloss in direkter Nachbarschaft zu dem Amtsgericht untergebracht war, standen Eugen Roth, sein Mitarbeiter Reinhold Schmalz und der Polizeihauptmeister Franz Mehling. Der sollte während der laufenden Ermittlungen im Fall ›Kurpark-Mörder‹ den beiden Kommissaren aus Heilbronn zuarbeiten. Auf diese Arbeit freute er sich sehr.

Schmalz zündete sich eine Zigarette an und inhalierte den Rauch tief in beide Lungenflügel. Mehling drehte sich mit einem angewiderten Gesichtsausdruck zur Seite. »Ich habe erst vor wenigen Tagen mit dem Rauchen aufgehört, müssen Sie wissen«, entschuldigte er sich. »Ich kann das momentan überhaupt nicht riechen!« Der Kriminaler wollte daraufhin sofort seinen Glimmstängel im überquellenden Aschenbecher ausdrücken, was der uniformierte Beamte jedoch ablehnte. »Wenn Sie den Zigarettenqualm vielleicht in die entgegengesetzte Richtung blasen könnten. Dann ist das wirklich kein Problem für mich.«

Roth drückte Mehling einen handgeschriebenen Zettel in die Hand und bat ihn, alles über diesen Mann herauszufinden, was er nur herausfinden könne.

»Du, Reinhold, überprüfst inzwischen die Alibis der beiden Freunde des Mordopfers!«, erteilte er auch seinem Mitarbeiter einen Auftrag. »Ich mache mit Herrn Brandner inzwischen einen kleinen Spaziergang. Angeblich hat er durch Zufall etwas herausgefunden. Anschließend fahren wir dann in die Pathologie. Also, Reinhold, wenn ihr mich brauchen solltet, weißt du ja jetzt, wo ich die nächste Zeit zu finden bin. Ach, Herr Mehling, wenn Sie damit fertig sind, fahren Sie bitte mit einem Ihrer Kollegen ins *Palais Madelaine* und befragen Sie die übrigen Gäste. Versuchen Sie hierbei auch herauszufinden, ob irgendjemand den Reiseleiter zum fraglichen Zeitraum gesehen hat. Herr Schmalz stößt, sobald er mit den Alibis fertig ist, zu Ihnen und unterstützt Sie bei diesem Auftrag.«

»Nach was sollen wir uns erkundigen, Herr Roth?«, fragte Mehling etwas verlegen nach. »Was wollen Sie von den oder über die verehrten Herrschaften wissen, meine ich?«

»Haben Sie noch nie eine Zeugenbefragung durchgeführt?«

»Ja, natürlich!«, stammelte der Uniformierte, worauf ihm der Kommissar nur einen fragenden Blick zuwarf. »Doch, schon! Aber so viele Morde geschehen bei uns in unserem beschaulichen Städtchen nun auch wieder nicht.«

»Herr Schmalz wird Sie, bevor Sie sich auf den Weg machen, noch kurz einweisen«, wälzte der Hauptkommissar die Arbeit auf seinen Assistenten ab, worauf er sich kurz angebunden verabschiedete.

Der Hauptkommissar ging seinem ehemaligen Lehrer entgegen, der, wie er vermutete, den Fußweg durch den Kurpark und im Anschluss dem Schäfer-Gehrig-Weg nahm. Er hatte den Ausgang der Schlossanlage hin zur Flanierallee noch nicht ganz erreicht, da stieß er auch schon auf den Kriminaloberrat außer Dienst.

Da dieser gerne noch ein paar Meter laufen wollte, durchquerten sie nun den Schlosshof in Richtung Innenstadt. Nachdem sie den Burggraben überschritten hatten, bogen sie in der Münzgasse nach links ab, um nach wenigen Metern in die belebte Burgstraße einzubiegen. Ihr folgten sie bis zum Marktplatz, wo sich an einem kleinen Tisch vor einem Café glücklicherweise noch zwei freie Plätze finden ließen.

Nachdem der Kellner die gewünschten Getränke an den Tisch gebracht hatte, erkundigte sich Roth höflich, was sein ehemalige

Dozent herausgefunden habe, was man nicht am Telefon hätte besprechen können. Außerdem war er gespannt darauf, zu erfahren, inwieweit diese Erkenntnis dazu beitragen könne, ihren aktuellen Mordfall aufzuklären.

»Es geht hauptsächlich um die Schuhe, die in der Nähe des Tatorts gefunden wurden. Ich weiß, wo, wann, von wem und vor allem, für wen sie angefertigt wurden! Das Opfer hat sie aller Wahrscheinlichkeit nach gar nicht getragen! Ich denke, der Täter hat sie mit Absicht im Kurpark platziert, weil er uns indirekt etwas damit sagen wollte!«

»Wir haben uns natürlich auch Gedanken über das ominöse Schuhwerk, das vor Ort aufgefunden wurde, gemacht. Vielleicht beginnen Sie ja damit, Herr Brandner, mir zuerst ihre Erkenntnisse zu erläutern.«

»Gerne. Ich habe das Zeichen, das auf der Unterseite der Schuhe eingeprägt ist, einem Kenner der alten Meister beschrieben und überraschende Antworten von ihm erhalten!«

»Die da lauten?«

»Sie wurden im Dezember 1923 in der bekannten Schuhmacherei Hartnagel handgefertigt. Laut Rechnung, die, man höre und staune, doch tatsächlich noch vorhanden ist, wurden sie Anfang Januar 1924 an einen gewissen Herrn Kubrat Stoikov geliefert, der zu diesem Zeitpunkt zum Tross einer Delegation der bulgarischen Regierung gehörte. Diese logierte damals mehrere Wochen lang im Gasthof Spaht.«

»Herr Stoikov war also der Auftraggeber?«, schlussfolgerte Herr Roth und zog seine Augenbrauen nach oben, da er zu einem anderen Ergebnis gekommen war.

»Nicht ganz! Das wäre dann ja wohl auch viel zu einfach gewesen. Außerdem hätte Kubrat Stoikov gar nicht über genügend Geldmittel verfügt, um sich solch teures Schuhwerk überhaupt leisten zu können. Er wohnte damals in einer der kleinen Dachkammern des Hotels, die als Unterkunft für die Dienerschaft der betuchten Gäste dienten. Kubrat war nämlich der langjährige Kammerdiener eines Angehörigen des bulgarischen Hochadels.«

Anhand dieses einzigartigen Markenzeichens, das diese schwarzen Schuhe aufwiesen, so fuhr er fort, konnte ihm der hilfsbereite Schuhmachermeister zweifelsfrei mitteilen, dass der

wahre Auftraggeber Konstantin Graf Wollkov
ihm habe es sich wiederum um keinen Gering
Adjutanten seiner Majestät des Zaren Ferdinan
gehandelt. Was sagen Sie jetzt, Herr Roth?«

»Da kann ich nur sagen, Chapeau! Allerdi
anmerken, dass Ferdinand 1923 kein Zar von Bulga
Er hatte 1918, nach dem 1. Weltkrieg, zu Gunsten seines Sohne
Boris III. abgedankt. Geschichte ist meine große Leidenschaft, wie Sie sich vielleicht noch erinnern?«

»So genau brauchen wir den geschichtlichen Hintergrund auch gar nicht zu beleuchten, da das Tötungsdelikt, das wir jetzt aufklären, fast 100 Jahre danach stattfand.« Roth wunderte sich nicht darüber, dass Brandner ihn verbesserte, schließlich war er viele Jahre Dozent gewesen. Er glaubte wohl in ihm immer noch einen seiner Schüler vor sich zu haben.

»Bei dem jungen Mann, der von Kubrat Stoikov begleitet und bedient wurde, handelte es sich um den Stellvertreter seines Vaters. Der reiste erst zu einem späteren Zeitpunkt zu uns nach Bad Mergentheim. Sein Sohn bereitete im Vorfeld irgendeinen großen Festakt vor, den das Haus Württemberg und der bulgarische Zar Ferdinand I. im Januar 1924 gemeinsam veranstalteten. Wenn ich es noch richtig in Erinnerung habe, handelte es sich bei dem Fest um eine Hochzeitsfeier. Diese fand im *Hotel und Kurhaus Hohenlohe* statt«, schloss der Kriminaler seinen Bericht. »Exakt in dem Haus, in dem Sie zur Zeit zur medizinischen Rehabilitation weilen!«

»Sie waren jetzt aber nicht minder eifrig mit der Aufklärung der damaligen Umstände beschäftigt! Eine Hochzeit in den Kreisen des Hochadels hier in Bad Mergentheim!«, sinnierte Brandner überrascht. »Davon weiß ich ja gar nichts. Na ja, 1924 ist nun auch schon wieder ein paar Jährchen her.«

»Jetzt enttäuschen Sie mich aber sehr, Herr Kriminaloberrat. In der Klinik Hohenlohe hängen doch das Hochzeitsfoto und sogar die Menükarte dieser Eheschließung schön eingerahmt an der Wand. Wenn Sie den Flur entlang zum großen Aufzug gehen, gleich auf der rechten Seite. Kurz vor dem Eingang zur Physiotherapie. Das müsste Ihnen aber mittlerweile aufgefallen sein. Immerhin laufen Sie doch mehrmals täglich an diesen Bildern vorbei!«

…, was Sie nicht sagen?«, kam es nicht hundertprozentig …würdig von Herrn Brandner. »Das ist mir tatsächlich noch … nicht aufgefallen!«

***

In der Pathologie des Caritas-Krankenhauses war Doktor Seibold bereits damit beschäftigt, den Seziertisch aus feinstem Edelstahl zu reinigen, als Roth und Brandner die heilige Halle betraten.

»Früher war die Polizei um einiges pünktlicher als heutzutage. Muss ich jetzt leider einmal so feststellen«, spielte der grauhaarige Pathologe auf die über einstündige Verspätung der beiden an. Dabei säuberte er weiterhin akribisch das Standrohr-Überlaufventil des Organbeckens, das er, als es vor Sauberkeit nur so strahlte, zu dem herausnehmbaren Restebehälter des Seziertisches legte.

»Da war das Verkehrsaufkommen in und um Bad Mergentheim auch bei Weitem noch nicht so unangenehm hoch wie heute. Es tut mir aufrichtig leid!«, brachte Hauptkommissar Roth eine nicht vollkommen überzeugend klingende Entschuldigung hervor. Dann stellte er dem Mediziner Herbert Brandner vor.

»Ihr habt natürlich vollkommen recht mit eurer Annahme, dass es sich hier um keinen Suizid handelt. Das Opfer war bereits seit mehreren Stunden tot, als er im Baum regelrecht zur Schau gestellt wurde. Warum sonst hätte der Täter, beziehungsweise die Täter, denn diese Mühe auf sich nehmen sollen? Um den Leichnam in diese Höhe zu hieven, in der man ihn fand, brauchte es mindestens zwei starke Personen. Es sollte auf den ersten Blick wie ein Selbstmord auf euch wirken. Warum das so sein sollte? Ich weiß es nicht! Das herauszufinden, ist nun einzig und allein eure Aufgabe!«

»Es gibt tatsächlich noch weitere Hinweise darauf, dass uns der Täter etwas mitteilen wollte!«, erklärte Brandner und berichtete ausführlich über das Paar aufgefundener Herrenschuhe. Als er eine Pause einlegte, um einmal richtig durchzuschnaufen, unterbrach ihn Roth. Der kam gegenwärtig wieder auf den eigentlichen Grund ihres Hierseins zurück, was zur Folge hatte, dass nun Doktor Seibold erneut an der Reihe war.

»Wie gesagt, gegen eine Selbsttötung sprechen gleich mehrere Gründe. Zum einen fehlt eine Strangmarke am Hals des Opfers. Beim typischen Erhängen hängt der Körper frei schwebend in der Luft. Dabei entsteht eine sogenannte Strangmarke, oder auch Strangfurche genannt, beidseitig am Hals des Toten. Diese verläuft bei der Variante des Erhängens, wie sie die Täter ausgewählt haben, symmetrisch nach oben. Der Aufhängepunkt befindet sich hinten in der Mitte des Nackens, was meistens durch den Abdruck des Knotens, den dieser auf der Haut hinterlässt, gut zu erkennen ist. Beim atypischen Erhängen berührt jedoch der Körper zumindest teilweise den Boden. Der Aufhängepunkt liegt dann seitlich verschoben oder vorne am Hals. Aber das sei nur ganz am Rande erwähnt! Wie gesagt, gibt es bei diesem Opfer keine Strangmarke, und auch keine Zwischenkammblutungen, kleinste Hautquetschungen also, die durch das Zusammenziehen der Schlinge am Hals entstehen. Ebenso deutet das Fehlen von Leichenflecken an den abhängenden Körperpartien darauf hin, dass das Opfer zum Zeitpunkt des Aufhängens bereits nicht mehr am Leben war. Seit geraumer Zeit schon nicht mehr am Leben war, muss ich in diesem Fall sogar sagen. Ein weiteres Indiz, das gegen einen Suizid spricht, ist die Tatsache, dass keine Speichel- oder Tränenabflussspuren im Gesicht des Leichnams nachzuweisen sind. Lange Rede, kurzer Sinn: Dieser bedauernswerte Mann hat sich unzweifelhaft nicht selbst das Leben genommen!«

»Dann wüsste ich jetzt natürlich gerne die wahre Todesursache und den genauen Todeszeitpunkt von Ihnen! Haben Sie schon fundierte Ergebnisse in diese Richtung, die Sie mir mitteilen könnten, verehrter Herr Doktor?«

***

Bad Mergentheim im Januar 1922

Gottlob stand heute bereits sehr früh in der kleinen Schreinerwerkstatt seines Vaters. Ein Mergentheimer Ratsherr war am gestrigen Abend verstorben und sein ältester Sohn hatte einen teuren Sarg für den Toten in Auftrag gegeben. Der sollte spätestens am Nachmittag geliefert werden. Schließlich musste der Stadtrat seinem gesellschaftlichen Stand, den er zu Lebzeiten in der Gemeinde innehatte, gebührend aufgebahrt werden.

Als sich der junge Schreinergeselle ins Haus des Verstorbenen begeben hatte, um die Maße des Verstorbenen zu nehmen, lag der Leichnam nackt auf seinem Bett. Dessen untröstliche Witwe und die Hausmagd waren damit beschäftigt, den viel zu früh Dahingegangenen zu waschen und ihn in frische Kleider, die auf einem Stuhl bereit lagen, zu kleiden.

Gottlob erinnerte sich noch ganz genau, während er halbherzig, um nicht zu sagen, widerwillig die Eichenbretter des Sarges polierte, was ihm bei dessen Anblick durch den Kopf gegangen war. Er dachte nämlich, was doch ein paar teure Kleider aus einem Menschen alles machen konnten. Was war das doch für ein Unterschied zwischen dem alten Mann mit der Vollglatze, die man unter dem Hut nie zu Gesicht bekommen hatte, diesem faltigen und eingefallenen Gesicht und der verrunzelten Haut, die noch dazu von übergroßen Warzen und unschönen Altersflecken übersät war, und diesem stolzen Ratsherrn, der er vor gar nicht langer Zeit noch gewesen war. In seinen teuren, maßgeschneiderten Anzügen, mit Hut, Stock und goldener Taschenuhr. Kleider, so sagte er sich, machen bekanntlich Leute! Das hatte er am vergangenen Sonntag eindrucksvoll gelernt, als der Pfarrer diesen jungen Lackaffen mit sich in sein Pfarrhaus genommen hatte. Dieses ansonsten harmlose Ereignis war ausschlaggebend für seine Entscheidung, aus seinem restlichen Leben weitaus mehr machen zu wollen, als es die gesellschaftliche Ordnung, seiner Geburt nach, für ihn vorgesehen hatte! Es blieb ihm nichts anderes übrig, als seinen gefassten Plan augenblicklich in die Tat umzusetzen, wenn er die Traudl denn wirklich zu seiner Angetrauten nehmen wollte. Und genau das wollte er. Mehr als alles andere auf dieser Welt! Das war ihm so klar wie Kloßbrühe, wie man landläufig so schön sagt.

»Träumst du jetzt sogar schon in aller Herrgottsfrühe, du Taugenichts! Der Tag hat doch soeben erst begonnen und du bist schon wieder müde!«, holte ihn sein Vater in die kalte Wirklichkeit der Werkstatt zurück. »Du musst endlich lernen, dass du im Leben nicht das Geringste umsonst bekommst! Du musst dir alles hart erarbeiten! Das geht aber nicht, wenn du ständig über deiner Arbeit einschläfst!«

»Ich habe nicht geschlafen, Vater!«, erwiderte er trotzig. Erst jetzt bemerkte er, dass das Tuch, mit dem er die Bretter hätte polieren sollen, am Boden lag. Es war ihm, ohne dass er es bemerkt hatte, aus der Hand gefallen. Er hatte doch tatsächlich schon wieder geträumt!

»Dann hast du eben mit offenen Augen geschlafen. Das ändert jedoch nichts daran, dass du deine Aufgaben, die ich dir aufgetragen habe, nicht erledigt hast! So geht das jetzt auf gar keinen Fall mehr weiter mit dir! Hörst du mich? Entweder du machst deine Arbeit ab sofort zu meiner vollsten Zufriedenheit, oder du wirst dir über kurz oder lang einen Meister suchen müssen, der sich einen Faulpelz wie dich leisten kann! Ich kann das nicht länger!«

»Ich werde mich bessern, Vater«, versprach er und machte sich wieder an den Brettern zu schaffen.

Sein älterer Bruder, dem Gottlobs Anwesenheit im elterlichen Betrieb, wie jeder wusste, schon seit Längerem ein großer Dorn im Auge war, warf dem Vater einen verächtlichen Blick zu. Er benötigte dringend die Kammer, in der nun mal sein Bruder wohnte, für seine eigene kleine Familie. »Wie lange willst du dir das denn noch von diesem Tunichtgut gefallen lassen? Der tanzt dir doch bloß noch auf deiner Nase herum! Gerade so, wie es ihm gefällt! Setz ihn doch endlich vor die Tür! Der und seine ewige Faulheit sind noch einmal unser Untergang, das sage ich dir! Unser aller Untergang! Denke an meine Worte!«

»Noch bin ich der Herr in diesem Haus! Du wirst schon noch eine Zeit lang warten müssen, bis du das Sagen hast!«, kanzelte der Vater seinen Ältesten ab. »Hilf deinem Bruder gefälligst mit dem Sarg, bevor du mir groß und breit erzählen willst, wie ich mein Haus und meine Werkstatt zu führen habe! Der Sarg muss, wie ihr wisst, pünktlich geliefert werden. Davon hängen weitere Aufträge und somit auch unser aller Wohl ab. Habt ihr zwei Hornochsen mich jetzt endlich verstanden?«, wollte der Alte mit schneidender Stimme von den beiden wissen. Die Brüder nickten nacheinander zögerlich und warfen sich dabei gegenseitig bösartige Blicke zu.

Gottlob transportierte mittels eines Handwagens das gute Stück, als es fertig war, zu den Hinterbliebenen. Dort half er noch, den Leichnam umzubetten, und hielt die erste Totenwache, bis die Familie soweit war, um sie wieder selbst zu übernehmen. Später, als er das Haus des Verstorbenen wieder verließ, lag dieser zurechtgemacht für seine lange Reise, friedlich und mit gefalteten Händen in seinem Eichensarg. Fast hätte man meinen können, der hohe Herr halte nur einen kleinen Mittagsschlaf. Dass der seine teuren Stiefel, die aus edlem Leder gefertigt und mit je einer Silberschnalle verziert waren, nicht mehr an seinen Füßen trug, was man unter dem weißen Damasttuch, mit dem der Leichnam bereits bis zur Brust bedeckt war, ja eh nicht mehr hätte sehen können, ahnte niemand der Anwesenden. Die Schuhe hatte Gottlob in einem unbeobachteten Moment unter seinen Handwagen gebunden, den er jetzt, auch wegen des großzügigen Trinkgeldes, das er vom Sohn des Toten erhalten hatte, gut gelaunt nach Hause schob!

***

3. Kapitel

In dem Mergentheimer Polizeirevier saßen Roth und sein Mitarbeiter an einem kurzfristig frei gemachten Schreibtisch und tranken eine Tasse Kaffee. Mehling kam, einen Ordner unter dem Arm geklemmt und einen jungen Polizeimeister im Schlepptau, aus dem Büro seines Chefs.

»Gute Nachrichten, meine Herrn«, rief er ihnen zu. »Der Toni, mein Partner«, dabei nickte er mit dem Kopf in Richtung des Polizeibeamten, »ist ab heute ebenfalls für Sie freigestellt!« Dann legte er den Aktenordner auf den Tisch. »Für Sie, Herr Hauptkommissar. Die Befragungsprotokolle von gestern.«

Der Chefermittler staunte nicht schlecht, als er den Ordner öffnete, und die vielen mit der Schreibmaschine eng beschriebenen Blätter sah. »Wann haben Sie denn das noch alles angefertigt? Jetzt sagen Sie mir bloß nicht, Sie haben gestern noch eine Nachtschicht angehängt?«

»So viel ist es jetzt nun auch wieder nicht!«, versuchte Herr Mehling durch Bescheidenheit zu glänzen.

Nachdem der Hauptkommissar den Verfasser der vielen Berichte gebeten hatte, deren Inhalt auf das Wesentliche zu reduzieren, begann Mehling mit einer kurzen Zusammenfassung. Den meisten Hotelgästen sei, was Viktor beträfe, in den vergangenen Tagen nichts Ungewöhnliches aufgefallen. Die wenigsten hätten sich überhaupt an ihn erinnern können. Ein Portier, seine Personalien stünden in einem der Berichte, habe ihm gegenüber ausgesagt, dass ihm aufgefallen sei, dass sich der Tote kurz vor seinem Verschwinden sehr über einen Brief erschrocken habe. Dieser sei durch einen Boten, beziehungsweise einen Jungen, der nicht viel älter als zwölf Jahre alt sein dürfte, an der Rezeption für ihn abgegeben worden. Der junge Herr habe sich den Inhalt dieser Nachricht gleich zweimal zu Gemüte geführt, wobei er als Erstes seine gesunde Gesichtsfarbe verloren hätte, dann habe er, von einer Sekunde auf die andere, am ganzen Körper gezittert! Als er befürchten musste, dass der Gast jeden Moment in der Lobby kollabieren würde, habe er ihn in eine stille Ecke verfrachtet und ihm ein Glas Wasser gereicht. Kurze Zeit später wollte er sich bei ihm nach dessen Wohlbefinden erkundigen, da sei er allerdings nirgendwo mehr auffindbar gewesen. Ansonsten, wie gesagt, absolute Funkstille was das Mordopfer betrifft.

Zwei Aussagen gäbe es allerdings noch, die sehr interessant klängen. Ein älteres Ehepaar, das im Zimmer nebenan logiere, habe angegeben, vorgestern einen lautstarken Streit aus dem Zimmer des Toten gehört zu haben. Sie hätten eindeutig zwei männliche Stimmen unterscheiden können. Die eine sei Viktors gewesen, die andere die eines ihnen unbekannten Mannes. Die zweite Stimme habe sich merkwürdig angehört. Gerade so, als ob diese Person heiser gewesen sei. Irgendwie angsteinflößend! Nach einer Weile, in der es wieder still war im Nebenzimmer, hätte es jedoch unvermittelt ein sehr lautes Gepolter gegeben, von dem die Frau angenommen habe, dass eine schwere Last, wie zum Beispiel ein männlicher Körper, zu Boden gefallen sei. Während des Sturzes habe er dann andere Dinge, die sich in seiner Reichweite befanden, mit sich gerissen. Ihr Mann sei allerdings der Meinung gewesen, dass diese Geräusche aus dem unteren Stockwerk zu ihnen herauf gedrungen seien.

»Das klingt in der Tat doch sehr aufschlussreich! Und um was geht es bei der zweiten Äußerung?«, erinnerte Schmalz den uniformierten Kollegen daran, anfangs von zwei Aussagen gesprochen zu haben.

»Die kommt von einem der Zimmermädchen«, fuhr Mehling nun fort. »Sie hat zweimal beobachtet, dass ein Mann, der eindeutig nicht zur Reisegruppe gehörte, das Zimmer des Toten verließ! Beim zweiten Mal sei ihr aufgefallen, dass sich niemand in dem Hotelzimmer aufhielt, als sie unmittelbar nach dem Verlassen des Mannes den Raum betreten hat.«

Bei Mehlings Recherche, die Identität des Opfers betreffend, habe sich im Laufe des gestrigen Tages herausgestellt, dass es sich bei besagtem Viktor, der mit vollem Namen übrigens Viktor Emanuel Maksim Kabadzhiev hieß, um einen hochrangigen Beamten der bulgarischen Regierung handeln würde!

»Nicht nur das!«, fiel ihm Schmalz ins Wort. »Als ich gestern am frühen Abend endlich jemanden vom bulgarischen Konsulat erreicht hatte, wurde seine Tätigkeit als Regierungsmitarbeiter zuerst bestätigt. Eine halbe Stunde später hieß es jedoch, es handele sich bei unserem Mordopfer lediglich um den Träger des gleichen Namens, der in Bulgarien doch sehr häufig vorkäme! Nach mehrfach erfolgten Rückfragen sowohl bei der Familie Kabadzhiev als auch im Handelsministerium, seien sie schlussendlich zu der Erkenntnis gelangt, dass es sich bei der fraglichen Person mitnichten um den Herrn Abgeordneten handeln würde! Außerdem würde der zuständige Beamte im Namen der Regierung wie auch im Namen der Familie Kabadzhiev um allergrößte Diskretion bitten!«

»Dann bemühen wir uns zuerst um das Hausmädchen, während Sie beide bitte die letzten Befragungen im Palais Madelaine durchführen!«, erteilte Roth den uniformierten Polizisten ihre nächste Aufgabe. »Um den Mitarbeiter des Konsulats werde ich mich heute Nachmittag persönlich kümmern!«

***

Die ›SpuSi‹ war unter der Leitung ihres Chefs, Kriminaloberkommissar Pahl, noch immer fleißig bei der Arbeit, als Roth und sein Mitarbeiter im Hotel in der Bad Mergentheimer Poststraße eintrafen.

»Hallo, Andreas! Bist du schon wieder da oder immer noch?«, fragte der Ermittler, überrascht darüber, den SpuSi-Mann um diese frühe Uhrzeit schon hier am Tatort bei der Arbeit anzutreffen.

»Immer noch! – Du fragst mich gar nicht, wie es mir geht!?«

»Und, Andreas, wie geht es dir?«, erkundigte sich der Kriminaler brav.

»Oh je! Frage mich bloß nicht!«, winkte der Spurensicherer müde lächelnd ab.

»Habt ihr schon irgendetwas Nennenswertes herausgefunden?«

»Jede Menge Fingerabdrücke! Die müssen allerdings erst noch ausgewertet werden! Laptop und Handy sind bereits im Präsidium und Harald versucht nun das Passwort des Laptops zu knacken. Handydaten hast du bis spätestens heute Nachmittag. Laptop dauert, je nach Schwierigkeitsgrad des Passworts, ein klein wenig länger.«

»Vielen Dank schon mal, Andreas. Bis die Tage also!«

»Ja, mach es auch gut! Bericht kommt so schnell wie möglich!«, antwortete Pahl und gab sich wieder seiner Arbeit hin. - »Ach, jetzt hätte ich fast vergessen dir noch mitzuteilen, dass vom Festnetzanschluss dieses Zimmers mehrmals mit der bulgarischen Botschaft in Berlin telefoniert wurde. Dieselbe Nummer befand sich ebenfalls auf dem Smartphone des Verstorbenen, wie ich festgestellt habe, als ich mir die gespeicherten Daten angesehen habe!«

»Das ist doch schon mal ein Anfang!«

Beim Verlassen des Zimmers stieß Roth auf Schmalz, der eine interessante Neuigkeit zu berichten hatte. Das Opfer habe ständig einen super modernen Fotoapparat mit sich herumgetragen, hätten drei Zeugen unabhängig voneinander berichtet. Was besonders auffiel, da die meisten ihre Erinnerungsfotos heutzutage mit ihrem Smartphone machen würden. Er habe buchstäblich alles, was er vor die Linse bekam, fotografiert! Als man den Toten fand, hatte der jedoch keine Kamera bei sich gehabt.

Roth kehrte noch einmal in das Hotelzimmer zurück und fragte den Mann von der ›SpuSi‹, ob er oder seine Kollegen hier im Zimmer eine Fotokamera entdeckt hätten, was der jedoch kopfschüttelnd verneinte.

Nur zehn Minuten später fanden sie das aufmerksame Fräulein Kerstin, das Hausmädchen, das den ominösen Mann dabei beobachtete, wie er mehrmals das Zimmer des Mordopfers verlassen hatte. Sie war eifrig damit beschäftigt im Flur des dritten Stockwerks Staub zu saugen. Das Erste was sie sagte, als Roth sie ansprach war, dass sie im Moment leider überhaupt keine Zeit für ihn habe, da sie ansonsten ihr umfangreiches Arbeitspensum für den heutigen Morgen mit Sicherheit nicht mehr schaffen würde.

Der Kommissar wies sie höflich darauf hin, dass der Mörder ohne ihre Aussage seiner gerechten Strafe wohl entgehen würde, weshalb er sie notfalls auch in das Polizeipräsidium einbestellen könnte. Außerdem wäre es in ihrem ureigenstem Interesse, dass der Täter so schnell wie nur möglich gefasst und überführt werden würde. Schließlich sei sie eine Augenzeugin und somit eine extrem große Bedrohung für ihn.

Letztendlich gab sie ihren Widerstand auf, bestand jedoch darauf, während der Befragung mit ihrer Arbeit fortfahren zu dürfen.

Sie berichtete, dass sie einen etwa vierzigjähriger Mann mit einem typisch südländischem Aussehen am ersten Tag von Viktors Aufenthalt mindestens zwei- bis dreimal dabei beobachtete, wie er Viktors Zimmer verlassen habe. Am nächsten Tag sah sie die gleiche Person nur einmal aus dem Raum kommen, allerdings sei Herr Viktor zu diesem Zeitpunkt gar nicht in seinem Zimmer gewesen. Was sie deshalb so genau sagen könne, weil sie den Raum unmittelbar nach dem Verlassen des unbekannten Mannes, betreten habe, um zu putzen. »Ja, ganz genau so war das«, antwortete sie dem Kommissar mit fester Stimme. Weiterhin gab sie noch an, dass sie besagten Mann jederzeit wieder erkennen würde.

***

Brandner klopfte resolut an die Zimmertür, die umgehend geöffnet wurde. Ein weißhaariger Mann mit einer drahtigen Figur und einer modischen Brille auf der Nase stand im Türrahmen.

»Das ging jetzt aber fix! Sie sind die Herren von der Polizei, nehme ich an?«

Bevor Hans-Georg noch dementieren konnte, und den älteren Herrn darüber aufklären konnte, dass das nicht so ganz zutreffend sei, hatte Herbert bereits den Raum betreten. Der Hotelgast stellte den beiden seine bessere Hälfte vor, die auf dem breiten Sofa saß, während er die beiden mit den Worten ›Die Herren von der Polizei!‹ wiederum seiner Frau vorstellte.

»Also, das war so!«, begann der mutmaßliche Zeuge, nachdem ihn der im Ruhestand befindliche Kriminologe dazu aufgefordert hatte, über den Streit, der zwischen Viktor und einem ihnen unbekannten Mann stattgefunden hatte, zu berichten. Es sei, wie er sich erinnere, wohl so gegen Mitternacht gewesen. Sie hätten die Balkontür offen stehen lassen, um die Luft, die während des Abends etwas abgekühlt hatte, ins Zimmer zu lassen. Sie hätten zuerst nur ab und an einen der beiden etwas lauter sprechen hören, was jedoch in kurzer Zeit zu einer regelrechten Schreierei ausartete. Dann wäre es auf einmal völlig still gewesen. Allerdings habe der Streit so gegen ein Uhr noch einmal von vorne begonnen. Das war insofern extrem ärgerlich, weil sie kurz davor erst wieder eingeschlafen waren. Das ging in etwa eine halbe Stunde so zu. Erst als ein anderer Gast, der ebenfalls in seiner Nachtruhe gestört wurde, lauthals mit der Polizei drohte, brach der Lärm abrupt ab. Daraufhin wäre es eine gewisse Zeit lang ruhig geblieben. Unverhofft für sie alle, wäre es jedoch erneut für einen kurzen Moment extrem laut geworden. Dann hörten sie plötzlich ein Geräusch, das sich in etwa so anhörte, als sei ein schwerer Gegenstand auf dem Boden aufgeschlagen.

»Meine Frau«, der weißhaarige Mann warf einen verlegenen Blick in ihre Richtung, »war, wie ich gestehen muss, von Anfang an der festen Meinung gewesen, dass es sich hierbei um einen menschlichen Körper gehandelt haben musste, der dieses sonderbare Geräusch verursachte. Ich glaubte das ehrlich gesagt nicht, da sich meines Erachtens so ein Knall bei einem Gewicht, wie es ein junger und gesunder Mann wie der arme Herr Viktor auf die Waage bringt, erheblich anders anhören müsse! Irgendwie … viel dumpfer! Verstehen Sie, was ich meine?«

»Ich bin auch jetzt noch felsenfest davon überzeugt, dass der Körper des armen Herrn Viktors das Geräusch verursacht haben muss!«, erwiderte sie trotzig. »So ein lieber junger Mann! Ich kann das alles noch gar nicht richtig fassen! So ein schreckliches, menschenunwürdiges Ende, hat er weiß Gott nicht verdient!«

»Sie kannten das Opfer näher?«

»Na ja! Was heißt näher?«, stellte der alte Mann eine Gegenfrage.

»Lange genug, um festzustellen, dass er ein sehr gebildeter und sehr höflicher junger Mann war«, widersprach seine Gemahlin.

Eine Frage hätte ich jetzt noch an Sie«, hakte der Kriminologe im Ruhestand nach, »dann lasse ich Sie in Ruhe. Haben Sie verstanden, um was es bei der verbalen Auseinandersetzung ging?«

»Die Worte, die die beiden Streithähne gewechselt haben, haben wir wohl verstanden, deren Sinn blieb uns aber leider verborgen! Sie unterhielten sich, beziehungsweise beschimpften sich, nämlich in Viktors Muttersprache!«

»Erkannt haben Sie den Mann wahrscheinlich auch nicht, oder?«, fügte Hans-Georg noch eine allerletzte Frage an.

»Leider nein!«, antwortete der Zeuge mit einem enttäuschten Unterton in der Stimme. »Zumindest nicht richtig. Wenn wir ihn allerdings noch einmal sehen könnten, würden wir ihn vielleicht doch erkennen! Aber seine Stimme würden wir sofort wiedererkennen!«

»Gut. Dann war es das für heute! Sie haben uns tatsächlich ein großes Stück weitergeholfen. Vielen Dank!«

Exakt zur selben Zeit, zu der Herbert und Hans-Georg im Parterre des noblen Gebäudes den Aufzug verließen, klopften Hauptkommissar Roth und sein Mitarbeiter, die über das Treppenhaus gekommen waren, an die Zimmertür des betagten Ehepaars. Die Herrschaften waren völlig perplex, dass so kurz hintereinander zwei völlig verschiedene Ermittlungsteams bei ihnen im Hotel auftauchten, um ihnen exakt die gleichen Fragen zu stellen!

»Wer war bei Ihnen und hat Sie zu diesem Fall befragt, sagten Sie?«, wollte Roth, der ebenso überrascht wie verärgert darüber war, kurz nach seiner Ankunft ungläubig von ihnen wissen.

»Na, Ihre Kollegen natürlich! Zwei äußerst nette, wenn auch schon ältere Herren übrigens. Der eine von ihnen zog beim Gehen das rechte Bein ein wenig nach! Die beiden sind vor zwei Minuten erst gegangen! Haben Sie Ihre Kollegen denn gar nicht mehr gesehen?«

»Nein, leider nicht! Glauben Sie mir, denen hätte ich gerne noch ein paar Worte mit auf den Weg gegeben!«

***

Am späten Nachmittag telefonierte Roth mit seinem Vorgesetzten, dem Leiter der Kriminalinspektion K1 im Heilbronner Polizeipräsidium. Er wollte seinem Chef mitteilen, dass er sich jetzt mit dem Konsulat in Verbindung setzen würde, um den Mitarbeiter zu befragen, der erst die Identität des Mordopfers bestätigt hatte, um kurz darauf seine Aussage zu revidieren. Außerdem ging es ihm im Allgemeinen darum, seinem Chef im laufenden Fall Bericht zu erstatten und im Besonderen, sich über Brandners unmögliches Verhalten gerade ihm gegenüber, zu beklagen. Ehemaliger Ausbilder hin und väterlicher Freund her, es gehe trotzdem nicht an, dass der sich ständig in seine Ermittlungen einmische! Oder dass er, wie im Falle des freundlichen Ehepaars, sogar eine offizielle Befragung durchgeführt habe! Der Mann befinde sich schlussendlich im verdienten Ruhestand und habe sich daher konsequent aus den laufenden Ermittlungen herauszuhalten! Das müsse dem Mann jetzt ein für alle Mal und vor allem mit Nachdruck mitgeteilt werden!

»Das grenzt schon an Amtsanmaßung, was der hier betreibt!«

»Da bin ich voll und ganz bei Ihnen, lieber Roth. Genau so erklären Sie ihm das bitte auch, wenn Sie ihn das nächste Mal treffen!«, antwortete sein Chef, der sich ein leicht süffisantes Lächeln bei diesen Worten partout nicht hatte verkneifen können.

Im Anschluss daran berichtete Roths Vorgesetzter detailliert, und nicht ohne überschwänglich seine guten Kontakte nach ganz weit oben zu erwähnen, dass er mit der Unterstützung eines sehr guten Bekannten Kontakt zur bulgarischen Botschaft aufgenommen habe. Bereits morgen hätten sie einen gemeinsamen und wie er hoffe, auch einen erfolgreichen Termin mit dem stellvertretenden Leiter des bulgarischen Konsulats in Stuttgart. Aus diesem Grund könne sich der Herr Hauptkommissar heute also die lange Fahrt dorthin ersparen, beendete der Leiter der Kriminalinspektion K1 das Gespräch.

***

Herbert und Hans-Georg hatten sich am Abend einer kleinen Gruppe von Patienten angeschlossen, die in der Stadt noch gemütlich ein Glas Wein trinken wollten. Das Wetter lud förmlich dazu ein, den Abend im Freien zu verbringen. Sie standen vor einem gemütlichen Lokal, das auch außen auf dem Gehsteig bestuhlt war, und beratschlagen gerade lautstark, welchen Tisch sie in Beschlag nehmen sollten. Den in der immer noch sehr warmen Abendsonne oder lieber den im kühlen Schatten.

Der ehemalige Dozent der Polizeiakademie, der sich geflissentlich aus der Diskussion um die besten Sitzplätze heraushielt, betrachtete sich derweil die äußerst liebevoll restaurierten Fassaden der umliegenden Häuser. Mit einem Mal wurde er von einem Mann, der es unheimlich eilig zu haben schien, mit voller Wucht angerempelt, sodass er beinahe sein Gleichgewicht verloren hätte und der Länge nach hingefallen wäre.

Er hatte die passenden Worte schon auf den Lippen, die er

diesem Flegel nur zu gerne an den Kopf geworfen hätte, als er gewahr wurde, dass er diese Person schon einmal gesehen hatte. Ihm fiel auch wieder ein, wo das gewesen war. Im *Palais Madeleine*! Brandner hätte keinen realen Grund nennen können, warum er plötzlich das Bedürfnis hatte, diesem Mann zu folgen. Es war wohl eine Art männliche Intuition.

»Ich bin gleich wieder zurück«, rief er dem verdutzt dreinschauenden Hans-Georg zu, dann war er auch schon in der langsam immer größer werdenden Menschenmenge verschwunden. Es war gar nicht so einfach für ihn, mit dem ›Rempler‹ Schritt zu halten! Der bahnte sich seinen Weg mitten durch die Menschenansammlung hindurch. Völlig ohne jegliche Rücksicht auf etwaige Verluste!

Der Mann hatte sich zwischenzeitlich in den Schatten einer Ulme gestellt und immer wieder ungeduldig die Gasse hinauf und hinunter gespäht. Es war mehr als offensichtlich, dass er auf jemanden wartete. Es verging eine Viertelstunde, bis tatsächlich zwei Männer mit osteuropäischem Aussehen direkt auf den Mann aus dem Hotel zugelaufen kamen. Sie begrüßten sich kurz, dann sprach einer der beiden Ankömmlinge auf den, der gewartet hatte, ein. Zuletzt richtete die zweite Person, die bisher geschwiegen hatte, eine Frage an den Mann, den Brandner verfolgt hatte, worauf dieser zögerlich mit dem Kopf nickte. Zu dritt überquerten sie die Gasse und verschwanden, nachdem die mutmaßlichen Osteuropäer sich sicherheitshalber noch einmal vorsichtig nach allen Seiten umgesehen hatten, in dem gegenüber liegenden Gebäude. Darin befand sich im Parterre und im Keller eine Jazzkneipe, wie der Kriminologe außer Dienst unschwer erkannte. Er hörte vereinzelt Musiker, die bereits ihre Instrumente stimmten.

Kurzentschlossen begab sich Herbert Brandner zu dem Bauwerk hinüber und wollte die Tür öffnen, durch die die drei mysteriösen Männer das Haus betreten hatten, diese war jedoch verschlossen.

Er überlegte, wie er am besten in das Innere des Hauses kommen könnte, als er einen Lieferanten einer bekannten Brauerei aus der Region sah, der mit Hilfe einer Sackkarre mehrere Kästen Bier um das Haus herumfuhr. Er spähte um die Ecke und erkannte, dass sich dort ein Kellereingang befand, durch den gerade der Getränkelieferant verschwand. Herr Brandner passte einen ruhigen Moment ab, dann betrat auch er das Gebäude durch die Kellertür. Am Ende des Lagerraums entdeckte er eine zweite Tür, die er behutsam öffnete. Dahinter befand sich ein langer Flur, den er sich langsam entlang arbeitete. Er kam an weiteren Türen vorbei, die jedoch alle verschlossen waren. Ihm fiel jedoch auf, dass die Geräusche, die von den Musikinstrumenten herrührten, um so lauter wurden, je weiter er den Gang hinauflief. An der letzten Tür des Ganges angekommen, nahm er plötzlich mehrere Stimmen wahr, die allerdings nicht voneinander zu unterscheiden waren.

Bedenkenlos öffnete er die Türe einen Spalt weit und spähte hindurch. Er erkannte einen relativ großen Raum mit einer kleinen Bühne, auf der sich die Musiker aufhielten, die Brandner bereits gehört hatte. Weiterhin konnte er eine Tanzfläche und eine lange Bar erkennen. An zwei der Außenwände befanden sich mehrere Tische und Stühle. An einem der hinteren Tische saßen die drei Männer und unterhielten sich mit gedämpften Stimmen. Als der Kriminologe im Flur einen Arbeitskittel einen Besen und einen Putzeimer entdeckte, nutzte er die Möglichkeit, sich einigermaßen glaubwürdig zu tarnen. Nur Augenblicke später befand er sich in unmittelbarer Nähe zu den drei mysteriösen Personen. Während er sich an einem der Nachbartische zu schaffen machte, konnte er jedes einzelne Wort hören, das die drei Männer miteinander sprachen. Im ersten Moment war er enttäuscht, dass die sich in einer ihm fremden Sprache unterhielten. Er tippte auf Bulgarisch. Als einer der beiden Männer gegangen war, unterhielten sich die Zurückgebliebenen auf Deutsch weiter. Das, was der Kriminaloberrat a.D. nun hörte, war dann doch noch sehr aufschlussreich.

***

Bad Mergentheim im März 1922

Gottlob wartete seit fast einer halben Stunde bei klirrender Kälte im dunklen Innenhof des Gasthauses darauf, dass seine geliebte Edeltraud wenigstens für einen kurzen Moment zu ihm herauskommen würde. Er wollte ihr unbedingt von seinem Plan erzählen, wie er bei ihrem Herrn Vater um ihre Hand anhalten könnte, ohne dass der ihn umgehend davonjagen würde. Es handelte sich um eine extrem einfache, in der Sache jedoch geniale Strategie.

Endlich hörte er schnelle Schritte in dem knirschenden Schnee, die von der Küche des Hauses zu ihm herüberzukommen schienen.

»Gottlob? Bist du noch da?«, hörte er sie leise rufen und plötzlich machte ihm die Kälte überhaupt nichts mehr aus. Sein Herz klopfte vor Freude auf einmal so laut, dass er es selbst hören konnte!

»Hier, Traudl«, rief er ihr im Flüsterton entgegen, dann kam sie schon um die Ecke gelaufen. Er fing sie mit offenen Armen auf und drückte sie, so fest er nur konnte, gegen seine starke Brust.

»Brrr, ist das aber kalt hier draußen! Komm schnell mit in den Stall, da ist es wärmer!«, raunte sie ihm zu und zog ihn mit sich in Richtung der Stallungen, wo sie kurz darauf dicht aneinander gedrängt auf einem Strohballen saßen. Gottlob hatte schüchtern einen Arm um ihre Schultern gelegt, während Traudl ihn noch näher an sich heranzog.

»Ich muss dir unbedingt etwas sehr Wichtiges erzählen! Ab sofort wird alles gut, Traudl! Ich habe nämlich einen extrem guten Plan geschmiedet, wie wir trotz deines Vaters heiraten können! Ganz offiziell sogar! Wir müssen nicht durchbrennen! Da wirst du staunen, Edeltraud! Das schwöre ich dir, bei allem was mir heilig ist!«, sprudelte es aus ihm heraus. Er freute sich schon darauf, zu erfahren, was sie dazu zu sagen hatte.

»Schau, Gottlob«, unterbrach sie ihn jedoch. »Das Pläne schmieden macht sicherlich recht hungrig, darum habe ich dir heimlich eine Brotzeit mit herausgebracht!«

»Es ist mir wirklich ernst damit, liebste Edeltraud! Ob du es mir nun glaubst oder nicht, aber dein Vater wird dir sogar gut zureden, damit du ›Ja‹ zu mir und meinem Antrag sagst! Spätestens in zwei Jahren bist du meine Ehefrau! Denk doch nur! Ist das denn keine gute Nachricht?«

Sie reichte ihm einen Krug mit warmen Bier und eine Gänsekeule. »Nun iss und trink erst mal, dann sehen wir schon weiter! Du musst noch ordentlich was auf die Rippen bekommen, bevor wir durchbrennen. Denn nur von Luft und Liebe allein wirst du bestimmt nicht lange überleben!«, lachte sie über ihren geliebten Gottlob.

»Mache dich nur über mich lustig! Du wirst schon noch staunen, wenn ich dir erzähle, was ich mir für unsere Zukunft ausgedacht habe!« Dann brach er ein großes Stück Brot ab und biss herzhaft hinein. Er spülte gerade seinen letzten Bissen Gänsefleisch mit einem großen Schluck Bier hinunter, als sie vom Hof her Schritte und gedämpfte Stimmen hörten.

»Das sind der Märtl, unser Schankknecht, und die Gundi, unsere Magd. Jetzt müssen wir vorsichtig sein, damit sie uns nicht hören!« Leise krochen sie hinter ein paar Strohballen und spähten vorsichtig Richtung Tür.

»Was wollen die um diese späte Stunde denn noch hier im Stall?«, fragte der Gottlob neugierig.

»Der Vater wird sie geschickt haben, um ein neues Fass Wein aus dem Keller zu holen«, erklärte Edeltraud gerade, als sich die Stalltür öffnete und die beiden leise hereinschlüpften.

»Was wollen die dann hier im Stall?«, murmelte Gottlob leise.

»Das wirst du gleich zu sehen bekommen!«, presste die Traudl ebenso leise hervor und unterdrückte ein Kichern. Mein Gott, du bist aber einfältig, dachte sie dabei.

Die Magd beugte sich mit dem Oberkörper über das Gatter des Kuhstalls und raffte dabei mit einem geschickten Handgriff ihre Röcke hoch, worauf der Knecht nur gewartet zu haben schien. Er presste sich, nachdem er seinen Hosenladen geöffnet hatte, fest gegen ihr strammes Hinterteil. Dann begann er sich rhythmisch zu bewegen. Gundi passte ihre Bewegungen denen vom Märtl an.

Gottlob wurde es ganz mulmig zumute. Er versuchte seinen Blick nicht zu offensichtlich dem Schauspiel zuzuwenden, was Traudl nun doch ein leises Kichern entlockte. Einer inneren Eingebung folgend, ließ sie nun eine Hand auf Gottlobs Schenkel und von dort weiter nach oben gleiten.

Während sich der Knecht mit unterdrücktem Stöhnen seiner Lust hingab, begann die Magd auf einmal zu erzählen. Sie sei ja so froh, sagte sie, dass endlich wieder Hohe Herren in den Gasthof kämen. Dann auch noch so viele gleichzeitig. Da gäbe es jede Menge Betten, die sie vorwärmen könne. Sie schilderte ausführlich, was sie mit diesen jungen, gut gebauten Burschen alles anstellen würde, um sie so richtig auf Trab zu bekommen, was wiederum ihren Liebhaber geradezu zu Höchstleistungen anzutreiben schien.

Als Gottlob die Magd von Hohen Herren reden hörte, war sein Interesse an dem amourösen Schauspiel, das er und Traudl heimlich beobachteten, mit einem Schlag verschwunden. Sehr zu Edeltrauds Leidwesen. »Alter Spielverderber!«, flüsterte sie ihrem Liebsten ins Ohr.

»In eurem Gasthof logieren Herren aus der oberen Gesellschaft?«, wollte er plötzlich wissen. »Wann?«

»Hä?«, machte Edeltraud, die sich eben auf das Finale konzentrierte, das sich unmittelbar vor ihnen am Gatter anbahnte. »Übermorgen! Nun schau doch lieber einmal, was die beiden da miteinander treiben! Das könnten wir doch auch endlich einmal tun, oder nicht? Was denkst du? Hättest du denn gar keine Lust auf so etwas?«

»Ja, doch. Später vielleicht. Wer kommt da denn alles?«, fragte er nach, ohne über ihren Vorschlag nachzudenken. »Und warum eigentlich?«

»Als Erstes der Knecht!«, kicherte sie verlegen. »So wie der röhrt, dauert das bei dem bestimmt nicht mehr lange!«

»Märtl! Schnell. Lass uns verschwinden! Da ist jemand hinter dem Stroh!«, gab die Magd aufgeregt von sich, die sich von ihrem Liebhaber trennte und so schnell sie konnte hinaus in den kalten Abend rannte. » Lauf, Märtl! Ich habe jemanden reden hören!«

»Jetzt hast du die beiden leider verscheucht, du Schwarzmaler! Gerade jetzt, wo das doch so interessant war! Warum hast du ...«

»Was mich jetzt viel mehr interessiert, ist, was mit diesen Hohen Herren los ist! Was wollen die ausgerechnet bei euch im Gasthof? Oder überhaupt hier in Mergentheim?«, unterbrach er sie sehr unhöflich.

»Die Herren vom Deutschorden haben doch wieder einmal zu einem Konvent oder so etwas Ähnlichem eingeladen. Außerdem kommen diesmal auch noch jede Menge Gelehrte und Juristen wegen einem Kongress, was immer das auch ist, aus ganz Deutschland zu uns! Mein Vater ist schon fürchterlich aufgeregt, weil eine sehr große Anzahl von diesen Herrschaften bei uns im

Haus logieren! Er hat sogar in den Nachbarhäusern noch Zimmer dazu gemietet. Stell dir das einmal vor!«

»Ich danke dir, Gott!«, murmelte Gottlob und bekreuzigte sich. »Also, wenn du möchtest, dann könnten wir jetzt auch …!«

»Da hast du leider Pech, mein Lieber! Ich muss schleunigst wieder zurück in die Gaststube. Nicht dass Papa Verdacht schöpft und noch nach mir suchen lässt«, verabschiedete sich Edeltraud mit beleidigter Stimme. Immerhin warf sie ihm noch eine Kusshand zu.

***

4. Kapitel

Der Leiter der Kriminalinspektion K1 saß persönlich am Steuer seines Dienstwagens und summte die einschlägige Melodie eines Schlagers vor sich hin. Als Roth das leidige Thema ›Herbert Brandner‹ erneut ansprechen wollte, schnitt ihm der Herr Kriminalrat kurzerhand das Wort ab. Er, Roth, sei doch hoffentlich Manns genug, um diesem Pensionär seine Grenzen aufzuzeigen! Das wäre doch noch schöner, wenn jeder ehemalige Polizeibeamte, der gerade nichts Besseres zu tun habe, meine, er müsse sich um noch ungeklärte Fälle kümmern und sich in die Angelegenheiten der offiziell ermittelnden Kollegen einmischen. »Jetzt möchte ich aber kein Wort mehr über Brandner hören«, waren seine letzten Worte zu diesem Thema, bevor sie die Autobahnabfahrt erreichten.

Die Suche nach dem genauen Standort des Konsulats gestaltete sich trotz oder gerade wegen des Zeitalters von Navi und Smartphone äußerst schwierig. Es reihte sich eine Baustelle und eine Umleitung an die nächste, die den genervten Kriminalrat langsam, aber sicher an den Rand der Verzweiflung brachten.

Roth, der früher lange Jahre in Stuttgart beim ›Betrug‹ gearbeitet hatte, wies seinem Vorgesetzten, nur wenige Sekunden, bevor der aller Voraussicht nach explodiert wäre, aus purem Mitleid dann doch noch den schnellsten Weg zu ihrem Ziel.

Um Punkt 10.00 Uhr klopfte die Angestellte des Konsulats, mit einem freundlichen Lächeln in ihrem hübschen Gesicht, an die Bürotür des stellvertretenden Leiters der Gesandtschaft. Ein ziemlich übergewichtiger und gutmütig dreinschauender älterer Herr, der einen Oberlippenbart im Gesicht und eine randlose Brille auf der Nase trug. Die gut aussehende Bürofachkraft stellte ihrem Vorgesetzten, dem sie vielsagende Blicke zuwarf, die beiden deutschen Polizeibeamten vor.

Die Unterredung, die in einer sehr entspannten Atmosphäre verlief und obendrein auch ausgesprochen freundschaftlich geführt wurde, endete mit dem Versprechen des Vizekonsuls, alles nur Erdenkliche tun zu wollen, um diesen Fall schnellstmöglich aufzuklären. Es wurde, so dachte Roth im Nachhinein, von der bulgarischen Seite eigentlich nicht sehr viel gesagt, was das Treffen letztendlich auch viel schneller hatte enden lassen, als es sich die Kriminaler gewünscht hatten.

Außer der Bemerkung, dass anfänglich leider eine dumme und unnötige Verwechslung der Personen vorlag, die die bulgarische Seite zutiefst bedauere, hatte der zweite Chef des Konsulats nichts zur Klärung des Verbrechens beigetragen. Wenn man einmal davon absieht, dass seine Regierung wünschte, dass man, zum Schutz der Familie des Toten, dessen Namen der hiesigen wie auch der bulgarischen Presse, vorenthalte. Nur so wären weitere, für die Familie außerordentlich schmerzliche Verwechslungen ausgeschlossen. Am besten wäre es natürlich, die Presse überhaupt nicht zu informieren. Der Suizid eines noch so jungen Mannes, wie in diesem Fall, wäre für die Hinterbliebenen immer ein sehr traumatisches Ereignis, das nur sehr schwer verarbeitet werden könne. Man wäre, einzig und allein aus diesem Grund, äußerst dankbar, wenn sich am Ende der Ermittlungen ein bedauerlicher ›Unfall‹, als Grund seines Ablebens herauskristallisieren würde. Was, wie der Vizekonsul anmerkte, nicht allzu schwerfallen dürfte. Er gehe davon aus, dass die Herren Kriminaler selbst Familie hätten und daher sicherlich ein gewisses Maß an Verständnis für diesen Wunsch aufbrächten!

Am Ende seiner Rede fügte er großzügig an, dass er darüber hinaus die große Ehre habe, die Herren Kommissare nebst ihren Frau Gemahlinnen im Namen des Herrn Botschafters zu einem zweiwöchigen ›Kulturaustausch‹ nach Sofia einladen zu dürfen. Der verehrte Herr Botschafter würde sich glücklich schätzen, für den Fall, dass sie seiner Einladung Folge leisten würden.

Etwas mehr als eine halbe Stunde später geleitete dieselbe Angestellte, die die beiden sprachlosen Kriminalbeamten so herzlich empfangen hatte, mit dem gleichen Lächeln im Gesicht auch schon wieder hinaus ins Freie.

***

In seinem Krankenzimmer wartete Brandner mit stetig wachsender Ungeduld auf die wöchentlich stattfindende Visite des Stationsarztes. Zum wiederholten Mal las er nun schon laut den Eintrag in seinem Behandlungsplan. ›Von 10.00 Uhr bis 12.00 Uhr Visite. Bleiben Sie bitte auf Ihrem Zimmer!‹

»Wie lange soll ich denn noch warten, bis sich da mal einer von diesen Göttern in Weiß dazu herablässt, nach mir zu schauen? Man könnte gerade meinen, ich hätte nichts anderes zu tun, als hier den lieben langen Tag einfach nur auf der faulen Haut herumzuliegen, anstatt von einer Anwendung zur nächsten zu hetzen!«, echauffierte er sich und warf den Behandlungsplan mit einer Leichenbittermiene auf sein Bett. »Da braucht man sich nun aber wirklich nicht zu wundern, wenn dann der eine oder andere Patient plötzlich zum Mörder wird! Bei diesen ›psychischen Foltermethoden‹, die hier im Hause von Ärzten und Pflegern angewendet werden!«

»Wen wollen Sie ermorden, Herr Brandner? Doch hoffentlich nicht mich!«, fragte der sehnlichst erwartete Mediziner, als er das Zimmer betrat, mit einem kumpelhaften Augenzwinkern.

»Schauen wir mal!«, ließ er den Doktor im Ungewissen darüber, an wen er hierbei explizit gedacht hatte. »Auf jeden Fall würde es mich nicht wundern, wenn der eine oder andere lädierte Zeitgenosse, dem es logischerweise ohnehin schon nicht besonders gut geht, während er auf die Visite wartet, unseriöse Gedanken hegt, die in diese Richtung gehen!«

Obwohl der Kriminologe a. D. mehrfach erwähnte, dass es ihm sehr gut gehe, er nur noch geringe Schmerzen habe und er bereits drei Stockwerke zu Fuß bewältigen könne, führte sein behandelnder Arzt eine gründliche Untersuchung durch. Zu allem Übel gemahnte der ihn auch noch zur Ruhe und warnte ihn ausdrücklich davor, sich und vor allem seine momentane Leistungsfähigkeit zu überschätzen. »Übertreiben Sie es nur nicht, Herr Brandner! Ansonsten dauert der Genesungsprozess nämlich viel länger, als er ursprünglich nötig gewesen wäre!«

Bevor sich der Mediziner jetzt in sein Lieblingsthema verbeißen konnte, komplimentierte ihn der Kriminaler zur Tür hinaus. »Na endlich! Das wurde aber auch höchste Zeit!« Er ergriff das Telefon und läutete bei Hans-Georg an, um sich bei ihm zu erkundigen, ob er bereits ›begutachtet‹ wurde. Da dies geschehen war, verabredeten sie, sich in zirka zehn Minuten unten am Haupteingang zu treffen.

Als Herbert Brandner das Haus verließ, saß Hans-Georg bereits in einem Taxi und wartete auf ihn.

Einige Minuten später hatten sie ihr Ziel in der Poststraße erreicht. Als der Taxifahrer ihnen mitteilte, wie viele Euros er für die Fahrt bekäme, sagte Hans-Georg zu Herbert, nicht ohne ein süffisantes Lächeln zur Schau zu stellen, dass er das getrost übernehmen könne. Er selbst habe schließlich keinen Zugriff auf das ›Spesenkonto‹! Herbert blieb also nichts anderes übrig, als seine Börse zu zücken und die Forderung aus seiner Tasche zu begleichen.

An der Rezeption des Hotels trafen sie den Portier, von dem sie den Hinweis erhalten hatten, der die beiden Feierabendermittler in helle Aufregung versetzt hatte. Der Mann mittleren Alters mit streng nach hinten gekämmten Haaren, der einen tadellos sitzenden Anzug trug, entschuldigte sich bei Herbert und seinem Bekannten, es würde noch eine Viertelstunde dauern, bis seine Pause beginnen würde. Wenn sie vielleicht schon einmal an einem der kleinen Tische in der Bar Platz nehmen wollten, würde er sofort die Bedienung zu ihnen schicken, um ihre Wünsche entgegenzunehmen. »Sie sind natürlich meine Gäste«, fügte er zum Schluss noch an.

Zehn Minuten später setzte sich der Portier zu ihnen an den Tisch. Sofort kam die Bedienung und servierte ihm einen Espresso.

»Sie haben Informationen für uns, den aktuellen Fall betreffend, die Sie aber der Polizei nicht geben können, wie Sie behaupten? Aus welchem Grund wollen Sie Ihr Wissen ausgerechnet uns anvertrauen?«

»Weil es um den Hotelmanager, meinen Chef, geht! Der hat Verbindungen zur hiesigen Polizei und wüsste daher sofort, von wem die Information stammt!«

Er nahm einen Schluck aus seiner Tasse. Hierbei spreizte er den kleinen Finger ab, wodurch der goldene Ring mit den großen Steinen sichtbar wurde. An den Hemdsärmeln blinkten die passenden Manschettenknöpfe, wie Herbert sofort bemerkte.

»Bei uns sehen Sie diese Gefahr nicht?«, wollte Hans-Georg wissen. »Das ist schön zu hören, dass es Leute gibt, die uns mehr vertrauen als der Polizei. Aber warum ausgerechnet wir?«

»Ihr Verhältnis zu den zuständigen Ermittlern ist doch auch

nicht das allerbeste! Zumindest schließe ich das aus den Äußerungen des federführenden Kommissars, die der über sie beide verlauten ließ! Andererseits bin ich völlig überzeugt, dass Sie das brisante Wissen, das Sie durch meine Information erhalten werden, auf keinen Fall, sagen wir einfach einmal, für Ihre Interessen zweckentfremden!«

»Das ist jetzt wirklich ein äußerst freundlicher Zug von Ihnen«, antwortete Brandner mit einem gekünstelten Lächeln auf seinen Lippen, »aber so langsam sollten Sie uns endlich aufklären, was es mit Ihren Informationen eigentlich auf sich hat! Also, raus mit der Sprache!«

***

Am frühen Nachmittag hatte Roth sämtliche Mitarbeiter, die an dem Fall ›Viktor‹ arbeiteten, zu einer Lagebesprechung ins Polizeirevier Mergentheim bestellt. Der Kriminalrat hatte es sich nicht nehmen lassen, ebenfalls anwesend zu sein. Er erhoffte sich davon einen besseren Gesamtüberblick über die bisherigen Ermittlungen. Roth verbrachte, seiner Meinung nach, viel zu viel Zeit mit unnützem Herumlamentieren – hauptsächlich über das Verhalten, das der pensionierte Kollege Brandner an den Tag legte!

Schmalz berichtete, dass man mit Hilfe zweier Zeugen, die unabhängig voneinander den Jungen beschrieben hatten, der die Nachricht für Viktor ins Hotel gebracht hatte, ein Phantombild anfertige. Jungs in dem Alter wären nach seinem Dafürhalten von Haus aus äußerst neugierig. Deshalb bestünde immerhin die Möglichkeit, dass er den Brief vielleicht gelesen habe und ihnen daher wichtige Hinweise über den Inhalt geben könne.

Bei dem Nächsten, der an die Reihe kam, handelte es sich um den Vertreter der KTU. Er erläuterte den Anwesenden die anfänglichen Schwierigkeiten, mit denen er zu kämpfen hatte, um das Kennwort des Laptops zu knacken. Er habe im Großen und Ganzen nur normale Korrespondenz gesichtet, jede Menge an Musikvideos und natürlich die obligatorischen Urlaubsfotos ohne Ende, die in den vergangenen drei Wochen gemacht worden waren. Wesentlich interessanter sei jedoch die Auswertung der Mails und der Daten des Smartphones, die zwar bei Weitem noch nicht abgeschlossen sei, er könne aber zum jetzigen Zeitpunkt bereits sagen, dass ein sehr reger Austausch zwischen Viktor und der Familie Kabadzhiev bestand. Außerdem gehe er noch vielversprechenden Hinweisen nach, die zu dem Schluss führen würden, dass Viktor über ein weiteres Smartphone, das mit einem sogenannten ›Zerhacker‹ ausgestattet sei, wie es unter anderem von Botschaftsangehörigen benutzt werde, telefoniert habe! Weiterhin habe er eine Telefonnummer, die vom Festnetz des Hotelzimmers aus gewählt wurde und direkt in die bulgarische Botschaft nach Berlin führe, gesichert. Was den naheliegenden Schluss zuließe, dass jener Viktor eben doch irgendwie mit der Regierung zu tun habe oder, genauer gesagt, zu tun gehabt habe! Das bei dem zuständigen Mobilfunk-Provider angeforderte Bewegungsformat für Viktors Handy, sei noch nicht bei ihm eingegangen. Die Auswertung der in Viktors Hotelzimmer gefundenen Spuren hätten bisher keine nennenswerten Ergebnisse erbracht.

»Was allerdings auch die Frage aufwirft, warum das von der bulgarischen Seite so vehement bestritten wird? Aus reinem Mitgefühl für die Familie des Verstorbenen? Das kann ich mir fast nicht vorstellen!«, gab Roth zu Bedenken, der das Thema bulgarisches Konsulat noch einmal aufnahm.

»Da bin ich derselben Meinung wie Sie!«, merkte der Kriminalrat an. »Vor allem, wenn ich an den Verlauf des Gesprächs mit dem Vizekonsul denke! Das Einzige, was er von sich gab, war, dass er den Mord gerne als Unfall dargestellt bekommen würde und die Presse, und zwar die ortsansässige genauso wie die bulgarische, bitteschön vollkommen herausgehalten werden solle! Da sollten Sie auf jeden Fall noch einmal ansetzen, mein lieber Roth! Da stinkt doch was zum Himmel!«

»Das werde ich, Herr Kriminalrat. Das werde ich. Was mich noch brennend interessiert, ist die Frage, wo ist eigentlich der richtige Viktor Kabadzhiev? Da der unsrige, wie uns gegenüber behauptet wird, der falsche sein soll, muss sich der richtige zwangsläufig woanders aufhalten! Aber wo?«

»Darum kümmere ich mich persönlich! Ich habe da nämlich Verbindungen, müssen Sie wissen, nach ganz weit oben! Es dürfte für mich kein Problem darstellen, das herauszufinden!«, bot der Leiter der Kriminalinspektion K1 sofort seine Hilfe an.

Schmalz erklärte seinen Kollegen, dass die Suche nach dem Fotoapparat bis jetzt zwar nicht von Erfolg gekrönt war, sie aber eine vielversprechende Spur verfolgen würden. »Die Person, mit der sich Viktor gestritten hatte, kurz bevor er vermisst wurde, konnte noch nicht ermittelt werden. Genauso verhält es sich bei dem Mann, der aus Viktors Zimmer kam und von dem Zimmermädchen gesehen wurde. Wobei auch hier mehrere Hinweise eingegangen sind. Ein paar von ihnen sind durchaus ernst zu nehmen!«

»Dem ist nichts mehr hinzuzufügen«, beendete Roth das Meeting und verteilte die Aufgaben, die am dringendsten zu erledigen waren.

***

Gerhard Holzapfel, der Hotelmanager, hatte endlich Feierabend. Er ging die paar Schritte zur Tiefgarage und genoss die Abendluft, die bereits ein wenig abgekühlt hatte. Es war ein sehr langer und auch sehr anstrengender Arbeitstag für ihn gewesen und so freute er sich um so mehr darauf, dem schnöden Alltag zu entfliehen. Er würde noch kurz zu Hause vorbeifahren, um zu duschen und seine Kleider zu wechseln, und dann zügig zu dem in der Umgebung Bad Mergentheims liegenden Landgasthof aufbrechen.

Die anderen hatten sich bestimmt schon in dem Hinterzimmer, zu dem nur ganz besonderen Gäste Zutritt gewährt wurde, eingefunden und warteten auf ihn. Die letzten Besuche waren relativ gut für ihn verlaufen. Er hatte das große Glück, keine Verluste beklagen zu müssen, im Gegenteil, er konnte jeweils einen annehmbaren Gewinn mit nach Hause nehmen.

Holzapfel spürte dieses untrügliche Gefühl tief in seinem Innersten, das er immer dann fühlte, wenn sein Leben eine positive Wendung genommen hatte. So war er tief überzeugt, am heutigen Abend einen überdimensionalen Gewinn einzufahren und endlich ein neues, von ihm seit Langem erträumtes Leben beginnen zu können.

Eine Stunde später öffnete ihm Dimitri, der Security-Mann des Hauses, die schwere Tür des Hinterzimmers, nachdem er durch den Türspion gesehen und sich davon überzeugt hatte, dass es sich um eine Person handelte, die auch tatsächlich berechtigt war, diesen speziellen Raum zu betreten.

Er hatte noch nicht richtig Platz genommen, da brachte ihm Chantalle, wie der ›Künstlername‹ des hübschen Mädchens lautete, seinen Lieblingswhisky und zündete ihm einen seiner Zigarillos an. Es versprach, ein wirklich perfekter Abend zu werden!

Anfänglich hielten sich Gewinn und Verlust in etwa die Waage. Dann schien ihn, wider aller Erwartungen, das Glück schmählich im Stich zu lassen. Es kam zu einigen Spielen, bei denen er sich aus reiner Unachtsamkeit böse verzockte und eine beträchtliche Summe an einen seiner Mitspieler verlor.

Der Hotelmanager war nach kurzem, aber heftigem Zweifel restlos davon überzeugt, dass dieser Abend ein sehr gutes Ende für ihn nehmen würde. Aus diesem Grund erhöhte er seine Einsätze, was zur Folge hatte, dass sich die Summe, die er bis zu diesem Zeitpunkt bereits verloren hatte, langsam, aber sicher wieder der schwarzen Null annäherte. Das Blatt wendete sich für ihn endgültig zur Sonnenseite des Lebens. In der vergangenen Stunde hatte er eine nicht unerhebliche Summe eingestrichen.

Zu jedem anderen Zeitpunkt wäre er spätestens jetzt ausgestiegen. Er hätte noch in aller Ruhe einen Whisky getrunken, dann hätte Dimitri ihn und seinen Wagen nach Hause gefahren und wäre mit einem der Kellner des Gasthofs, der ihm hinterher gefahren wäre, wieder zurückgekehrt.

Er hatte aber diese Vision. Er wusste es genau, an diesem Abend würde sich sein Leben entscheidend verändern. Er entschloss sich, diese Gelegenheit nicht ungenutzt an sich vorüber ziehen zu lassen. Nur drei Spiele später bluffte er seine Kontrahenten dermaßen, dass keiner mehr die Karten sehen wollte. Es waren tatsächlich alle ausgestiegen! Er zog das riesige Bündel Geldscheine, das sich vor ihnen in der Tischmitte angehäuft hatte, mit einem extrem zufriedenen Lächeln zu sich herüber.

Holzapfel hatte nun genug. Er gab ein sehr großzügiges Trinkgeld für die Angestellten und den Spielern das Versprechen, am nächsten Abend für eine Revanche zur Verfügung zu stehen. Selber Ort! Selbe Zeit!

In der tiefen Überzeugung, restlos alles richtig gemacht zu haben, zog er sich mit dem Mädchen, das ihm am Anfang des

Abends seinen Zigarillo angezündet hatte, für eine Stunde in ein Séparée zurück.

Als er später vor dem Haus auf Dimitri wartete, kamen urplötzlich zwei dunkle Gestalten aus dem Schatten einer Hecke auf ihn zugelaufen, was er in seiner noch anhaltenden Euphorie gar nicht wahrnahm. Einer von ihnen hatte eine Zigarette im Mund und fragte Holzapfel höflich nach Feuer. Als dieser anfing, in seinen Taschen nach seinem Feuerzeug zu suchen, spürte er einen stechenden Schmerz in seinem Kopf. Daraufhin wurde es dunkel um ihn herum. Die zweite Person hatte den Moment, als der Manager abgelenkt war, ausgenutzt und ihn mit einem dicken Holzknüppel niedergeschlagen. Zu zweit zogen sie ihn geschwind zu ihrem Auto, warfen ihn auf die Rückbank des schweren Geländefahrzeugs und fuhren zügig davon.

Als Dimitri nur wenige Sekunden danach mit einem weiteren Angestellten des Landgasthauses im Schlepptau das Gebäude verließ, wetterte und fluchte der nicht schlecht, als er bemerkte, dass nicht nur Holzapfel, sondern auch dessen Wagen verschwunden waren.

Mit dem Angestellten am Steuer, fuhren sie so schnell sie konnten, zum Haus, in dem der spielsüchtige Holzapfel wohnte. Nachdem ihnen auf ihrem Weg dorthin jedoch kein Unfall aufgefallen war, war Dimitri der festen Meinung, ihn in seiner Wohnung anzutreffen. Es war eine sehr herbe Enttäuschung für ihn, dass sich diese Hoffnung nicht erfüllte! Außerdem graute ihm schon jetzt davor, was sein Chef dazu sagen würde, dass der Hotelmanager völlig spurlos, so mir nichts dir nichts, verschwunden war! Und mit ihm das viele Geld!

***

Mehling und sein Streifenpartner, waren nur wenig bis überhaupt nicht darüber erfreut, dass ausgerechnet sie beide so kurz vor Dienstende noch einen Einsatz aufs Auge gedrückt bekommen hatten. Es ging um eine anfänglich noch belanglose Streitigkeit zwischen einem polizeibekannten Langfinger aus dem benachbarten Hohenlohekreis und einem unbekannten Obdachlosen, der sich auf der Durchreise nach Stuttgart befand. So wurde ihnen gerade eben vom Revierleiter mitgeteilt. Als ob diese Bagatelle nicht auch eine halbe Stunde später von der Ablösung hätte bearbeitet werden können!

Am Ort des Geschehens eingetroffen, erfuhren sie, dass die Streitigkeiten in einer Tankstelle ihren Anfang genommen hatten. Der resolute Tankstellenpächter habe die Beteiligten hinausgeworfen, noch bevor es zu Handgreiflichkeiten zwischen ihnen habe kommen können. Angeblich habe der Landstreicher einen Gegenstand in seinem Besitz, der tatsächlich jedoch dem Dieb gehören sollte. Der habe das corpus delicti, als es ihm eben von dem Obdachlosen zum Kauf angeboten wurde, einwandfrei wiedererkannt. Ein Dieb, der selbst bestohlen wurde, kam in Bad Mergentheim auch nicht alle Tage vor!

In der nahegelegenen Kneipe, erfuhren die Polizisten, dass der Konflikt anschließend weitergegangen und alsdann dermaßen eskaliert sei, dass sich der Wirt nicht mehr anders zu helfen gewusst habe, als nach den Ordnungshütern zu rufen! Kurz davor habe zudem noch eine weitere männliche Person in den Streit eingegriffen, was nicht unbedingt zur Beruhigung der angespannten Situation beigetragen habe. Als die Kontrahenten das Wort *Polizei* hörten, hätten diese sein Lokal dann in Richtung Innenstadt verlassen.

Mehling und sein Kollege nahmen sofort zu Fuß die Verfolgung auf. Kurze Zeit später stießen die Polizeibeamten auf eine Gruppe von laut johlenden Schaulustigen, die, je nach Sympathielage, entweder für den einen oder den anderen der Streithähne Partei ergriffen. Diese traktierten sich äußerst heftig mit ihren Fäusten, während die Sensationssüchtigen einen dichten Ring um die sich prügelnden Männer bildeten.

Mehling, der eindeutig erfahrenere der beiden Polizeibeamten, bahnte sich ohne Rücksicht auf Verluste schleunigst einen Weg in die Kreismitte, während der Toni auf die Umstehenden einwirkte, indem er sie ruhig, aber bestimmt zum Weitergehen aufforderte. Was allerdings bei den Schaulustigen nicht fruchtete.

Während die beiden, die sich zuerst gestritten hatten, Mehlings Aufforderung sofort Folge leisteten und die Kampfhandlungen einstellten, schlug der dritte Streithahn dem Obdachlosen erst noch mit voller Wucht seine rechte Faust gegen dessen linkes Ohr, was diesen unsanft zu Boden gehen ließ.

»Du weißt ja, was dir droht, wenn du dein blödes Maul nicht hältst!«, schrie er ihn an und rannte, mit der Absicht sich dem Arm des Gesetzes zu entziehen, davon. Mitten durch die Menschenmenge hindurch, die vor dem Fliehenden zurückwich und so eine Gasse für ihn bildeten.

Toni, der das Geschehen mit einem Auge beobachtet hatte, nahm unmittelbar darauf die Verfolgung auf. Der Flüchtende war fraglos gut in Form, aber Tonis Tagesform war um Längen besser. Nach nur wenigen hundert Metern gelang es ihm, dem Mann während des Laufes ein Bein zu stellen, was diesen schmerzhaft auf dem harten Straßenbelag aufschlagen ließ.

Zwischenzeitlich waren weitere Kollegen und ein Gefangenenkraftwagen eingetroffen. Gemeinsam luden sie die gewaltbereiten Männer in den speziell gesicherten Kastenwagen und fuhren sie zum Mergentheimer Polizeirevier. Dort wurden sie getrennt voneinander, einer nach dem anderen, verhört und vorläufig in Gewahrsam genommen.

Während der gesamten Dauer der Befragung hatte der Kleinkriminelle nichts anderes im Kopf, als lauthals sein Eigentum zurückzufordern. Hierbei handelte es sich angeblich um eine sehr teure Fotokamera, auf der für ihn unersetzliche Erinnerungsfotos gespeichert sein sollten.

***

Bad Mergentheim, 1. Mai 1922

Anlässlich der Ersten-Mai-Feierlichkeiten fand auch im Gasthof Spaht eine Tanzveranstaltung statt. Gottlob saß mit seinen Kumpels an einem der großen Tische in der geschmückten Festhalle, in der die Mergentheimer Stadtkapelle zum Tanz in den Mai aufspielte.

Die Stimmung hätte nicht viel besser sein können. Die Haxe, die er gegessen hatte, hatte vorzüglich geschmeckt. Die Maß war sehr gut eingeschenkt und die Musik war vollkommen nach seinem Geschmack. Das Leben an sich war doch sehr schön! Vor allem aber, weil ausgerechnet Edeltraud an jenem Tisch, an dem Gottlob saß, die Gäste bediente. So konnten sie hin und wieder einen verliebten Blick oder sogar ein paar Worte miteinander tauschen! Er versuchte immer wieder aufs Neue, Traudl dazu zu überreden, sich ein wenig zu ihm zu setzen. Sie vertröstete ihn aber ständig auf später, da sie schließlich die vielen Gäste bedienen musste.

Das ging allerdings nur bis zu dem Zeitpunkt gut, bis die ersten Burschen anfingen, die Traudl zum Tanzen aufzufordern. Doch auch dafür hatte sie aber zum Glück keine Zeit. So beruhigte sich ihr Liebster zumindest halbwegs wieder. Obwohl er es als eine Provokation ihm gegenüber ansah und erst einmal einen doppelten Schnaps darauf trank, dass dieses ungehobelte Volk keine Rücksicht darauf nahm, dass er mit am Tisch saß.

Mit fortgeschrittenem Abend und bei steigendem Alkoholpegel der Burschen, blieb es nicht aus, dass der eine oder andere versuchte, die hübsche Wirtstochter in seine Arm zu nehmen und fest an sich zu drücken. Manch einer der übermütigen Kerle verpasste ihr schon auch mal einen Klaps auf den Po, was sie jedes Mal mit lautem Jauchzen und einem frechen Spruch kommentierte, was die Meute am Tisch zu lautem Gejohle veranlasste. Das alles hatte letztendlich zur Konsequenz, dass Gottlob viel mehr Schnaps trank, als er zu dieser späten Stunde noch vertrug.

Dem Schorsch, ein baumlanger, bärenstarker Kerl und ältester Sohn des hiesigen Sägewerksbesitzers, gelang es, die Traudl in seine Arme zu schließen und sie zu umklammern. Langsam zog er sie an seinem Körper nach oben, so dass sie sich in die Augen schauen konnten, dann küsste er das Objekt seiner Begierde. Edeltraud versuchte zwar, dies zu verhindern, allerdings mit einer nur gering glaubwürdigen Überzeugungskraft.

Das brachte das Fass zum Überlaufen. Noch dazu kam, dass sich Traudl, wie Gottlob meinte, nicht genügend und vor allem auch nicht schnell genug, gegen Schorsch gewehrt hatte. Man konnte ja fast glauben, sie genoss dieses frivole Schauspiel auch noch!

Gottlob umschloss den Henkel seines halbvollen Maßkrugs mit der rechten Hand. Dann taumelte er in die Richtung dieses Grobians, der seine Liebste immer noch umschlungen hielt, und schüttete ihm von hinten den Inhalt des Kruges über den Kopf. Als der Traudl auf den Dielenboden gestellt hatte und sich langsam nach

Gottlob umdrehte, schlug der ihm mit voller Wucht den Maßkrug auf den Schädel.

»Diesen Bauernfünfer werde ich Mores lehren!«, schrie er und holte erneut aus, um noch einmal mit dem inzwischen leeren Krug zuzuschlagen, wozu er aber glücklicherweise nicht mehr kam.

Der alte Spaht hatte zweien seiner Knechte einen Wink gegeben, worauf diese Gottlob äußerst unsanft an je einem Arm packten und ihn hinaus auf die Straße warfen. Mit letzter Kraft raffte er sich auf und schlich wie ein geprügelter Dorfhund nach Hause. Um die heftig blutende Platzwunde, die der Schorsch bei der Auseinandersetzung davongetragen hatte, kümmerten sich Edeltraud und die Magd gemeinsam.

Gottlobs Vater stand breitbeinig in der Haustür und wartete dort auf seinen Sohn. Er war bereits im Bilde. Der älteste Bruder hatte es sich natürlich nicht nehmen lassen, diese für ihn doch so wunderbare Neuigkeit dem Alten höchstpersönlich zu überbringen. So stand er, mit einem triumphierenden Gesichtsausdruck neben seinem zornig dreinblickenden Vater und hielt ein Bündel in der Hand, in dem sich Gottlobs persönliche Habseligkeiten befanden. Aus dem Haus hörte man die Mutter leise weinen, die das, was jetzt passierte, unter keinen Umständen so gewollt hatte.

»Ich hatte dich gewarnt! Du hast mich zutiefst enttäuscht! Jetzt musst du die Konsequenzen tragen! Also suche dir eine ehrliche Arbeit und mache mir keine Schande!«, verabschiedete der Alte seinen Sohn, dann drehte er sich um und verschwand im Haus ohne auch nur noch einen Blick an seinen jüngsten Sohn zu verschwenden.

»Verschwinde endlich, du Taugenichts!«, rief sein Bruder nur und warf ihm das kleine Bündel vor die Füße, dann folgte er dem Vater und schlug hinter sich die Türe zu.

Ein paar Tage später kehrte er dann noch ein letztes Mal zu seinem Elternhaus zurück. Aber nur, um die Sachen, die er die letzten Wochen über für seinen Plan gestohlen und in der elterlichen Scheune gut versteckt hatte, mitzunehmen!

***

5. Kapitel

Es war kein Hexenwerk, was Mehling und der junge Polizeimeister vollbracht hatten, sondern ganz alltägliche Polizeiarbeit. Fast den gesamten gestrigen Vormittag waren sie unterwegs gewesen. Von einer Schule zur anderen waren sie gefahren und hatten unzähligen Schülern und Lehrern das Phantombild gezeigt, bei dem es sich um den Knaben handeln sollte, der den Brief an Viktor überbracht hatte. Aber nichts! Den Jungen hatte absolut niemand erkannt. Noch nicht einmal die geringste Ähnlichkeit zu einem anderen Knaben war jemandem aufgefallen. Bei ihm ging es den Polizisten genauso wie bei dem mysteriösen Schreiben selbst. Auch das schien sich unmittelbar nach seinem Erscheinen wieder in Luft aufgelöst zu haben.

Bis heute Morgen! Sie hatten vor wenigen Minuten erst die zweite Schule betreten und sich dem Rektor vorgestellt. Dabei brachten sie ihm gegenüber ihr Anliegen vor. Der Schulleiter hatte daraufhin die Sekretärin damit beauftragt, die Polizeibeamten von einer Klasse zu der nächsten zu führen und der jeweiligen Lehrkraft zu erklären, um was es bei dem Besuch der Herren ginge. Zusätzlich sollte sie dafür sorgen, dass die Polizeibeamten jegliche Unterstützung erhielten, die sie für ihre Arbeit bräuchten.

Sie waren mittlerweile im dritten Klassenzimmer angelangt und Mehling war gerade dabei, ein paar erklärende Worte an die Kinder zu richten, um sie wissen zu lassen, dass dieser Junge eventuell ein bedeutender Zeuge in einem Fall sei, den sie im Moment bearbeiten würden. Deshalb sei es für sie so enorm wichtig, dass sie den Knaben unbedingt und vor allem auch so schnell wie nur möglich finden würden.

Toni nahm ein paar Kopien des Phantombildes aus seiner Aktenmappe, um sie an die anwesenden Kinder zu verteilen, als deren Lehrerin, die ein Exemplar von Mehling erhalten hatte, einen Laut der Überraschung von sich gab.

»Ach, du lieber Gott!«, fuhr sie nach einem Moment des Wahrnehmens fort. »Das ist doch unser Leon! Der geht hier in unsere Schule! In meine Klasse!«

Die Polizisten sahen sich im Klassenzimmer um. Ihre Blicke durchkämmten systematisch eine Bankreihe nach der anderen, ohne aber den gesuchten Jungen zu erkennen.

Auf die Frage, wo sich Leon zu diesem Zeitpunkt befinden würde, antwortete dessen Lehrerin, dass er vermutlich zu Hause sei, da seine Mutter ihn heute vor Schulbeginn von der Teilnahme am heutigen Unterricht befreien ließ. Der Grund sei eine schmerzhafte Magen-Darm-Verstimmung, die Leon schon seit dem vergangenen Abend heimsuchen würde. Sein Zustand habe sich in der Nacht dermaßen verschlechtert, dass sie möglicherweise sogar noch den Hausarzt konsultieren müsste.

Von der ebenso überraschten, wie auch hilfsbereiten Schreibkraft erhielten sie Anschrift und Telefonnummer von Leons Zuhause.

Nur eine halbe Stunde später standen sie vor der Haustür der Familie Moser. Leons Mutter ließ sie wissen, dass ihr Sohn im Moment von ihrem Hausarzt untersucht werden würde und es sich daher um einen sehr ungeeigneten Zeitpunkt handeln würde. Es sei daher wohl am besten für alle Beteiligten, sie würden zu einem späteren Zeitpunkt erneut vorsprechen. Am morgigen Vormittag wäre es vielleicht besser. Dann schloss sie lautlos die Haustür.

***

Hans-Georg war im Begriff, seine Hosentaschen von allerlei Gegenständen zu befreien. Portemonnaie mit übermäßig vielen Münzen, sein umfangreicher Schlüsselbund, die große Taschenuhr nebst Goldkette, sowie diverse andere Gegenstände, die ein relativ hohes Gewicht hatten. Diese Sachen schleppte er immer dann mit sich herum, wenn er einen frühen Termin bei der Stationsschwester zum Wiegen hatte. Dazu trug er dann auch noch den alten Jogginganzug aus Baumwolle über seiner modernen *outdoor sportswear* sowie die ausgetretenen Turnschuhe, die noch aus stabilen Leder gefertigt waren.

Er würde, von Termin zu Termin, einen oder mehrere Gegenstände ablegen und somit regelmäßig an Gewicht verlieren, was zur Folge hätte, dass er seinen Stationsarzt glücklich machen würde. Er schmunzelte über sich selbst und war beinahe ein wenig stolz auf seinen Einfall, als es an seine Zimmertür klopfte.

Es war Herbert. Der wunderte sich sehr über Hans-Georgs Kleiderordnung an diesem warmen Morgen. Der erklärte ihm jedoch in kurzen Worten, während er sich umzog, den Grund für dieses Schauspiel.

»Das ist doch eine tolle Idee, oder vielleicht nicht?«, schloss er verschmitzt lächelnd seinen Kurzvortrag.

»Ich weiß nicht so recht«, antwortete Herbert. »Ist das eigentlich nicht schon *Betrug*? Eventuell lässt sich der Staatsanwalt auch von *Betrug in einem minder schweren Fall* überzeugen. Zumindest ist das aber *vortäuschen von falschen Tatsachen*!«

»Herbert, jetzt übertreibst du wieder einmal maßlos! Na ja, was soll man von einem Erbsen zählenden Beamten wie dir auch anderes erwarten?«

»Kriminalbeamter, wenn ich bitten dürfte! Wenn schon, denn schon!«, gab Herbert lachend zurück. »Ich wiederum hätte mir so ein völlig moralfreies Verhalten von einem evangelischen Geistlichen auf jeden Fall nicht vorstellen können! So eine Schummelei!«

»Pfarrer außer Dienst, mein Freund! Wenn schon, denn schon!« Jetzt lachten sie beide.

»Du bist aber doch nicht so früh zu mir gekommen, nur um mir einen moralischen Vortrag zu halten! Gehe ich recht in der Annahme, dass es um unseren ersten gemeinsamen Mordfall geht, der dich zu einer solch unchristlichen Uhrzeit zu mir getrieben hat?«

»Sagen wir einmal so. Ganz falsch liegst du mit deiner Annahme nicht! Aber als ›gemeinsamer Mordfall‹ würde ich unsere kleinen Ausflüge nicht titulieren. Nichtsdestotrotz wollte ich dir mitteilen, dass wir heute Mittag unser Mahl außer Haus einnehmen werden. Du musst dich im Speisesaal noch rechtzeitig aus der Verpflegung herausnehmen lassen!«

»Mit welcher Begründung?«, fragte Hans-Georg neugierig und auf ein neues Abenteuer hoffend.

»Dir wird schon noch etwas Passendes einfallen! Beim Wiegen hast du auch ein gerüttelt Maß an Kreativität an den Tag gelegt.

Sei bitte um Punkt zwölf Uhr am Haupteingang. Mein Cousin wird uns dort mit seinem Wagen abholen. Jetzt muss ich aber leider weiter, ich habe nämlich heute Morgen das erste Mal Frühgymnastik!«

***

Der Obdachlose, der die vergangene Nacht zum Ausnüchtern seines Rausches im Polizeirevier verbracht hatte, wollte unter keinen Umständen den Ort preisgeben, an dem er seine persönlichen Sachen gelagert hatte und wo er wahrscheinlich auch seine Nächte verbrachte, seitdem er hier in Bad Mergentheim angekommen war. Das ginge überhaupt keinem etwas an, erklärte er den Polizeibeamten. Noch nicht einmal der Polizei! Auch ein Wandergeselle wie er, habe ein Recht auf Schutz seiner Privatsphäre! Wo kämen wir denn hin, wenn dem nicht so wäre!

Erst als ihn Mehling darauf hinwies, dass sich ausnahmslos jeder Bürger der Polizei gegenüber auszuweisen habe, und dazu eben auch die Adresse gehöre, gab er langsam nach. Er schilderte dem zufriedenen Polizeihauptmeister so gut er konnte, wo sich sein Schlafplatz befand. Seine Sachen habe er ganz in der Nähe deponiert.

Von einer Anzeige wegen des tätlichen Angriffes gegen den Mann, der ihn gestern Abend geschlagen und obendrein behauptet hatte, er habe seine Kamera gestohlen, wollte er genau so wenig wissen, wie von dem Schadenersatz, den der Wirt für die ihm zugefügten Unkosten geltend gemacht habe. Das sei Sache dieses brutalen Schlägers, der habe ja schlussendlich mit der Rauferei angefangen, dann solle er auch für den entstandenen Schaden geradestehen. Das sei schließlich nicht mehr, als nur recht und billig, schimpfte Charly, wie sich der Mann nannte.

Nur eine knappe halbe Stunde später stiegen Mehling und sein Begleiter in der Poststraße aus dem Polizeiwagen. Bei der Schlafstätte handelte es sich um einen stillgelegten Werkstattschuppen auf dem weitläufigen Areal des ehemalig württembergischen Teiles des Bad Mergentheimer Bahnhofs. In ihm war kurzfristig der Mineralbrunnenversand Bad Mergentheim untergebracht.

Das verrottete Holztor war durch ein massives Vorhängeschloss gesichert. So, wie es aussah, war der Schließmechanismus des Schlosses allerdings defekt, so dass Charly es spielend auch ohne Schlüssel öffnen konnte.

Der Mann ohne festen Wohnsitz betrat als Erster den Bahnschuppen, dicht gefolgt von dem uniformierten Polizisten. Das Gebäude war zu früheren Zeiten ein ehemaliger Lockschuppen, was Mehling an der noch spärlich vorhandenen Einrichtung leicht erkennen konnte. Außerdem sprang ihm förmlich die karge Schlafstätte ins Auge, die aus ein paar zusammengelegten Kartons bestand. Auf denen befanden sich eine Wolldecke und ein alter Bundeswehrschlafsack. Ein großer Rucksack und eine stark zerschlissene Reisetasche standen unmittelbar neben dem behelfsmäßigen Bett.

Wo denn nun dieser Fotoapparat sei, den er angeblich gestohlen habe, wollte Mehling wissen. Worauf der Mann beleidigt erwiderte, dass er die idiotische Kamera nicht gestohlen und dies mittlerweile auch schon mehrfach zu Protokoll gegeben habe. »Nur weil ich keinen festen Wohnsitz vorweisen kann, bin ich noch lange kein Langfinger! Kriminell bin ich schon zweimal nicht!«, legte er noch nach. Bei diesen Worten ging er zügig zu seinem behelfsmäßigen Bett und schob die Kartons zur Seite. Er ließ sich umständlich auf seine Knie nieder und machte sich an einer Steinplatte des Fußbodens zu schaffen. Nach einer Weile höchster körperlicher Anstrengung, schob er die schwere Steinplatte zur Seite. Im gleichen Augenblick kam eine Grube zum Vorschein, in der Mehling eine grüne Metallkassette erkannte. Auch die holte der Obdachlose, unter Einsatz aller ihm zur Verfügung stehenden Kräfte, alleine aus dem Loch.

Nachdem er den Schlüssel für die stabile Kassette gefunden hatte und diese damit öffnen wollte, bemerkte er, dass sie aufgebrochen war. Er fluchte obszön und warf dem Polizeibeamten vor, dass er daran die Schuld trage, dass der Fotoapparat nicht mehr vorhanden sei.

»Hätten Sie und Ihre rabiaten Kollegen mich nicht die ganze Nacht über weggeschlossen wie einen Schwerverbrecher, wäre ich hier bei meinen Sachen gewesen und niemand hätte sich die Kamera holen können! Das hätte ich zu verhindern gewusst! Das können Sie mir glauben!«

»Als ob die überhaupt jemals in der Kiste war! Das glauben Sie doch selbst nicht! Wo hast du den Apparat versteckt? Nun sag schon endlich! Ich warne dich! Denk ja nicht, dass du mich verarschen kannst! Da bist du bei mir an den Falschen geraten, mein Freund!«

»Das ist ja unerhört, was Sie da von sich geben! Ich glaube das einfach nicht! Das war mit Sicherheit der dicke Eduard, den sollten Sie einmal über Nacht wegschließen! Der hätte das mehr verdient als ich!«

»Wer ist nun schon wieder der ›dicke Eduard‹?«

»Er hat auch hier im Schuppen übernachtet. Dort drüben hatte er seinen Schlafplatz. Aber jetzt sind seine Sachen verschwunden! Warum? Das kann ich Ihnen ganz genau erklären, Herr Polizeihauptmeister! Weil er derjenige ist, der den Fotoapparat gestohlen hat und jetzt vermutlich versucht, ihn zu Geld zu machen! Was er dann schneller versäuft, als Sie ›piep‹ sagen können!«

»Hast du mal nachgesehen, was da überhaupt für Fotos gespeichert waren?«, interessierte sich Mehling plötzlich für die Bilder, die mit der Kamera gemacht wurden.

»Immer dasselbe Motiv. Ein noch junger, gepflegter Mann, der offensichtlich heimlich ausspioniert wurde. Eine junge, hübsche Frau wäre mir wesentlich sympathischer gewesen«, kicherte Charly verschämt. »Nach Möglichkeit nur leicht bekleidet!«

***

Als Herbert und Hans-Georg um Schlag zwölf Uhr die Klinik Hohenlohe zur Löffelstelzer Straße hin verließen, stand eine schwere Limousine mit Berliner Kennzeichen direkt vor dem Eingang und blockierte das Rondell. Das war eigentlich dafür gedacht, dass Patienten, die an- beziehungsweise abreisten, ihr Auto zum Be- oder Entladen kurz hier abstellen könnten. Sie liefen die drei Eingangsstufen hinunter und prompt wurde von einem uniformierten Chauffeur die hintere Wagentür aufgerissen. Während der noch einen ›Diener‹ machte, nahm er seine Schirmmütze vom Kopf. Im Fond des Wagens wurden sie von Herberts Cousin begrüßt, der für sie einen Tisch in einem für seine exquisite Küche bekannten Markelsheimer Restaurant reserviert hatte.

»Wie ich dir bereits erzählte, ist mein Cousin ein hohes Tier im Auswärtigen Amt und als solches mehr als prädestiniert, um uns bei unseren ›Ermittlungen‹ unterstützend zur Seite zu stehen. Wie ich immer sage, ist die Welt doch sehr klein. So ist es für uns von außerordentlich großem Vorteil, dass er unter anderem auch ein sehr guter Freund von seiner Exzellenz, dem bulgarischen Botschafter ist. Ich habe deshalb im Vorfeld dieses Treffens gebeten, dass er seine weitläufigen Kontakte aktivieren möge und sich wegen unserem Viktor Kabadzhiev und dessen unmittelbaren Umfelds umhören und so viel Informationen wie möglich über die Familie einholen möge. Ich hoffe stark, dass er uns jede Menge interessante Neuigkeiten zu berichten hat, die uns in unseren Ermittlungen ein beachtliches Stück weiterbringen!«, setzte Herbert seinen Bekannten darüber in Kenntnis, warum sie heute Mittag nicht die Küche der Hohenlohe, die zu Recht einen sehr guten Ruf geniest, in Anspruch nehmen würden.

»Das hoffe ich ebenso!«, merkte Hans-Georg an. »Wenn ich denen zu Hause erzähle, was ich hier mit dir so alles erlebt habe, glauben die mir das am Ende gar nicht! Die denken doch glatt, der gute Hans-Georg wird auf seine alten Tage nun auch noch zum Märchenerzähler!«

In dem urigen Weinlauben-Restaurant im beschaulichen Markelsheim lehnte sich Leopold, Herberts Cousin, gemütlich in seinem Sessel zurück. Bis die Vorspeise serviert wurde, berichtete er zuerst ganz allgemein über die Familie Kabadzhiev. Im Anschluss daran fuhr er fort, speziell über die hochkarätigen Mitglieder dieser ehrwürdigen Familie zu sprechen. Zwischen Hauptspeise und Dessert war es nun so weit, Leopold teilte ihnen mit, was er über Viktor auf die Schnelle in Erfahrung hatte bringen können.

Viktor sei, so sagte er, tatsächlich für den Diplomatischen Dienst Bulgariens tätig gewesen. Er sei, wie vorher schon sein Vater und da davor dessen Vater, Mitarbeiter des Auswärtigen Dienstes. Sein momentaner Aufenthalt hier in Deutschland sei voll und ganz privater Natur, weswegen er auch nicht mit seinen offiziellen Papieren reiste, sondern mit seinem privaten Reisepass. Er befand sich mit ein paar Freunden auf einer Urlaubsreise. Außer einem einzigen Personenschützer habe ihn keiner seiner Mitarbeiter aus dem Ministerium begleitet. Ein Kontakt, welcher

Art auch immer, zur Botschaft habe die ganze Reise über nicht bestanden. Weder über elektronische Kommunikationsmittel noch durch persönlichen Umgang.

»Das deckt sich mit dem Ergebnis unserer Ermittlungen die Telefongespräche betreffend. Viktor war zu den Uhrzeiten, zu denen mit dem Telefon seines Hotelzimmers in der Botschaft angerufen wurde, nämlich überhaupt nicht im Hotel!«

»Woher hast du denn diese Information schon wieder, Herbert?«, erkundigte sich ein überraschter Hans-Georg.

»Mehling hatte sich die Telefonnummern und die jeweilige Gesprächsdauer auf dem Block, der neben dem Telefon liegt, notiert. Man muss nur mit einem Bleistift das unmittelbar darunter liegende Blatt schwärzen, schon erscheinen die durchgedrückten Zahlen und Buchstaben. Wenn man diese Angaben mit den Aussagen der Personen, die wir bereits befragt haben, vergleicht, stellt sich heraus, dass es Viktor gar nicht gewesen sein kann! Sein Bodyguard war es ebenfalls nicht, da er sich immer in Viktors Nähe aufhielt. Wofür es auch gleich mehrere glaubwürdige Zeugen gibt.«

»Was ist eigentlich mit dem jungen Mann, der ebenfalls Viktor Kabadzhiev heißt und laut offizieller Seite der bulgarischen Behörden unser Toter hier im Kurpark sein soll?«, wollte Hans-Georg noch wissen.

»Diesen jungen Herrn gibt es tatsächlich«, schilderte Leopold. »Allerdings ist der bereits vor vier Tagen bei einem schwerem Verkehrsunfall in Sofia ums Leben gekommen. Behauptet wenigstens die bulgarische Polizei!«

»Wie passend!«, merkte Herbert an.

***

PHM Mehling und sein junger Streifenpartner, die sich in Bad Mergentheim so gut auskannten wie kaum ein anderer in der Stadt, brauchten nicht besonders lange, um den obdachlosen Eduard aufzuspüren. Er weigerte sich vehement, in das Polizeiauto zu steigen. Das schade nämlich seinem guten Ruf, den er sich über die letzten Jahre hinweg mühsam aufgebaut habe. Seine Freunde würden von ihm behaupten, er kollaboriere mit der hiesigen Obrigkeit! Ob die Herren Staatsdiener denn nichts anderes zu tun hätten, als sein Leben zu ruinieren? Sie könnten sich um echte Verbrecher kümmern, zum Beispiel. Dafür, dass sie unbescholtenen Mitbürgern das Leben vermiesen, würden sie sicherlich nicht vom Steuerzahler bezahlt werden! Dies und noch vieles mehr, warf er den beiden Polizeibeamten wütend vor.

»Gut!«, schlug Mehling vor. »Machen wir es doch so: Mein Kollege läuft vorne weg, Sie folgen ihm, in gebührendem Abstand versteht sich, und ich bilde die Nachhut. So wird niemand auf dem Weg zum Revier, einen Verdacht hegen, Sie hätten am Ende etwas mit der Polizei zu tun. Geht das so für Sie in Ordnung?«

»So könnten wir es eventuell machen«, ließ sich der Obdachlose auf den Vorschlag ein. »Sie müssen beide aber schon einen gewissen Abstand zu mir einhalten! Dass das klar ist!«

Dann marschierten die drei ungleichen Männer vom ehemalig badischen Teil des Bad Mergentheimer Bahnhofs aus, durch das neue Einkaufszentrum über den Bahnübergang und dann den Badweg entlang in Richtung Schloss.

Da saßen Mehling und Eduard nur kurze Zeit später an Roths provisorischem Schreibtisch. Eduard hatte einen extra großen Becher Kaffee vor sich stehen, von dem er von Zeit zu Zeit nippte.

Nach anfänglichem Leugnen, überhaupt etwas von einer Kamera, die noch dazu im Besitz seines Kumpels gewesen sein soll, gewusst zu haben, gab er nun zu, zufällig gesehen zu haben, wie Charly sie in das Versteck unter seinem Schlafplatz gelegt hatte. Er habe sie aber nicht herausgenommen. Schließlich sei er kein gemeiner Dieb! Er habe in seinem ganzen Leben noch nichts an sich genommen, was ihm nicht gehört habe! Und nochmals, nein! Er habe keine Vorstellung davon, wer diesen verdammten Fotoapparat an sich gebracht haben könnte. Er habe in der Nacht von gestern auf heute, als er sich schlafen legen wollte, gesehen, dass das Versteck und die Kassette offen standen. Da war die Kamera schon gar nicht mehr da! Er dachte sich gleich, dass das jede Menge Ärger für ihn bringen würde. Deshalb habe er sich auch dazu entschlossen, Charlys Geheimfach wieder so herzurichten, als ob es gar nicht geöffnet wurde. Dann habe er in Windeseile seinen Schlafplatz gewechselt.

Roth sah dem Obdachlosen eine geraume Zeit in die Augen. Da dieser seinem Blick jedoch standhielt, ging er davon aus, dass Eduard die Wahrheit sagte.

»Gut!«, sagte er. »Sie halten sich aber weiterhin zu unserer Verfügung!«

»Ich wollte sowieso noch ein paar Tage hier im schönen Bad Mergentheim bleiben«, bekam er darauf zur Antwort.

***

Schmalz legte den Telefonhörer zurück und drehte sich zu Roth, der an seinem Schreibtisch saß. Er rollte auf seinem Bürostuhl, den man gemeinsam mit dem zweiten Schreibtisch extra zusätzlich für die Heilbronner Kollegen in das provisorische Büro gebracht hatte, hinüber zu seinem Chef. Er schaute noch einmal auf den Notizzettel, den er in seiner rechten Hand hielt. Dann berichtete er, dass im Krankenhaus in Tauberbischofsheim ein noch unbekannter Mann liege, der schwer verletzt sei. Auf diesen Mann würde die Personenbeschreibung des Reiseleiters passen und zwar so sehr wie die berühmte Faust aufs Auge.

Nachdem der Hauptkommissar mit seinem Chef telefoniert hatte, machten sie sich auf den Weg nach Tauberbischofsheim.

Die Kriminalbeamten standen mit dem Stationsarzt zusammen am Krankenbett des Schwerverletzten und hörten aufmerksam zu, was er ihnen über die gar nicht so einfach wegzusteckenden Verletzungen zu berichten hatte. Der fremde Mann, der im Moment bei Bewusstsein war, hörte ebenfalls neugierig zu. Besonders interessant wurde es aber für alle drei, als der Mediziner die möglichen Entstehungsarten der erlittenen Wunden schilderte. Ausnahmslos alle denkbaren Möglichkeiten endeten allerdings mit den Worten, herbeigeführt durch extrem brutale Gewalt mittels eines harten, stumpfen Gegenstandes, wie zum Beispiel einem Baseballschläger oder einer schweren Eisenstange.

»Die Täter waren meiner Meinung nach Profischläger«, beendete der Arzt den Bericht. »Sie wussten genau, wohin und wie stark sie zuschlagen mussten, um dem Opfer tunlichst schwere Verletzungen mit möglichst starken Schmerzen zuzufügen, ohne es allerdings dadurch zu töten! Ich denke, dass es sich hierbei um eine Art Denkzettel oder eine Abrechnung, für was auch immer, innerhalb eines kriminellen Kreises geht.«

»So, wie Sie das eben schilderten, glaube ich, dass Sie mit Ihrer Ansicht über die Dinge, gar nicht so weit von den tatsächlichen Geschehnissen des gestrigen Abends entfernt liegen!«, schloss sich Roth der Meinung des Unfallchirurgen an. »Jetzt zu Ihnen, junger Mann!«, wendete er sich an den Verletzten. »Was können Sie uns über die Täter und deren Motiv sagen?«

»Nichts, wenn ich ehrlich bin. Ich habe einen kompletten Filmriss! Ich kann mich an rein gar nichts mehr erinnern!«, erwiderte der Mann, der offensichtlich unter starken Schmerzen litt. »Ich würde Ihnen liebend gerne bei der Suche nach diesen Mistkerlen helfen! Ich kann mich aber leider an nichts mehr erinnern!«

»Auch nicht an die bulgarische Reisegruppe, die Sie als Reiseleiter begleitet haben?«, probierte es Schmalz. Er war absolut davon überzeugt, dass es sich bei dem Verletzten auf jeden Fall um den gesuchten Mann handelte.

»Sagt Ihnen der Name Viktor Kabadzhiev etwas? Auch er war Mitglied der Reisegruppe, für die Sie zuständig waren.«

Der Mann überlegte erst einen Moment, dann schüttelte er verneinend den Kopf. Er schloss müde seine Augen und ließ den Kopf zur Seite fallen. Ein untrügliches Zeichen dafür, dass er am Ende seiner Kräfte angekommen war, weswegen der Arzt das Gespräch an diesem Punkt für beendet erklärte.

Es könne durchaus noch ein langer Zeitraum vergehen, bis der Patient seine Gedächtnislücken wieder vollständig geschlossen haben würde, sagte er bei der Verabschiedung zu den Kommissaren.

***

Bad Mergentheim, 16. Juni 1922

Bei den jungen Kerlen seines Alters war Gottlob recht beliebt. Nicht nur bei den Aufrechten und Gottesfürchtigen, sondern auch bei denen, die vom Leben nicht besonders verwöhnt wurden. Er hatte unter denen auch einen Bekannten, der bereits einschlägige Erfahrung mit der Obrigkeit im Allgemeinen und der Justiz im Besonderen gesammelt hatte. Drei Jahre seines jungen Lebens hatte der im Zuchthaus zugebracht. Das bisschen, was ihm bis dahin an kriminellem Fachwissen noch gefehlt hatte, hatte er sich dort in kürzester Zeit angeeignet.

Er hatte den Schwerpunkt seiner kriminellen Energie auf Diebstahl und in dem einen oder anderen Fall auch schon mal auf Einbruch gelegt. Da er die Zeit, die er hinter Gitter verbringen musste und die er gerne als seine Lehrzeit bezeichnete, äußerst intensiv zur ›beruflichen Weiterbildung‹ genutzt hatte, war er seitdem auch nicht mehr in den Bau eingefahren.

Auf ihn war Gottlob nicht weit von Bad Mergentheim entfernt in einer dieser Spelunken, in die kein anständiger Mensch auch nur einen Fuß setzen würde, gestoßen. Wolfgang, wie der Mann hieß, hatte ihn auf ein paar Bier eingeladen. Die ungewöhnlich große Menge Alkohol löste sehr schnell Gottlobs Zunge. So dauerte es denn auch nicht lange und es sprudelte nur so aus ihm heraus.

In nur wenigen Minuten hatte er seinem Gastgeber sein ganzes Leid geklagt. An dem selbstverständlich alle anderen Schuld waren! Er habe sich in dieser Richtung nicht das Geringste vorzuwerfen. Das Schicksal habe es leider nicht allzu gut mit ihm gemeint.

Der andere bot ihm zu seiner großen Überraschung an, sich mit ihm zusammenzutun. Schließlich seien sie so etwas Ähnliches wie Brüder im Geiste und als solche müssten sie fest zusammenstehen! Dazu käme dann noch, dass er einen so guten Mann wie ihn, gerade für seine größeren Unternehmungen, momentan besonders gut gebrauchen könne.

Gottlob war nicht nur ein sehr williger Gehilfe, sondern obendrein ein extrem wissbegieriger. Er eignete sich die vielen Kniffe, die einen exzellenten Dieb ausmachten, sowohl in der Theorie als auch in der Praxis, im Handumdrehen an. Was beiden großen Nutzen brachte.

Eines Abends stand er einem jungen und unerfahrenen Vikar bei, der in einer dunklen und menschenleeren Gasse von zwei üblen Strauchdieben überfallen wurde. Sie hatten es auf das Geld abgesehen, das ihm ein schwerkranker Mann, von dem er sich gerade auf den Weg zurück ins Pfarrhaus gemacht hatte, als Spende für die Ärmsten gegeben hatte. Nachdem sie, wie jeden Abend seit nunmehr zwei Wochen, gemeinsam für seine schnelle Genesung gebetet hatten, hatte der Mann das Almosen überreicht, mit der Bitte, es für wohltätige Zwecke in der Pfarre zu verwenden.

Gottlob schlug die beiden, dank seiner körperlichen Überlegenheit und seines couragierten Auftretens, in die Flucht und rettete dadurch dem Vikar nicht nur das Leben, sondern auch das dringend benötigte Geld. In diesen schlechten Zeiten, so kurz nach dem Ende des ersten Weltkrieges, gab es leider viel zu viel arme Menschen, die nicht genug zum Leben hatten!

Nachdem der Vikar und sein Retter das Pfarrhaus erreicht hatten und Gottlob sich schon auf seinen Nachhauseweg machen wollte, lud der junge Geistliche ihn ein, mit ihm gemeinsam zu Abend zu essen. Dabei führten sie ein dermaßen angeregtes Gespräch über den leider vielerorts verloren gegangenen Glauben an Gott und die vermeintliche Verderbtheit des einen oder anderen Zeitgenossen.

Der Kleriker war so angetan von dem jungen Mann, beziehungsweise von dessen klarem Verstand und seiner Art, die Probleme anzusprechen, dass er ihn für den übernächsten Abend wieder in das Pfarrhaus einlud. Gottlob nahm die Einladung gerne an.

Aus den anfänglich nur gelegentlich stattfindenden Treffen entwickelte sich langsam, aber sicher eine tiefe Männerfreundschaft. Die grundverschiedenen jungen Männer ergänzten sich gegenseitig. Gottlob, der von zu Hause davongejagte Schreinergeselle, erklärte dem gebildeten Vikar aus sehr gutem Hause, wie die Welt für den kleinen Mann tatsächlich war. Im Gegenzug förderte der nun seinen Freund, indem er dessen doch eher als mangelhaft zu bezeichnenden Lese- und Schreibfähigkeiten bei jeder sich bietenden Möglichkeit verbesserte. Außerdem feilte Klaus an den noch etwas laxen Umgangsformen seines neuen Freundes.

***

6. Kapitel

Leon Moser lag in seinem Bett, trotz der angenehmen Außentemperaturen war er bis zum Hals mit einem schweren Federbett zugedeckt. Seine Gesichtsfarbe tendierte zu glühend rot. Er litt unter starkem Schüttelfrost. Schweiß stand auf seiner Stirn. Er machte keinen guten Eindruck auf seine Besucher. Seine Mutter, die eben frisches Eiswasser holen wollte, als Roth, der von Schmalz begleitet wurde, an der Haustür geklingelt hatte, legte ihrem krankem Sohn neue Wadenwickel an.

»Er hat fast vierzig Grad Fieber und friert trotzdem so stark!«, erklärte sie den Beamten mit sorgenvoller Miene. »Ist das nicht schlimm?« Zu dem Jungen sagte sie: »Gleich bekommst du noch deine Medizin, dann wird es dir schnell wieder besser gehen!«

Nachdem sie die dreißig Tropfen von der fiebersenkenden Arznei auf ein wenig Zucker geträufelt und der Bub die bittere Medizin mit offensichtlichem Widerwillen geschluckt hatte, erklärte sie ihm, dass die beiden Herren von der Polizei wären und ihm jetzt gerne ein paar Fragen stellen würden, die sich leider nicht länger hinausschieben ließen.

»Genau so, wie deine Mutter sagt, ist es, Leon«, fing Roth auch gleich an. »Stimmt es, dass du erst neulich einen Brief, mit dem Auftrag, diesen im Palais Madeleine abzugeben, erhalten hast?«

Der Junge bewegte unentschlossen seinen Kopf und warf einen fragenden Blick in Richtung Mutter. Diese nickte ihm jedoch aufmunternd zu. »Du musst es dem Herrn Kommissar sagen, wenn es so war!«

»Von wem hast du ihn erhalten?«, fuhr der Hauptkommissar fort.

»Von einem Mann.«

»Kanntest du ihn?«

»Nein. Es war ein Fremder.«

»Handelte es sich um einen jungen oder eher einen älteren Mann und kannst du ihn uns vielleicht auch beschreiben?«

»Es war ein sehr junger Mann«, antwortete er mit leiser und belegter Stimme. »Ziemlich groß war er und er trug eine runde Nickelbrille. Beschreiben kann ich Ihnen den auch, ja.«

»Hast du eventuell einmal nachgesehen, was in diesem Brief geschrieben stand, und wenn ja, kannst du uns etwas über den Inhalt sagen?«, wollte Schmalz wissen, der es vor Anspannung kaum aushielt. »Knaben in deinem Alter sind im Allgemeinen ja sehr neugierig. Was jetzt aber kein Vorwurf sein soll! Verstehe mich bitte nicht falsch!« Roth warf seinem Mitarbeiter einen Blick zu, der ihn sofort verstummen ließ!

Der Bub sah wieder zu seiner Mutter, diesmal allerdings mit einem peinlich berührten Gesichtsausdruck. Man konnte förmlich sehen, wie er innerlich mit sich rang. Sollte er den Beamten die Wahrheit sagen und die Mutter enttäuschen, die eine solche Indiskretion nicht von ihm erwarten würde? Oder sollte er lieber ruhig bleiben und nichts sagen und in Kauf nehmen, dass der Täter dann nicht gefasst wird? Er konnte sich einfach nicht entschließen.

Frau Moser, die natürlich sofort bemerkte, mit welchem Gewissenskonflikt ihr kranker Sohn kämpfte, sagte ihm, dass etwas, das man einmal falsch gemacht habe, nicht automatisch dadurch besser werden würde, wenn man es verschwieg. »Also, bitte, Leon! Hast du dir die Nachricht angesehen, die in dem Brief stand? Wenn ja, sage den Herren bitte, was du gelesen hast!«

Der Knabe nickte mit beschämtem Blick.

»Kannst du uns in etwa sagen, was du gelesen hast?«, bohrte Schmalz sofort nach. »Es ist für uns nämlich fürchterlich wichtig zu wissen, was auf diesem Blatt Papier stand!«

»Also, nun sage es schon den Herren von der Polizei! Damit du dich, wenn du es hinter dir hast, weiter erholen kannst!«, forderte Frau Moser ihren Sohn auf, doch endlich zu sprechen.

»Ich habe es abgeschrieben«, krächzte er mehr, als er sprach.

»Warum, Leon?«

»Weil es sich um einen geheimen Code handelt, den ich mit dem Sebastian zusammen knacken wollte. Das ist zur Zeit nämlich unsere große Leidenschaft! Das Verschlüsseln von Texten!«

»Wo befindet sich dieser Text jetzt in diesem Moment?«, setzte Roth mit strengem Blick sofort nach.

»Unter meiner Matratze«, brachte der Junge nur mit Mühe und Not hervor. Er drehte sich mühsam zur Wandseite und griff mit einer Hand zwischen Matratze und Lattenrost und brachte einen eng beschriebenen Zettel zum Vorschein.

***

»Zimmerservice!«, rief die junge Frau und wartete einen Moment lang vor der Tür. Nachdem sie keine Antwort aus dem Inneren des Raumes erhielt, hob sie ihre Magnetkarte an das Lesegerät. Die Zimmertür sprang umgehend einen Spalt weit auf und die Reinigungskraft war im Begriff, den Raum zu betreten, als sie aus den Augenwinkeln heraus hinter sich eine Bewegung wahrnahm. Eigentlich war es nur ein Schatten. Da es sich aber um jenes Zimmer handelte, in dem der junge Mann logierte, der vor Kurzem erst im Kurpark ermordet aufgefunden worden war, verwunderte es nur wenig, dass sie im höchsten Maße sensibilisiert war. Erschrocken fuhr sie deswegen herum und konnte im letzten Moment noch eine männliche Gestalt wahrnehmen, die durch die Etagentür ins Treppenhaus huschte.

Sie überlegte nicht lange, sondern ließ einfach den Putzwagen mit den Reinigungsutensilien stehen und rannte dem Unbekannten hinterher. Als das Mädchen die schwere Tür zum Treppenhaus passiert hatte, konnte sie auf dem Treppenabsatz direkt unter ihr den flüchtenden Mann noch für den Bruchteil einer Sekunde im Profil sehen. Es war derjenige, der sich mehrfach in Viktors Hotelsuite aufgehalten hatte. Sie erkannte ihn eindeutig!

Mit großen Schritten, immer zwei Stufen auf einmal nehmend, rannte sie dem offensichtlich gut trainierten Mann hinterher. Trotz allerhöchster Anstrengung ihrerseits konnte sie den Abstand zwischen sich und dem Unbekannten nicht um das Geringste verringern!

Ein Stockwerk tiefer hörte sie plötzlich außer den lauten Geräuschen die seine Schuhe auf den Steinstufen verursachten, wie eine Tür zum Treppenhaus geöffnet wurde und die Stimmen zweier sich unterhaltender Männer. Das war ihre große Chance, wie sie sofort erkannte.

»Halten Sie den Mann auf!«, rief sie den beiden entgegen und erhöhte ihr Tempo noch einmal. »Der wird von der Polizei im Zusammenhang mit einem Mordfall gesucht! Halten Sie ihn fest!«

Die Schritte verstummten! Auch von den Männern hörte man nichts mehr. Als das Hausmädchen den nächsten Treppenabsatz erreicht hatte, erkannte sie zu spät, dass der Unbekannte stehen geblieben war, um kurz zu überlegen, in welche Richtung er sich angesichts der ihm entgegenkommenden Herren nun wenden sollte. Da sie inzwischen ein so hohes Tempo erreicht hatte, das sie nicht abrupt verlangsamen konnte, und schon gar nicht in einer Abwärtsbewegung, prallte sie dem Flüchtenden mit voller Kraft in den Rücken. Er stolperte und fiel den Männern, die die Stufen nach oben liefen, direkt in die Arme.

Bei den beiden Männern handelte es sich um Herbert Brandner und seinen Bekannten Hans-Georg, die auf dem Weg zu eben diesem Hausmädchen waren, das nun vor ihnen stand und sie aufgeregt und nach Luft schnappend aufforderte, den Mann jetzt bloß nicht mehr loszulassen. Sie würde in der Zwischenzeit die Polizei informieren.

»Helfen Sie mir!«, rief der Mann. »Diese verrückte Person da verfolgt mich!« Bei den Worten deutete er auf das Zimmermädchen. »Ich weiß gar nicht, was die überhaupt von mir will!«

»So ein Quatsch!«, hielt sie dagegen. »Der wird polizeilich gesucht! Halten Sie ihn nur gut fest!«

»Polizei?«, fragte Brandner. »Das trifft sich ja gut. Ich bin Kriminaloberrat ...« Weiter kam er nicht, weil er plötzlich die Stimme von Herrn Roth hörte! Der schien sich mit seinem Assistenten zu unterhalten. Komischerweise hielten alle den Atem an und lauschten, was Roth zu sagen hatte. Der war gemeinsam mit seiner Begleitung an der offenen Treppenhaustür vorbeigegangen, ohne die Gruppe, die so dicht neben ihm stand, bemerkt zu haben.

»Gibt es hier irgendwo einen Raum, in dem wir uns ungestört unterhalten können?«, wollte der pensionierte Pastor, der seine Sprache als Erster wiedergewonnen hatte, mit gedämpfter Stimme von dem Mädchen wissen.

»Aber ja, kommen Sie bitte mit! Der Lagerraum für die Wäsche ist gleich hier um die Ecke. Da stört uns niemand, da ich heute Morgen als Einzige Dienst habe«, antwortete sie und ging den Herren voran.

***

Holzapfel saß an Händen und Füßen an einen Stuhl gefesselt in einem völlig finsteren Raum. Trotzdem hatte man ihm zusätzlich einen alten, verstaubten Jutesack über den Kopf gestülpt. Das erschwerte ihm obendrein auch noch das Atmen. Die Männer, die ihn vor dem zweifelhaften Etablissement, in dem er von Zeit zu Zeit seiner Spielsucht nachging, entführt hatten, waren nicht gerade besonders zimperlich mit ihm umgegangen. Was die nur von ihm wollten? Bis zu dem Zeitpunkt, als er beim Zocken eine Glückssträhne hatte und prompt diese hohe Summe gewann, hatte er nichts gehabt, wofür sich dieser Aufwand einer Entführung gelohnt hätte. Von dem Gewinn wussten nur diejenigen, die sich mit ihm in dem Hinterzimmer aufgehalten hatten. Von denen traute er aber keinem so viel kriminelle Energie zu! Es sei denn, derjenige hätte die Information an einen ihm unbekannten Dritten weitergegeben. So sehr er sich auch seinen Kopf zerbrach, ihm fiel nichts und niemand ein, der sich von seinem Kidnapping etwas versprochen haben könnte.

Nur der feine Herr Portier vielleicht! Falls der dahintergekommen wäre, dass er wusste, was der im Schilde führte, dann würde, so dachte Holzapfel jetzt, so eine Verschleppung schon Sinn machen! Oder? Oder wäre es da nicht viel einfacher, ihn komplett von der Bildfläche verschwinden zu lassen? Die Perspektiven, die ihm durch den Kopf gingen, bauten ihn nicht gerade auf! Er kam allerdings nicht mehr dazu, weiter über sein Schicksal nachzugrübeln. Erst hörte er leise Schritte, die immer lauter wurden, je näher sie kamen, dann hörte er noch gedämpfte Stimmen, von irgendwoher. Er konnte insgesamt drei verschiedene Stimmlagen voneinander unterscheiden. Was sie sagten, verstand er jedoch nicht, da sie sich im Flüsterton unterhielten. Außerdem machte der Jutesack, den er über den Kopf gestülpt bekommen hatte, nicht nur das Atmen, sondern auch das Hören nicht gerade leichter.

Die Schritte führten unmittelbar zu seinem Stuhl. Einen Moment lang hätte man eine Nadel fallen hören, so still war es in dem Raum. Seine Nerven waren bis zum Zerreißen angespannt!

Dann hörte er die Männer in normaler Lautstärke reden, verstehen konnte er sie aber immer noch nicht. Einer von ihnen, der als Letzter gesprochen hatte, schien eine Frage gestellt zu haben.

Plötzlich spürte er einen stechenden Schmerz in seinem rechten Bein. Einer von ihnen hatte ihm mit voller Wucht gegen das Schienbein getreten.

Derjenige, der die Frage gestellt hatte, wiederholte sie nun mit energischer Stimme. Allerdings verstand Holzapfel immer noch nichts von dem, was die Stimme ihm sagte, was zur Folge hatte, dass er diesmal einen kräftigen Schlag ins Gesicht bekam! Worauf er wütend fragte, was sie denn eigentlich von ihm wollten.

»Das weißt du ganz genau!«, warf ihm die Stimme in einem gebrochenem Deutsch vor. »Du kannst uns nicht für dumm verkaufen! Ich rate dir dringend, uns zu sagen, wo die Sachen sind! Ansonsten wird es dir nämlich sehr schlecht ergehen! Verstehst du mich?«

»Ich weiß nichts! Was wollen Sie von …!« Weiter kam er nicht, denn einer der Männer schlug ihm seine Faust dermaßen brutal in die Magengrube, dass dem Hotelmanager Sekunden lang die Luft wegblieb. Als er endlich wieder etwas durchatmen konnte, fuhr er fort: »Wirklich! Ich habe tatsächlich nicht die geringste Ahnung, was Sie von mir wollen! Lassen Sie mich bitte gehen! Ich gehe auch nicht zur Polizei! Versprochen!«

»Lüge uns nicht an, du Bastard! Es wird dich ansonsten sehr teuer zu stehen kommen!«, schrie ihn eine weitere Stimme an und der dazugehörige Mann trat ihn mit voller Wucht gegen sein anderes Schienbein. Ein weiterer stechender Schmerz durchbohrte Holzapfels Bein, er konnte ein qualvolles Röcheln nicht länger unterdrücken.

Sie stellten ihm wieder und wieder dieselbe Frage, und sobald er ihnen antwortete, dass er keinen blassen Schimmer davon habe, was sie von ihm wollten, schlug einer von ihnen mit barbarischer Gewalt zu.

So ging es fast eine Stunde lang und Holzapfel verließen nach und nach auch die letzten Kräfte. Als ihm einer der Verbrecher zum Abschluss der ersten Runde, mit seinem Fuß gegen das Brustbein trat, verlor das hilflose Opfer die Besinnung.

***

»So, mein Lieber, jetzt reden wir mal in aller Ruhe darüber, was Sie in Herrn Viktor Kabadzhievs Zimmer zu suchen hatten! Nun reden Sie, was wollten Sie in dem Ihnen völlig fremden Zimmer?«

»Ich weiß gar nicht, was Sie von mir wollen? Wer sind Sie

überhaupt, dass Sie mich so einfach und gegen meinen ausdrücklichen Willen hier festhalten?«, rief der überrumpelte Mann empört. »Lassen Sie mich sofort gehen! Ansonsten werden Sie noch ihr blaues Wunder erleben!«

»So weit kommt es mit Sicherheit nicht so schnell! Zumindest nicht, bis Sie auf unsere Fragen befriedigende Antworten gegeben haben! Also, was wollten Sie in jenem Zimmer, noch dazu alleine? Ohne den rechtmäßigen Bewohner der teuren Suite. Wonach haben Sie dort gesucht? Jetzt sprechen Sie mit uns!«

»Ich muss Ihnen nicht antworten und ich werde Ihnen auf Ihre Fragen auch nicht antworten! Wenn Sie mich nicht augenblicklich gehen lassen, rufe ich nach der Polizei!«, drohte der Verdächtige.

»Das brauchen Sie gar nicht, denn die ist ja schon hier. Darf ich vorstellen«, entgegnete das Zimmermädchen, »Kriminaloberrat Brandner und sein Kollege Herr … !«

»Ja, so ist das«, unterbrach der Kriminaloberrat a. D. die junge Frau. »Sie sollten langsam mit uns kooperieren, ansonsten machen Sie alles nur noch schlimmer! Ich frage Sie also noch einmal, was wollten Sie in diesem Raum? Was erhofften Sie dort zu finden?«

»Ich sage kein einziges Wort mehr!«, entrüstete sich der etwa vierzigjährige Mann, der ein außerordentlich gepflegtes Äußeres besaß. »Außerdem verlange ich sofort meinen Anwalt hinzuziehen zu dürfen! Das steht mir nämlich zu, wie Sie vielleicht auch wissen!«

»Ich sage Ihnen, wonach Sie suchten. Eine Fotoapparat erhofften Sie dort zu finden! Habe ich recht?«, bluffte Hans-Georg.

Diese Finte zeigte sofort Wirkung. »Woher wissen Sie …?«, platzte es aus dem Mann heraus. Als er bemerkte, dass er sich verraten hatte, fügte er an, dass er ohne Rechtsbeistand nun wirklich kein einziges Wort mehr sagen würde.

Sie konnten plötzlich Stimmen hören, die draußen auf dem Hotelflur dem Wäschelager immer näher kamen. Brandner, der die Stimmen als Erster erkannte, sagte zu dem Fremden, dass jetzt alles Weitere auf dem hiesigen Polizeirevier besprochen werden würde. Er zupfte Hans-Georg am Ärmel und verließ gemeinsam mit ihm die Kammer. Zu Kommissar Schmalz und seinem uniformierten Kollegen, die gerade an der Tür vorbeilaufen wollten, sagte er, dass sich die von ihm gesuchte Person hinter dieser Tür befände. Schmalz staunte nicht schlecht, als er das Zimmermädchen erkannte.

»Den Mann nehmen Sie vorläufig fest, Schmalz, und verbringen ihn sofort zur weiteren Vernehmung ins Revier!«, konnte sich Hans-Georg, der völlig unter Adrenalin stand, nicht verkneifen noch anzufügen. Dafür bekam er von seinem Bekannten einen kräftigen Stoß in die Rippen.

***

Roth und seine Männer saßen im Schlosshof in einem sehr gemütlichen Café und machten ihre wohlverdiente Mittagspause.

Wie es in einem so komplexen Fall, wie dem laufenden nun mal ist, kamen die vier relativ schnell auf ihre Arbeit zu sprechen. In der Regel waren Themen, die laufende Ermittlungen betrafen, in den Pausen absolut tabu.

»Was wollten Sie mir vorhin sagen, Mehling?«, kam Roth auf das Gespräch zurück, bei dem sie durch die Bedienung unterbrochen wurden, da die in dem Moment das Essen servierte.

»Die bulgarischen Behörden haben den Unfallbericht, eine Geburtsurkunde des zweiten Viktor Kabadzhiev und ein Foto von ihm, um das wir sie gebeten hatten, geschickt«, antwortete der Gefragte. »Liegt alles auf Ihrem Schreibtisch, Herr Hauptkommissar.«

»Und? Kamen Sie dazu, es sich schon einmal anzusehen?«

»Ja, aber so auf Anhieb ist mir dabei nichts aufgefallen, womit wir etwas anfangen könnten. Ein noch junger Mann mit einem Allerweltsgesicht. Auch an dem Unfallhergang sind mir keinerlei Unregelmäßigkeiten aufgefallen, die auf einen fingierten Unfall schließen ließen. Das Dokument wird noch auf Echtheit überprüft, aber dem ersten Anschein nach dürfte es auf jeden Fall in Ordnung sein.«

»Schade«, antwortete Roth enttäuscht, »wäre auch zu schön gewesen, wenn wir da einen Ansatzpunkt gefunden hätten!«

»Was ist bei dem Gespräch mit dem Hotelportier herausgekommen? Hatte er noch irgendetwas Verwertbares zu sagen?«, wechselte Toni das Thema. »Ich habe das unbestimmte Gefühl, als ob der uns etwas Wichtiges verschweigt!«

»Nichts hat der gesagt. Der ist heute Morgen nicht zum Dienst erschienen. Auf die Anrufe seines Kollegen reagierte er auch nicht. Der war ganz schön angefressen, kann ich euch sagen! Sie und Herr Mehling fahren am besten später mal bei ihm zu Hause vorbei und versuchen herauszufinden, wo der sich herumtreibt und warum er nicht zur Arbeit erschienen ist«, verteilte Roth den ersten Auftrag für den heutigen Nachmittag, was für die Kollegen zur Folge hatte, dass die ohnehin schon kurz ausgefallene Mittagspause nun mit großen Schritten ihrem Ende zuging.

»Schmalz schaut noch mal, ob er das Zimmermädchen des Palais Madeleine nicht doch erreicht. Heute Morgen war auch sie, obwohl sie im Hause war, leider nicht auffindbar! Ich persönlich habe einen Termin in Heilbronn. Unser verehrter Herr Kriminalrat hat sehr große Sehnsucht nach mir, wie er mich hat wissen lassen. Es interessiert mich einerseits schon, was der bloß wieder von mir will. Andererseits erzählt er mir wahrscheinlich wieder nur von seinen exquisiten Verbindungen, die er nach ganz weit oben unterhält! Er hört sich ja selbst am liebsten beim Reden zu!«

Sie hatten die wenigen Meter hinüber zum Bad Mergentheimer Polizeirevier gemeinsam zurückgelegt. Toni, der als Erster von ihnen das Behelfsbüro betreten hatte, nahm neugierig die Phantomzeichnung, die auf dem Schreibtisch lag, in die Hand und warf einen kurzen Blick darauf. Es handelte sich, wie auf dem beigefügten Zettel zu lesen stand, um das Konterfei des Mannes, das auf dem Fotoapparat gespeichert gewesen sein soll.

»Bei der Personenbeschreibung hat der Obdachlose sehr gute Arbeit geleistet! So detailliert, wie der Polizeizeichner den jungen Mann hinbekommen hat! Alle Achtung!«, kommentierte er das Bild und reichte es an seine Kollegen weiter. Mehling, der die Unterlagen geholt hatte, die endlich von den Kollegen aus Sofia gekommen waren, besah sich die Zeichnung natürlich auch. Er stellte einen sehr erstaunten Gesichtsausdruck zur Schau! Er nahm das Foto des angeblich in Bulgarien tödlich verunglückten jungen Mannes und gab es an die Kollegen weiter. Sie verglichen die beiden abgebildeten Männer miteinander und kamen einstimmig zu einem überraschenden Ergebnis. Ihrer Meinung nach handelte es sich bei dem Abgebildeten, dessen Fotos auf dem Fotoapparat, um den sich zur Zeit alle Welt zu streiten schien, gespeichert waren, exakt um dieselbe Person, wie diejenige, die in Bulgarien von offiziellen Stellen für tot erklärt wurde!

Schmalz kam bei dem Anblick der Bilder noch eine weitere Person in den Sinn, mit dem der darauf Abgebildete eine außergewöhnlich große Ähnlichkeit aufwies. Er ähnelte dem Mann, den er erst vor knapp zwei Stunden im *Palais Madeleine* vorläufig festgenommen hatte!

***

Roth stand kurz vor dem Explodieren. »Bin ich denn von allen guten Geistern verlassen?«, schrie er mit voller Lautstärke den armen Schmalz an. »Was hast du dir nur dabei gedacht? Du hättest *Waldorf and Statler* gleich mit hierher ins Revier bringen müssen!«

»Wen?«

»Die beiden von der ›Muppet Show‹!« Nachdem ihn sein Mitarbeiter mit großen, fragenden Augen angesehen hatte, fuhr er resigniert fort: »Ach, vergiss es einfach! Schalte bei der nächsten Gelegenheit einfach dein Gehirn ein!«

»Ich war doch wie vor den Kopf gestoßen!«, versuchte sich Schmalz jetzt halbwegs zu rechtfertigen. »Wer denkt denn schon an die Möglichkeit, dass so etwas überhaupt passieren kann? Dass da mit einem Schlag dieser pensionierte ›Möchtegern-Kommissar‹ aus dem Nichts auftaucht und dir sagt, dass er genau die Person, die du schon den ganzen Nachmittag über gesucht hast, vor dir gefunden hat! Dir obendrein sogar noch den Auftrag erteilt, diese festzunehmen und sofort aufs Revier zu bringen! Hoppla! Da gehen einem doch gleich mal die Lichter aus! Ich war ... ich war total über... !«

»Du warst wieder einmal nicht auf Zack, Reinhold! So sieht es aus! Immer brauchst du zu lange, bis dir ein Licht aufgeht! Es ist immer dasselbe mit dir!«

»Ja, hackt nur wieder alle auf mir herum! Ich bin das doch gewohnt!«, maulte Schmalz. »Aber jetzt, da wir den Kerl schon mal dahaben, habe ich ihm auch gleich die eine oder andere Frage gestellt. Ich glaube, es war auch nicht ganz umsonst, dass ich ihn mitgenommen habe. Immerhin hat er ein paar ganz gute Antworten gegeben! Wir wissen jetzt zumindest, dass er es gewesen ist, der in Viktors Zimmer war, als dieser sich außer Haus aufhielt. Das Hausmädchen hat ihn eindeutig wiedererkannt. Der Toni nimmt drüben im Personalraum gerade ihre Aussage zu Protokoll.«

»Und? Wonach suchte er dort im Hotel? Bestimmt die Kamera, oder?«, wollte Roth, völlig überzeugt von seiner Mutmaßung, wissen.

»Von einer Fotokamera wusste er angeblich nichts«, erwiderte ihm Schmalz. »Dokumente hätte er gesucht, die im Übrigen ihn persönlich beträfen. Worauf er schließlich, zumindest nach seinem Dafürhalten, ein legitimes Recht besäße. In Viktors Hotelsuite habe er sie allerdings nicht finden können.«

»Was hat er dir sonst alles erzählt? Gibt es noch etwas, das wir nicht wissen?«

»Er weiß angeblich auch, wer die Person ist, die sich mit Viktor an besagtem Abend lautstark gestritten hat. Über diese Angelegenheit will er aber nur mit dem Chef höchstpersönlich sprechen. Unter vier Augen versteht sich! Ach ja, und mit seinem Anwalt will er selbstverständlich auch reden.«

Keine zwei Stunden später, nachdem Roth erst mit dem Mann gesprochen und im Anschluss daran das Ergebnis seinem Chef telefonisch übermittelt hatte, klingelte sein Telefon. Er war sehr erstaunt darüber, dass sich ein gewisser Herr Leopold Bla-bla-bla, seines Zeichens Ministerialdirektor im Auswärtigen Amt, meldete, um ihm persönlich mitzuteilen, dass er noch am heutigen Abend in Bad Mergentheim einträfe und ihn zu einem Gespräch in seinem Hotel erwarte. Bis dahin, so habe er es mit seinem obersten Chef in Heilbronn abgesprochen, solle er im Fall Kabadzhiev nichts mehr unternehmen!

Ein weiterer Anruf bei seinem Chef ergab, dass es genau so, wie es der Herr Ministerialdirektor gesagt hatte, mit ihm abgestimmt sei. Außerdem ließ der Roth noch wissen, dass auch er sich selbstredend noch heute Abend auf den Weg nach Bad Mergentheim mache.

»Sie unternehmen ab sofort nichts mehr! Außer dass Sie den

Mann, den Sie in Gewahrsam genommen haben, umgehend auf freien Fuß setzen!«

»Aber, Herr Kriminalrat, der Mann ist hochgradig verdächtig, der Tä…!«

»Wie ich eben sagte, Roth, das Einzige, was Sie jetzt noch machen, ist, den Mann auf schnellstem Wege freizulassen! Haben Sie mich verstanden, Roth? Gar nichts unternehmen Sie ohne meine ausdrückliche Zustimmung!«, beendete sein Vorgesetzter grantig das Gespräch.

***

Bad Mergentheim, Herbst 1923

Gottlob war seit einer Woche zurück in Bad Mergentheim. Er hatte sich nicht zuletzt dank seiner guten Ausbildung und seinen tadellosen Umgangsformen, die er sich in den vergangenen Monaten angeeignet hatte, schnellen Zugang zu der sogenannten besseren Gesellschaft verschafft.

Sein Aussehen und auch seine Bekleidung hatte sich in der Zeit seiner Abwesenheit dermaßen verändert, dass er selbst, als er einmal in Spahts teurem Gasthof zu Mittag speiste, von niemandem erkannt worden war. Noch nicht einmal seine geliebte Edeltraud, die die Herrschaften direkt am Nachbartisch bedient hatte, erkannte in dem jungen und feschen Herrn aus besserem Hause, ihren geliebten Gottlob. Er musste sich in diesem Moment schon gewaltig zusammenreißen, um sich der Traudl gegenüber nicht zu erkennen zu geben! Das wäre, so dachte er, sicherlich noch viel zu früh. Er wollte diesbezüglich nicht das geringste Risiko eingehen und den positiven Ausgang seines Unterfangens auf gar keinen Fall gefährden.

Die ersten Tage hatte Gottlob damit verbracht, herauszufinden, ob ihm seine geliebte Edeltraud nach der langen Zeit nicht vergessen hatte. Immerhin war sie ein aufgeschlossenes und lebensfreudiges Mädchen und kein Trauerkloß! Er fand jedoch schnell heraus, dass er sich über ihre Treue wenig Gedanken zu machen brauchte.

Seinen Plan hatte er schon zu einem großen Teil in die Realität umgesetzt, aber das letzte i-Tüpfelchen fehlte ihm noch. Es konnte aber nicht mehr allzu lange dauern, bis sich auch dieser Punkt in Angriff nehmen lassen würde! Er durfte jetzt, wo er so knapp vor der Erfüllung seines allergrößten Wunsches stand, auf keinen Fall sein Ziel aus den Augen verlieren. Er wollte auf jeden Fall, dass Edeltraud seine Ehefrau werden würde. Das war so sicher wie das Amen in der Kirche! Schließlich hatte er nicht umsonst unzählige Male hoch und heilig geschworen, nicht eher zu ruhen, bis das Traudl und er ein Paar sein würden. Nur das allein zählte für ihn. Außerdem sollte seine Hochzeit das Ereignis des Jahres in Bad Mergentheim werden.

Dass er sich natürlich auch an all denjenigen, die damals so gemein und grob zu ihm waren, rächen wollte, war nur zu verständlich. Es galt, diese Brut, sowie sich eine Möglichkeit dazu bot, sofort und mit aller Kraft zu vernichten!

Der junge Mann hatte zwischenzeitlich auch schon den einen oder anderen ordentlich für seine üblen Machenschaften büßen lassen. Das Beste daran war für ihn, dass diejenigen, die es betraf, keinen blassen Schimmer davon hatten, dass sie ihre vermeintlichen Schicksalsschläge ausnahmslos ihm, Gottlob, dem kleinen Bestattergehilfen, zu verdanken hatten! Sie gingen auf der Straße an ihm vorüber, grüßten ihn höflich, ohne auch nur zu ahnen, dass er hinter ihren schlimmen Heimsuchungen steckte!

Am meisten traf ihn damals sicherlich, dass ausgerechnet sein eigener Bruder es war, der dafür sorgte, dass er mit Schimpf und Schande aus dem Haus des Vaters gejagt wurde! Das hatte dem alten Mann dermaßen zugesetzt, dass ihn nur kurz danach der Schlag ereilte und er verstarb, ohne dass er sich zuvor mit Gottlob hätte versöhnen können. Dass er sich weder von seinem Vater hatte verabschieden, noch ihm hatte zeigen können, dass aus ihm wider Erwarten doch etwas geworden war, würde Gottlob seinem Bruder niemals vergeben.

Sein Bruder und Schorsch, der älteste Sohn des Sägewerkbesitzers, der dafür verantwortlich war, dass es damals überhaupt zu jenem Streit kam, waren die Letzten auf seiner Liste. Für sie hatte er sich etwas ganz Bestimmtes ausgedacht. Die sollten am eigenen Leib erfahren, was es hieß, sich mit ihm anzulegen!

Aber der Tag der großen Abrechnung war nicht mehr fern! Das

baute ihn auf und gab ihm die Kraft, die er jetzt benötigte, um sein Werk in naher Zukunft zu Ende zu bringen.

***

7. Kapitel

Der Hauptkommissar wartete schon seit drei Stunden auf den Anruf des feinen Herrn Ministerialdirektors. Der hatte ihn unmissverständlich wissen lassen, dass er noch heute mit ihm reden wolle. Auch sein unmittelbarer Vorgesetzter, der Kriminalrat, der sein Erscheinen für heute Abend avisiert hatte, ließ sich nicht blicken. Auch von ihm sah und hörte er absolut nichts!

Roth hatte beschlossen, sich eine Minute nach Mitternacht auf das Feldbett, das ihnen als provisorische Liege diente, zu legen und zu versuchen, wenigstens noch ein kleine Mütze voll Schlaf zu erhaschen. Schließlich war eine Minute nach Mitternacht bereits schon morgen und nicht mehr heute.

Man liegt gar nicht mal so schlecht auf so einem Feldbett, dachte er und zog sich die leichte Wolldecke, die am Fußende der Pritsche lag, zurecht, als der Kollege Schmalz vorsichtig den engen Raum betrat. Der brachte zu allem Übel in seinem Schlepptau auch gleich den Kriminalrat mit herein.

»Sind Sie von allen guten Geistern verlassen, Roth?«, geriet dieser Choleriker sofort außer sich. »Im *Philipp* sitzt der Herr Ministerialdirektor in der Lobby und wartet dort seit Stunden auf Ihren Rückruf, mein Lieber! Aber Sie liegen hier auf der faulen Haut herum und halten lieber mal ein kleines Schläfchen! Ich glaube es ja nicht!«

»Von wegen, der wartet auf meinen Anruf! Der wollte sich bei mir melden! Nicht andersherum!«, empörte sich der Gerügte und rollte sich langsam von der Pritsche herunter. Für Bandscheibengeschädigte war diese Art der Ruhestätte dann vielleicht doch nicht so ganz geeignet.

»Was er auch getan hat, aber bei Ihnen hier auf dem Revier, hebt niemand den Telefonhörer ab! Worauf er auf einen Rückruf von Ihnen wartete. Sie scheinen allerdings etwas Besseres vorgehabt zu haben, so wie es aussieht! Zum Glück habe ich wenigstens Herrn Schmalz noch erreichen können, der wusste, wo Sie sich aufhalten.«

»Was? Ja! Nein! Also, das kann doch jetzt wohl nicht ...«, stammelte Roth und nahm den Hörer seines Telefons von der Gabel. Er lauschte angespannt nach dem Freizeichen. Dieses ertönte nach wenigen Sekunden laut und deutlich. Überrascht drückte der Kriminaler die Gabel zwei, drei mal hintereinander mit der Hand herunter. Dann hörte er erneut. Auch diesmal ertönte das Freizeichen klar hörbar. Er sah fragend zu seinem Chef.

»Es ging definitiv nicht! Ansonsten hätten Sie es doch mehrmals klingeln hören müssen!«

»Toni!«, rief er daraufhin laut. Da dieser jedoch nicht auftauchte, obwohl er in der Arrestzelle, die sich direkt nebenan befand, bei offener Tür ruhte, rief er erneut. »Toni! Was ist mit diesem blöden Telefon? Es geht nicht!«

Der so abrupt Geweckte stand kurz darauf mit verstrubbelten Haaren und noch schlaftrunkenem Gesicht in der Zimmertür. »Das ist nicht kaputt, Herr Hauptkommissar, das steht nur auf ›umgeleitet‹! Das heißt, zum Feierabend hin schaltet der jeweils diensthabende Beamte unser Telefon auf ›Umleiten‹! Die eingehenden Anrufe werden dann an das Polizeirevier in Tauberbischofsheim umgeleitet. Weil das unsere ja in der Nacht normalerweise nicht besetzt ist.«

»Aber Sie sind doch hier!«, entrüstete sich der Kriminalrat. »Da muss doch wirklich nichts umgeleitet werden! Sie oder auch der Herr Roth hätten bequem die Anrufe hier entgegennehmen können! Aber abgesehen davon, hat sich auch in Tauberbischofsheim keiner berufen gefühlt, einmal den Telefonhörer von der Gabel zu nehmen.«

»Ja, dann weiß ich aber auch nicht, was mit dem Apparat schon wieder los ist. Ständig ist da etwas anderes!«

Der Kriminalrat schickte den Toni nach Hause und fuhr mit Roth zu besagtem Ministerialdirektor ins Hotel *Philipp*, wo tatsächlich ein in tiefste Meditation versunkener Herr mittleren Alters in der Empfangshalle saß, beziehungsweise stand, und zwar auf dem Kopf! Das hohe Tier aus dem Außenministerium war ein glühender Verfechter von allem, was auch nur im Entferntesten mit Yoga zu tun hatte. Im Zeitlupentempo löste er seinen Kopfstand auf und bewegte sich, wie alle anderen ›normalen‹ Menschen, auf den Beinen in die Bar, wohin er die beiden anderen mitnahm.

Dort angekommen, trauten die beiden Kriminalbeamten ihren

Augen nicht. Roth setzte innerlich schon zu einer gewaltigen Standpauke an, die sich nur so gewaschen haben würde, wenn er denn bloß dazu gekommen wäre, diese vom Stapel zu lassen.

Dazu kam es aber nicht, weil der Ministerialdirektor, sofort nachdem sie Platz genommen hatten, zu ihnen sagte: »Darf ich Ihnen meinen verehrten Cousin, Kriminaloberrat a.D. Herbert Brandner, vorstellen? Herbert, das hier sind die Herren …!«

»Wir kennen uns bereits. Manchmal vielleicht sogar schon etwas zu gut!«, unterbrach Roth den Herrn aus dem Außenministerium unhöflich. Am liebsten hätte er sich auf Brandner gestürzt und ihn gnadenlos erwürgt! Das käme allerdings bei den restlichen drei Anwesenden, gerade bei seiner speziellen Berufswahl, dann vielleicht doch nicht ganz so gut an, weshalb er es lieber bleiben ließ!

»Nun gut! Wäre das jetzt also auch geklärt«, begann Brandners Cousin. »In Anbetracht der fortgeschrittenen Stunde, schlage ich vor, dass wir uns auf das Notwendigste beschränken. Sie, Herr Roth, sind also mit der Aufklärung des Mordfalles Viktor Kabadzhiev betraut?«

»Genau so ist es!«, gab der angefressen zur Antwort. »Ich leite das Team und kein anderer! Ich möchte gleich zu Beginn unseres Gesprächs klarstellen, dass ich mir jegliche Einmischung von …!«

»Entschuldigen Sie bitte, dass ich Sie an diesem Punkt unterbreche, aber das heben Sie sich bitte für später auf, wenn wir etwas mehr Zeit für Small Talk haben!«

»Nun geben Sie doch endlich Ruhe, Roth! Hören Sie lieber zu, was der Herr Ministerialdirektor zu sagen hat!«, fiel ihm sein unmittelbarer Vorgesetzter nun auch noch in den Rücken.

»Leopold«, verbesserte ihn Herberts Cousin. »Wir waren doch bereits beim Vornamen.« Dann begann er damit, Eugen Roth zu erklären, warum es für ihn doch wesentlich nützlicher wäre, mit Herbert, also dem Kriminaloberrat a.D., zusammenzuarbeiten, als sich ständig darüber zu echauffieren, dass der leichter an Informationen herankäme als er selbst.

»Nehmen Sie doch einfach sein Angebot an, Eugen! Ich darf doch Eugen zu Ihnen sagen?« Als Roth zustimmend genickt hatte, schließlich blieb ihm auch nichts anderes übrig, fuhr er fort: »Sie haben dadurch doch nichts, aber auch gar nichts zu verlieren.

Ganz im Gegenteil sogar! Also, was ist jetzt? Gehen wir in dieser Frage d'accord?«

»Wir können es ja mal versuchen«, gab Roth zähneknirschend nach, nachdem er vom Kriminalrat unter dem Tisch einen heftigen Tritt abbekommen hatte.

Nun begann Brandner damit, alles, was er bisher an Fakten im Fall Viktor Kabadzhiev zusammengetragen hatte, den beiden Kriminalern aus Heilbronn darzulegen.

***

Die Lernschwester hatte das Tablett mit den Resten des Frühstücks des noch nicht einwandfrei identifizierten Gewaltopfers, das in Tauberbischofsheim im Krankenhaus lag, abgeräumt, als sich die Tür zu seinem Krankenzimmer erneut öffnete. Ein Mann mittleren Alters mit einer stämmigen Figur betrat den Raum. Er näherte sich zielstrebig dem vermutlichen Reiseleiter und zog sich einen Stuhl dicht an das Krankenbett heran. Als er sich gesetzt hatte, erkundigte er sich höflich nach dem heutigen Befinden des Verletzten.

Zuerst machte der Besuchte ein überraschtes Gesicht, dann ließ er seinem Unmut über dessen unvermitteltes Auftauchen freien Lauf. Er sprach allerdings in einem gedämpften Ton, um zu verhindern, dass sein Zimmernachbar etwas von der Unterhaltung mitbekam. Was allerdings komplett überflüssig war, da es sich bei dem Patienten um einen alten Mann handelte, der auf sein Hörgerät angewiesen war. Das lag auf dem Nachtschränkchen, welches wiederum neben dem Krankenbett stand.

Die Frage, was der andere denn hier im Krankenhaus wolle, war eher rhetorischer Natur, wie er selbst schnell feststellte. Es sei viel zu gefährlich, da ständig die Polizei an seinem Bett auftauchen könne, setzte er deshalb nach.

»Wir machen uns große Sorgen um deine Gesundheit, um nicht zu sagen, um dein Leben!«, antwortete der Besucher, auf dessen Stirn sich eine tiefe Falte zeigte. »Ich darf gar nicht daran denken, was die mit dir machen, falls die dich hier aufstöbern sollten! Das wäre dein sicheres Ende! Und bestimmt ein äußerst schmerzhaftes!«

»Das wird schon nicht passieren!«, entgegnete der Mann im Bett.

»Nein? Die haben dich in deinem Fitness-Center doch auch aufgespürt und fast hättest du das Ganze mit deinem Leben bezahlt! Vergiss das bitte nicht, mein Lieber! Die Jungs und ich werden natürlich unser Bestes geben, dass das nicht noch einmal geschieht – davon kannst du getrost ausgehen. Du musst aber trotzdem höllisch aufpassen! Hörst du? Ab sofort steht immer einer von uns direkt vor deiner Zimmertür, wir passen auf dich auf! Wenn dir irgendetwas seltsam erscheint, dann rufst du auf der Stelle nach uns!«

»Ich bin mir gar nicht mal so sicher, ob das tatsächlich Viktors neue Freunde waren! Wie hätten die mich so schnell finden sollen? Vielleicht handelte es sich auch nur um ein paar Kleinkriminelle, die an meiner Brieftasche und meiner Uhr interessiert waren.«

»Warum sollten die dann aber darüber hinaus auch noch dein Hotelzimmer völlig auf den Kopf stellen? Kannst du mir das halbwegs plausibel erklären? Ich denke eher nicht!«

»Wir haben gute Neuigkeiten für Sie!«, rief Roth schon von der Zimmertür her, durch die er und der Toni das Krankenzimmer betraten. »Wir wissen jetzt, wer Sie sind, Herr ...« Roth, der nun erst bemerkte, dass der Verletzte gar nicht alleine im Zimmer war, hielt mitten in seinem angefangenen Satz inne. Er musterte kurz die Person, die auf dem Stuhl saß und jetzt aufstand, um den Polizeibeamten Platz zu machen. Roth forderte ihn höflich auf, doch zu bleiben, er wolle ihn unter keinen Umständen vertreiben. Worauf der Angesprochene jedoch antwortete, dass er lange genug hier gewesen sei und schließlich auch bald wieder käme.

Solange sich die beiden Männer voneinander verabschiedeten, flüsterte Roth dem Polizeimeister zu, dem Besucher vorsichtig zu folgen und ein paar Fotos von ihm zu schießen.

Toni machte ein fragendes Gesicht und zog seine Schultern hoch, was so viel bedeuten sollte wie ›womit?‹.

»Ich glaube, Ihr Handy gerade eben gehört zu haben«, bemerkte Roth kopfschüttelnd, von dem sich der Fremde in dem Moment verabschiedete. »Sie sollten unbedingt drangehen!«

Der junge Polizist, der nach kurzem Überlegen doch verstanden hatte, was sein Chef ihm mitzuteilen versuchte, entschuldigte sich mit knappen Worten bei den Herren, zog sein Smartphone aus der Jackentasche seiner Uniform und verließ eiligst den Raum.

***

Herbert und Hans-Georg, die gemeinsam den Weg von der Entstauungsgruppe hinüber in den Altbau zurücklegten, lachten noch immer über die Sprüche, die der immer gut gelaunte Physiotherapeut, heute wieder losgelassen hatte. Ob in aller Frühe zum Morgenlauf oder am Abend beim schweißtreibenden Krafttraining, er hatte stets ein gutes Wort für jeden Einzelnen und immer auch einen guten Joke parat. Außerdem hatte er eine ganz besondere Gabe, seine Patienten zu motivieren, wie kaum ein anderer, den Brandner jemals als Physiotherapeuten hatte.

»Wenn er mich, zu Beginn der Anwendung, in seiner unverwechselbaren Art mit den Worten empfängt ›Herr Brandner, ich grüße Sie! Auch im Namen des Hauses‹, dann ist der Tag für mich gerettet. Da kann mir schon gar nichts mehr schiefgehen!«, meinte Herbert.

»Trotzdem achtet er auf jeden, der ihm über den Weg läuft, und korrigiert bei demjenigen gnadenlos jeden Haltungsfehler. Da fällt mir der Gernot wieder ein. Hast du gestern gehört, was er im *Café Beethoven* erzählt hat? Nein? Also, das war so. *Ich grüße Sie* war ihm am Morgen schon ein paar Mal begegnet und hatte jedes Mal seine Gangart korrigiert. Als Gernot mittags dann den Speisesaal betrat und hoffte, nun seine Ruhe zu haben, stand der, mit dem Rücken zu ihm am Nachbartisch und rügte ihn wegen seiner falschen Art sich fortzubewegen, ohne sich hierfür zu ihm umzudrehen! Als Gernot am Nachmittag auf dem Weg zum Raucher-Häuschen war, wer glaubst du, hat seine Gehweise vom Kurpark aus korrigiert?«

»Das gibt es doch nicht!«, lachte Herbert aus vollem Hals. »Der Gernot hat aber auch ein Pech!«

»Um es kurz zu machen, als Gernot nach dem Abendessen auf sein Zimmer gehen wollte, entschied er sich für das Treppenhaus, weil er dachte, während er auf den Aufzug warten würde, käme doch bestimmt *Ich grüße Sie* aus der Gymnastik-Abteilung und würde ihn sofort erneut belehren. Er öffnete also im Parterre die

Tür zum Treppenhaus, als er eine ihm gut bekannte Stimme hörte, die aus dem dritten Stock zu ihm herunter rief: ›Herr Schneider, das ist Scheibenkleister, wie Sie laufen!‹ Gernot habe daraufhin dann doch lieber den Aufzug genommen. Als er kurz danach sein Zimmer erreichte, so erzählte er weiter, habe er vor lauter Verfolgungswahn, ganz vorsichtig seine Zimmertür aufgeschlossen, diese habe er jedoch mit voller Wucht aufgestoßen, so dass sie mit einem lauten Knall an die Wand prallte. Ebenso verfuhr er nur Sekunden später auch mit der Badezimmertür. Er wollte absolut sicher gehen, dass sich niemand dahinter versteckte, weshalb er auch hinter den schweren Vorhängen nachsah. Sein Zimmer schien clean zu sein. Gott sei Dank! Niemand, der ihm sagte, wie er zu gehen habe! Auch wenn derjenige es nur gut mit ihm und seinem neuen Knie meinte. Als er unvermittelt von jemanden angesprochen wurde, der vor der noch immer offenen Zimmertür stand, und dessen Stimme eine sehr große Ähnlichkeit mit der von *Ich grüße Sie* hatte, wäre er beinahe in Ohnmacht gefallen! Es war aber nur der junge Mann mit der gebrochenen Schulter, der von ihm wissen wollte, ob er jetzt auch mit ins *Café Beethoven* gehen würde.«

»Darum hat er sich gestern Abend ständig nach jedem umgedreht und war jedes Mal total erleichtert, dass es letztendlich nicht die Person war, die er eigentlich erwartet hatte«, merkte Herbert an, dem vor Lachen schon Tränen über die Wangen liefen. »Das hätte ich gerne gesehen! Also, dass *Ich grüße Sie* aufgetaucht wäre!«

»Ich auch«, pflichtete Hans-Georg seinem guten Bekannten bei.

Als sie auf ihrem weiteren Weg an den drei Bildern der Fürstenhochzeit vorbeikamen, die am 24. Januar 1924 hier im Haus ganz groß gefeiert wurde, blieb Herbert stehen und warf einen langen Blick auf das Foto des Brautpaares und seiner vielen adeligen Gäste. Sie hatten sich auf der Freitreppe zur Terrasse zum Gruppenfoto aufgestellt.

»Weißt du eigentlich, dass damals im Umfeld dieser Hochzeitsgesellschaft ein Verbrechen stattgefunden haben soll, dessen mutmaßliches Opfer erst viel später gefunden wurde?«

»Das höre ich jetzt zum ersten Mal«, antwortete Hans-Georg und wurde auf einen Schlag wieder ernst. »Von wem weißt du das?«

»Der Roth hat hier im Bad Mergentheimer Revier einen jungen Beamten, der ihm für diesen Fall zugeteilt wurde. Ein waschechter Mergentheimer. Der ist, genau wie sein Vater, sehr an Heimatgeschichte interessiert. Die haben sogar noch jede Menge alter Zeitungsausschnitte aus jener Zeit, die noch der Großvater gesammelt hatte. Man muss sich nur zur richtigen Zeit mit den richtigen Leuten unterhalten, dann erfährt man so einiges, was einem enorm weiterhelfen kann! Das ist eine alte Polizeiweisheit!«

»Dann sollten wir uns zeitnah mit ihnen treffen!«, schlug Hans-Georg voller Tatendrang vor. »Mit dem Vater und seinem Sohn! Vielleicht können wir noch etwas Interessantes aus ihnen herauskitzeln.«

»Direkt nach der letzten Anwendung haben wir genügend Zeit bis zum Abendessen, um dem Vater des Beamten schon mal einen Besuch abzustatten.«

»Habe ich dir gegenüber eigentlich schon mal erwähnt, mein lieber Herbert, dass das Abendessen die wichtigste Mahlzeit des Tages ist? Man darf unter gar keinen Umständen die Zusammenhänge zwischen gesunder Ernährung …«

***

Der grobschlächtige Riese hob mit einer Hand lässig den Wassereimer hoch und hielt ihm der bewusstlosen Gestalt, die an den Stuhl gefesselt war, über den Kopf. Erst als ihm die zweite Person, die in einem feinen Anzug steckte und die italienische Designer-Sonnenbrille hoch in seine dunklen, gewellten Haare geschoben hatte, ein Zeichen gab, leerte der Muskelmann den Eimer über den verdreht auf dem Stuhl liegenden Gefangenen. Dieser erwachte augenblicklich zu neuem Leben und schüttelte sich, so gut es trotz seiner starken Schmerzen ging. Er war, wie jedes Mal, wenn sie ihn auf diese gnadenlose Weise ins Leben zurückholten, vollkommen verwirrt, da er so überhaupt nichts erkennen konnte. Ununterbrochen herrschte vollständige Finsternis um ihn herum. Da dauerte es schon einen Moment, bis er schlussendlich registrierte, dass zum einen seine Augen verbunden waren und er zum anderen zusätzlich einen alten Jutesack über den Kopf gestülpt bekommen hatte.

»Was wollen … Sie nur … von mir?«, stammelte er beinahe lautlos und unter unglaublich starken Schmerzen.

»Das weißt du ganz genau! Wenn ich dir einen guten Tipp geben darf, machst du nicht länger den stummen Fisch, sondern fängst endlich damit an, uns zu sagen, was wir von dir hören wollen! Dann bist du ein freier Mann und kannst gehen, wohin du willst! So einfach ist die Geschichte! – Ich verstehe nicht, warum du hier und heute unbedingt den Märtyrer spielen willst! Von denen interessiert das doch keinen Einzigen! Glaube mir, denen bist du so etwas von egal! Ob du verreckst oder nicht, ist denen völlig schnuppe!«

»Das glaube ich … Ihnen nicht! Sie lassen mich doch auf gar keinen Fall gehen!«, behauptete der Hotelmanager hartnäckig. »Egal, was Sie mir erzählen!«

»Was glaubst du Penner denn eigentlich, warum wir uns wegen einem wie dir solche Umstände machen? Warum achten wir wohl so peinlich genau darauf, dass du nichts und vor allem niemanden von uns siehst? Damit du Esel uns nicht beschreiben kannst und wir dich, wenn wir von dir haben, was wir von dir benötigen, laufen lassen können! Wir müssen deine Füße also nicht in Eimer mit Beton stecken, um dich im Hollenbacher See zu versenken! Langsam bekomme ich allerdings das Gefühl, dass du förmlich danach bettelst, hier irgendwo im Wald verscharrt zu werden.«

»Ich weiß nicht, was Sie von mir wollen. Ich schwöre bei allem, was mir heilig ist! Bitte lassen Sie mich gehen! Ich flehe Sie an, bitte lassen Sie mich endlich gehen!«

Ein brutaler Faustschlag in die Magengrube, war alles, was er als Antwort von dem Riesen erhielt. Der wiederum handelte völlig emotionslos und nur auf Befehl des Anzugträgers.

»Wo befinden sich die Dokumente? Sage es, oder mein Freund hier zeigt dir ganz exklusiv, was er, so rein kampfsporttechnisch, alles im Knast gelernt hat! Es wird äußerst schmerzhaft werden, das kann ich dir Kanaille im Vorfeld schon mal versprechen!«

»Das weiß ich … doch wirklich nicht! Ich habe auch keine Ahnung, von … von welchen Dokumenten Sie andauernd sprechen! Lassen Sie mich doch bitte einfach gehen!«, bettelte der Hotelmanager. Daraufhin spürte er ohne jegliche Vorwarnung einen stechenden Schmerz, der sich durch sein rechtes Auge bis tief hinein in sein Gehirn bohrte. Der Kampfsportler hatte wieder zugeschlagen. Er donnerte seine geballte Faust mitten in das Gesicht und verletzte hierbei unter anderem sein linkes Auge.

Der Anzugträger wiederholte gebetsmühlenartig seine Forderung, worauf sein Adlatus in regelmäßigen Abständen kraftvoll zuschlug, sobald Holzapfel beteuerte, nicht die geringste Ahnung zu haben, was man eigentlich von ihm wolle.

Diese schmerzhafte Prozedur zog sich mehr als eine Stunde hin. Dann verlor der Gefangene nach einem extrem harten Schlag mitten ins Gesicht erneut das Bewusstsein.

Die Zeitspanne vom Erwachen bis hin zur erneuten Ohnmacht wuchs im gleichen Verhältnis wie die Anzahl der Wassereimer, die benötigt wurden, um ihn wieder ins Hier und Jetzt zurückzuholen.

Nach dem fünften Durchgang und unzähligen Schlägen, die zwischenzeitlich zu unmenschlichen Schmerzen führten, gab Holzapfel seinen Widerstand auf. Er war davon überzeugt, dass ihm nur die Wahl zwischen Teufel und Beelzebub blieb und egal für welche Seite er sich entscheiden würde, sein Leben ein sehr abruptes Ende finden würde. Dann wäre es eindeutig die bessere Wahl, das hier zu tun. Dann hätten wenigstens diese wahnsinnigen Schmerzen ein Ende!

»Also gut!«, begann er mit tränenerstickter Stimme. »Sie haben gewonnen!« Dann sprudelte es nur so aus ihm heraus

Seine Peiniger ließen ihn nur wenige Stunden später an Händen und Füßen gefesselt und mit frischer Bekleidung und Augenbinde versehen auf einem ruhigen Autobahnparkplatz in der Nähe des Biebelrieder Kreuzes aus dem sich nur langsam bewegenden Fahrzeug fallen. Die Streife der Autobahnpolizei, die ihn in den frühen Morgenstunden zufällig fand, brachte den restlos entkräfteten Mann umgehend ins Krankenhaus.

***

Der pensionierte Lehrer, dessen große Leidenschaft die Geschichte seiner Stadt war, öffnete die Haustür seiner Doppelhaushälfte. Der eher kleine Mann mit der drahtigen Figur lächelte Herbert und Hans-Georg bei der Begrüßung freundlich an. Er war den beiden auf Anhieb sympathisch.

Heimatforscher, so sagte er kurz darauf, als sie gemeinsam am liebevoll gedeckten Kaffeetisch saßen, sei nicht die richtige Bezeichnung für ihn. Ein an der Historie seiner Heimatstadt interessierter Mitbürger sei wohl angebrachter.

Johannes, wie der Mann mit Vornamen hieß, erzählte bei einem Stückchen guten Obstkuchens, dass er sich sehr gefreut hätte, als ihn sein Sohn fragte, ob er ihnen in dieser Angelegenheit vielleicht behilflich sein könne. Bis dato habe der seine Leidenschaft nämlich mehr belächelt als ernst genommen.

»Ihnen geht es also, wenn ich das richtig verstanden habe, vorrangig um die prachtvolle Hochzeit, die damals im *Hotel und Kurhaus Hohenlohe* stattfand?«

»Genau so ist es«, antwortete Herbert. »Wir sind sehr neugierig darauf, was Sie uns alles darüber berichten können.«

»Wobei ich, wie ich kurz anmerken möchte, durchaus noch ein kleines Stück dieses leckeren Kuchens genießen könnte. Wenn das nicht zu unverschämt ist!«

Worauf Johannes als Erstes den Kuchenwunsch Hans-Georgs erfüllte. Dann stellte er den beiden die geladenen Gäste anlässlich der Hochzeitsfeier von Seiner königlichen Hoheit Herzog Albrecht Eugen von Württemberg und dessen liebreizende Braut, Ihrer königlichen Hoheit Prinzessin Nadejda, der Tochter des bulgarischen Zaren Ferdinand I., vor. Unter der illustren Schar befanden sich gekrönte Häupter aus ganz Europa. Die Tafel für die fünfundfünfzig Personen stand im großen Saal, wie er erklärte, der mit duftenden, roten Rosen und gleichfarbigen Bändern festlich geschmückt war. Zur Speisenfolge des Festbanketts gehörten unter anderem Stangenspargel mit ›Holländischer Tunke‹, sowie eine ›Fürst-Pückler-Bombe‹ als Dessert.

»Sie müssen meinen Enthusiasmus bei dieser Geschichte entschuldigen, aber ich gerate hierbei ständig ins Schwärmen! Aber eine dermaßen große Feierlichkeit benötigt im Gegenzug auch eine entsprechend hohe Anzahl an Personal. Halb Mergentheim war damals daran beteiligt. Allein aus meiner Familie waren es meine Großmutter, meine Mutter und drei Tanten sowie mein Vater und dessen Bruder. Die beiden männlichen Verwandte zählten zum festen Personalstamm des Hauses. Mein Vater war seit dem Frühjahr des Jahres 1919, als nach dem Krieg endlich wieder ein normaler Kurbetrieb angeboten werden konnte, bis zu seinem Tod als Portier im *Hohenlohe* tätig. Mein Onkel arbeitete mehr als dreißig Jahre im Service. Bei einer solch vertrauensvollen Position, wie sie mein Vater innehatte, bekam er natürlich einiges mit, was sein Interesse, über das berufliche Maß hinaus, weckte! Da er sehr lange davon träumte, über sein *Hohenlohe* einen Roman zu schreiben, hatte er sich jede Menge Notizen gemacht, die sich aktuell allesamt in meinem Besitz befinden. Alleine über die Hochzeit existieren drei eng beschriebene Notizbücher mit etwa dreitausend Vermerken. Zu diesem Komplex hatte er dann auch in den darauffolgenden Jahren unzählige Fotos gesammelt.«

»Ich möchte nicht unhöflich sein«, unterbrach Hans-Georg den Redefluss des Gastgebers. »Aber wenn wir uns heute wenigstens einen groben Überblick über das Material verschaffen wollen, sollten wir so langsam ans Eingemachte gehen! Ich fürchte sowieso, dass wir Sie öfters belästigen werden, als es Ihnen lieb sein wird.«

»Da lassen Sie sich mal keine grauen Haare deswegen wachsen! Es ist mir nicht nur eine sehr große Freude, sondern auch eine besondere Ehre, Ihnen ein klein wenig behilflich sein zu können. Von mir aus können Sie täglich zu mir kommen!«

Nachdem Herbert dem pensionierten Lehrer in kurzen Worten erklärt hatte, worum es ihnen vorrangig ginge, begann der motivierte Hausherr akribisch nach passendem Bildmaterial zu suchen, während seine beiden Gäste in den Notizbüchern nach verwertbaren Material stöberten.

Es gelang Herbert und Hans-Georg nur unter Aufbietung aller vorhandenen Kräfte, rechtzeitig in der Klinik anzukommen, um gerade noch pünktlich zum Krafttraining zu erscheinen.

»Ich grüße Sie, Herr Brandner!«, nahm ihn der große Physiotherapeut mit einem breiten Grinsen und einem Blick auf die Uhr in Empfang. »Es freut mich sehr, dass auch Sie noch den Weg zu mir gefunden haben!«

»Die Freude ist ganz auf meiner Seite!«, erwiderte Brandner noch völlig außer Atem, aber freundlich lächelnd.

***

Bad Mergentheim, Dezember 1923

Es war purer Zufall, dass der fremde Mann, der sich in etwa im gleichen Alter wie Gottlob befand, ausgerechnet ihn vor dem Bad Mergentheimer Bahnhof nach dem schnellsten Weg zum Hotel und Kurhaus Hohenlohe fragte. Er hätte eigentlich abgeholt werden sollen, erzählte er, aber er habe die Person entweder verfehlt oder diese würde sich extrem verspäten.

Er habe Glück, ließ Gottlob den Fremden wissen, er müsse ebenfalls in das Hotel und es wäre ihm eine Ehre, ihn begleiten zu dürfen. Sein Gepäck solle er getrost in der Gepäckaufbewahrung deponieren, das würde später einer der fleißigen Hoteldiener für ihn erledigen.

Sie liefen die Poststraße entlang und gelangten über die Bahngleise in die Wolfgangstraße. An deren Ende befand sich die Wolfgangbrücke, mit deren Hilfe sie die Tauber überquerten. Dann hielten sie sich rechts und folgten der Theodor-Klotzbücher-Straße, bis sie auf das eindrucksvolle Gebäude des Hotels und Kurhauses Hohenlohe trafen.

An der Rezeption ließ Gottlob dem jungen Mann, von dem er inzwischen wusste, dass er Bogomir Wollkov hieß und für einen bulgarischen Diplomaten arbeitete, der zum Voraustrupp der Abordnung des Bräutigams gehörte, die die Hochzeit der königlichen Herrschaften vorbereiten würde, den Vortritt. Er hielt sich diskret im Hintergrund und folgte aufmerksam dem Gespräch zwischen Bogomir und dem Portier. Er machte große Augen, als er mitbekam, wie der Hotelangestellte ehrerbietig einen Diener nach dem anderen vor dem jungen Mann machte und augenblicklich einen Pagen damit beauftragte, dafür zu sorgen, dass Graf Bogomirs Gepäck vom Bahnhof abgeholt und unverzüglich auf das Zimmer gebracht werde. Zum Schluss bat der Portier noch, zu entschuldigen, dass der ehrenwerte Herr Graf wegen des Zuspätkommens des Hoteldieners Unannehmlichkeiten hatte erdulden müssen. Das Haus Hohenlohe werde selbstredend alles tun, um seinen weiteren Aufenthalt im schönen Bad Mergentheim, so angenehm wie nur irgend möglich zu gestalten!

Gottlob überlegte nur kurz, wie er nun weiter vorgehen sollte. Er entschloss sich dazu, so zu tun, als sei nichts geschehen und er nicht wüsste, um wen es sich bei Bogomir in Wirklichkeit handelte. Er fing seine neue Bekanntschaft vor dem Aufzug ab und fragte ohne jegliche Berührungsängste zu zeigen, ob der für den Abend schon verabredet sei.

»Sie würden mir eine große Freude bereiten, lieber Bogomir, wenn Sie mir die Ehre erwiesen und mit mir zu Abend speisen würden. Ich kenne da ein sehr gutes Lokal, gar nicht so weit von hier entfernt, das Ihnen bestimmt gefallen würde!«

»Die Einladung nehme ich natürlich sehr gerne an. Ich würde mich zuvor nur gerne erst noch etwas frisch machen!«, nahm der Graf, der von dem legeren, aber trotzdem herzlichen Auftreten Gottlobs, zutiefst beeindruckt war.

»Das freut mich sehr! Sagen wir, in einer Stunde vielleicht?«

»Hervorragend«, antwortete der Eingeladene. »Bis dahin, also!«

Als Gottlob bei dem Portier, der die kurze Unterhaltung von seinem Platz aus verfolgt hatte, einen Wagen für die ausgemachte Uhrzeit bestellte, nahm der das Trinkgeld, das er für den Auftrag erhielt, mit den Worten ›Sehr wohl, gnädiger Herr!‹ an.

Gottlob wusste in dem Moment ganz genau, dass er mit Bogomir das große Los gezogen hatte!

8. Kapitel

Im Bad Mergentheimer Polizeirevier ließ Mehling an diesem Morgen das Foto des Mannes, der den Reiseleiter im Tauberbischofsheimer Krankenhaus besucht hatte, durch den Polizeicomputer laufen. Das Programm arbeitete bereits eine geraume Zeit, als die Herren Roth und Schmalz das Gebäude betraten.

Solange sie noch auf das Ergebnis der Personenüberprüfung warteten, brachte der Chefermittler seine Truppe auf den aktuellen Stand, was die Neuigkeiten betraf, die er von Brandner hatte – was er aber nicht extra erwähnte.

»Wenn ich mir die Situation im Krankenhaus noch einmal durch den Kopf gehen lasse«, sagte Roth, »dann habe ich das Gefühl, irgendetwas übersehen zu haben. Eine Kleinigkeit nur, allerdings eine bedeutende Kleinigkeit, wie mir scheint. Etwas, das mit Viktor zu tun hat. Eine Gemeinsamkeit, ein Hinweis auf eine bestimmte Person! Etwas in der Art! Es fällt mir einfach nicht mehr ein!«

»Überlegen wir gemeinsam!«, schlug Mehling vor. »War es der Typ an sich, oder gab es etwas an seinem Aussehen, das Sie stutzig machte?«

Roth schüttelte vorsichtig den Kopf. »Wenn ich das bloß wüsste!«

»Eine Geste vielleicht?«, warf Schmalz ein. »Oder war es sein Mienenspiel? Er zog auf eine ganz seltsame Art und Weise immer wieder seine Augenbrauen hoch. Abwechselnd! Einmal die linke und dann wieder die rechte Augenbraue. Als würde er den Takt einer Melodie damit vorgeben!«

»Ich weiß nicht recht. – Nein, ich glaube nicht, dass es seine nervös zuckende Augenbrauen waren. – Wenn ich mich bloß erinnern könnte! Das macht mich noch wahnsinnig!«

»Die Stimme des Mannes vielleicht?«, gab Toni zu bedenken. »Sie hatte doch einen außergewöhnlichen Klang, oder etwa nicht? Habt ihr das nicht auch so empfunden?«

»Was meinst du mit ›außergewöhnlich‹? Für mich klang seine Stimme ganz normal. Mir ist an der also nichts Besonderes aufgefallen«, erwiderte Schmalz darauf. »Etwas tief vielleicht, aber nicht ungewöhnlich.«

»Ich hatte das Gefühl, dass sie irgendwie ›kratzig‹ geklungen hat!«, beharrte Toni auf seiner Feststellung. »Heißer! Ja, das trifft es wahrscheinlich besser! Er war definitiv heißer! Das war zwar schon am Abklingen, man konnte es aber trotz allem noch deutlich heraushören.«

»Nein, das ist es auch nicht! Das verwechselst du jetzt mit dem, den wir wieder laufen lassen mussten! Es war etwas ganz anderes,Toni!«

»Er trug einen Ring am Zeigefinger seiner linken Hand«, trug Schmalz eine weitere Möglichkeit vor. »Was auf den ersten Blick noch nichts bedeuten muss. Heutzutage tragen viele Männer Schmuck! Unter anderem auch Ringe. Aber es handelte sich um einen eigenartigen Ring, wenn ich mich da richtig erinnere!«

»Das stimmt, Reinhold! Jetzt wo du das sagst, erinnere ich mich auch wieder genau daran. Was war aber so interessant an diesem Ring, dass er mir immerhin unbewusst im Gedächtnis blieb?« Roth fragte Toni, ob es möglich sei, dass dieses Schmuckstück auf einem der Bilder zu erkennen sei, die er von diesem Besucher gemacht habe?

»Rein theoretisch würde ich ja sagen!«, antwortete Mehling und blätterte zügig die Bilder durch, die er auf seinem Smartphone gespeichert hatte. Plötzlich hielt sein Zeigefinger mitten in der Bewegung inne und er rief erregt, dass er tatsächlich eine Aufnahme gefunden habe, auf der der fragliche Ring abgebildet sei.

»Ja, stimmt!«, bestätigte Roth nachdem er das Foto eingehend betrachtet hatte. »Jetzt fällt mir auch wieder ein, dass ich exakt diesen Ring schon einmal gesehen habe«, fügte er an. »Aber wo ist der mir schon einmal aufgefallen?«

»Es gibt noch jemanden, der mit einem derart heißen Gerät am Zeigefinger herumläuft!«, meldete sich Schmalz wieder zu Wort, als auch er das Foto betrachtet hatte. Der Reinhold platzte beinahe vor Stolz, weil ihm eingefallen war, wo Brandner den Ring schon einmal gesehen hatte. »Wisst ihr, wen ich meine?« Schmalz sah mit fragendem Blick in die Runde. »Nein?«

»Jetzt mach es doch nicht so spannend!«, forderte Mehling, dass er endlich mit der Antwort herausrücken solle.

»Den Portier vom *Palais Madeleine* meine ich natürlich! Der trägt auch so einen Ring. Auf jeden Fall bilden die Steine das gleiche Muster!«

»Genau so ist es!«, merkte Roth nachdenklich an. »Sein Ring ist, wie ich meine, aber ein ganzes Stück größer!«

***

»Holzapfel wurde heute in den frühen Morgenstunden von einer Streife auf dem Parkplatz in der Nähe des Bibelrieder Kreuzes aufgefunden. Gefesselt, geknebelt und mit verbundenen Augen«, berichtete ein Mitarbeiter des Bad Mergentheimer Reviers. »Er befand sich in einem üblen Gesundheitszustand, weswegen ihn der alarmierte Notarzt in die Uni-Klinik nach Würzburg bringen ließ.«

»Und? Befindet er sich noch dort? Ist er vernehmungsfähig?«, bombardierte ein grantiger Roth den armen Mann.

»Da habe ich keine Ahnung«, erwiderte der gelassen. »Das ist Ihr Fall, Herr Hauptkommissar. Ich bin nur der Überbringer der Nachricht!«

»Ja, natürlich! Vielen Dank!« Roth lächelte den Beamten schuldbewusst an, der sich mit einem kurzen Nicken verabschiedete.

»Ich kümmere mich darum!«, bot sich Mehling an und griff zum Telefon.

Kurz darauf meldete sich Roths Handy. Es war, wie er bereits vermutete, sein Chef, der verehrte Herr Kriminalrat. Der machte ihm schwere Vorhaltungen, weil die Ermittlungen, zumindest seiner Meinung nach, zu schleppend vorangingen. Jetzt, wo doch seit Tagen der Reiseleiter und mittlerweile seit mehreren Stunden auch der Hotelmanager wieder aufgetaucht waren, hätte er sich da zugegebenermaßen schon mehr von ihm erwartet.

»Gerade was diesen Reiseleiter betrifft, sind wir momentan einem vielversprechendem Hinweis auf der Spur!«

»Was Sie nicht sagen! Auf der Spur also? Was treiben Sie und Ihre Männer eigentlich den ganzen Tag in Mergentheim? Sie sind dort nicht zur Kur, mein Lieber! Sie sollen dort einen Mord aufklären! Haben Sie mich verstanden? Ich brauche endlich Ergebnisse, Herr Roth!«

»Was mich zu der brennenden Frage führt,«, unterbrach der Ermittler seinen Chef, »wer ist eigentlich der Mann, den wir auf Ihre Anweisung hin mitten in der Nacht auf freien Fuß setzen mussten? Und das, obwohl genug Fakten für einen Anfangsverdacht sprachen!«

»Das habe nicht ich veranlasst, sondern der Herr Polizeipräsident! Aber auch er hat sich das nicht selbst einfallen lassen, wie ich aus glaubwürdiger Quelle erfahren habe! Die Anweisung kam von ganz weit oben!«

»Behauptet Brandner, oder? Das ist doch Ihr verlässlicher Informant! Warum übertragen Sie die Ermittlungen eigentlich nicht gleich ihm?«, echauffierte sich Roth. »Dann könnte ich mich tatsächlich noch ein wenig hier erholen!«

»Nun machen Sie aber mal halblang! Konzentrieren Sie sich lieber mehr auf den Mordfall, als sich in kindische Eifersüchteleien einem pensionierten Kollegen gegenüber hineinzusteigern! Liefern Sie jetzt endlich Ergebnisse!«, forderte der Kriminalrat lautstark. »Und zwar zügig!«

»Wer ist der Mann? Wie soll ich meine Arbeit anständig machen, wenn mir immer wieder wichtige Informationen vorenthalten werden?«, gab Roth, nicht minder aufgeregt, zurück.

Nach einer kurzen Pause, in der der Kriminalrat überlegte, wie weit er seinen Mitarbeiter in die Problematik, mit der er sich herumschlagen müsse, einweihen könne, sagte er: »Bei dem Mann handelt es sich um einen Beamten des Landeskriminalamtes! Mehr kann ich Ihnen zu diesem Thema im Moment aber leider nicht sagen. Das behalten Sie im Übrigen auch für sich! Haben Sie mich da klar verstanden?«

»Gut, dann bespreche ich das Thema vielleicht doch besser mit meinen neuen Freunden, Herbert und Leopold! Von denen bekomme ich mit Sicherheit eine befriedigendere Antwort als von Ihnen!«, machte Roth nun seinem Ärger Luft. »Die freuen sich regelrecht, wenn Sie mir auf die Sprünge helfen können!«

»Warten Sie! Ich komme heute noch zu Ihnen! Dann besprechen wir dieses Thema ausführlicher. Aber sehen Sie jetzt bloß zu, dass wir endlich Ergebnisse präsentieren können! Der Herr Polizeipräsident möchte spätestens morgen eine Pressemitteilung herausgeben.«

Roth drückte ohne ein Wort des Abschieds den roten ›Gespräch beenden‹ Knopf und warf das Handy aufgebracht auf den Schreibtisch, sodass die beiden anwesenden Personen erschrocken zusammenzuckten.

»Was ist mit Holzapfel?«, wollte er immer noch wütend von Mehling wissen. »Ist der zwischenzeitlich stabil, können wir ihn befragen?«

»Das weiß ich noch nicht hundertprozentig! In der Uni-Klinik befindet er sich nämlich nicht mehr. Die haben ihn, da sie hoffnungslos überbelegt sind, nach der Operation, die er im Übrigen gut überstanden haben soll, zurück in das liebliche Taubertal geschickt.«

»Na toll! Und wohin genau, wenn ich das noch fragen darf, ohne dass ich von Ihnen für allzu lästig gehalten werde?«

»Ich bin gerade dabei, das herauszufinden, Herr Hauptkommissar! Ich bin ja schließlich auch kein Hellseher!«

»Dann sputen Sie sich wenigstens, wenn Sie noch nicht mal in die Zukunft blicken können!«

***

Herbert und Hans-Georg saßen im Licht durchflutenden Atrium und ließen sich ein Stück Eierlikör-Torte schmecken. Schließlich war heute Sonntag! In diesem herrlich angelegten Innenhof kamen sie sich vor, als säßen sie während ihres Sommerurlaubs in einem kleinen Café an der Côte d'Azur.

Sie unterhielten sich angeregt über ihre bisherigen Nachforschungen, die sie gemeinsam mit Johannes, den sie schon am Morgen besucht hatten, durchgeführt hatten. Der hatte wieder einmal die halbe Nacht damit zugebracht, alles aus seinen unerschöpflichen Text- und Bildsammlungen herauszusuchen, was halbwegs interessant für die beiden hätte sein können. Das ganze Material lag, peinlich genau sortiert, im gesamten Wohnzimmer und im angrenzenden Esszimmer des kleinen Hauses verteilt. Er selbst saß schon wieder über den handschriftlichen Notizen seines Vaters, als die beiden ›Hobbydetektive‹, denen die überglücklich dreinblickende Hausfrau die Tür geöffnet hatte, das Wohnzimmer betraten. Sie freute sich ungemein darüber, dass die beiden studierten Herren ausgerechnet ihren Johannes um Mithilfe gebeten haben, was ihren Ehemann wiederum vor lauter Stolz fast zum Platzen brachte.

Vor etwas mehr als dreiundneunzig Jahren geschah hier in diesem Gebäude des damaligen *Hotels und Kurhauses Hohenlohe* tatsächlich mindestens ein schweres Verbrechen, in das auch eine bulgarische Adelsfamilie involviert war. Damals basierten die polizeilichen Untersuchungen anfangs auch auf einer Verwechslung der Identität des Opfers.

Ein Kidnapping würde man das heutzutage wohl nennen, hatte Johannes zu ihnen gesagt. Über die Entführung dieses bulgarischen Adligen, so hatte er weiterhin berichtet, wurde damals erst dann in den Gazetten geschrieben, als der wieder aufgetaucht war. Johannes hatte sämtliche Zeitungsberichte, die er hierüber noch finden konnte, im Esszimmer auf dem Tisch ausgebreitet. Sie hatten sich sofort, ohne große Vorreden, über die Zeitungsstapel hergemacht.

In den Dokumentierungen, die Johannes' Vater zu der damaligen Zeit präzise verfasst und archiviert hatte, konnten sie die turbulenten Geschehnisse der damaligen Zeit lückenlos nachlesen.

Weitere Erkenntnisse erbrachte die Durchsicht der vielen Zeitungsausschnitte. Nachdem die Männer das jeweils infrage kommende Material chronologisch sortiert hatten, gingen sie es erneut gemeinsam durch.

Am Tag nach der grandiosen Hochzeitsfeier war ein junger Adliger, der dem bulgarischen Tross angehörte, plötzlich verschwunden. Anfangs machte man sich noch keine allzu großen Sorgen, da man davon ausging, dass er mit einem hübschen Mädchen in einem ihm fremden Bett liegen würde. Als er am Morgen des dritten Tages immer noch nicht aufgetaucht war, schaltete die Nachhut der Bulgaren, der Großteil der Festgesellschaft war bereits abgereist, die örtliche Polizei ein. Am vierten Tag nach dem plötzlichen Verschwinden des Mannes, erhielt der Chef des bulgarischen Trupps, der inzwischen nur noch wegen ihres verschwundenen Angehörigen in Bad Mergentheim weilte, einen Brief. In dem wurde ihm mitgeteilt, dass der Gesuchte solange gefangen gehalten würde, bis das Lösegeld, das man für ihn fordere, bezahlt worden sei. Wann und wo die Übergabe erfolgen solle, würde man ihn rechtzeitig wissen lassen. Weiterhin teilten ihm die Entführer mit, dass er die Zeit, die man ihn lassen würde, nutzen solle, um das Lösegeld zu besorgen. Weil, wenn die geforderte Summe zum gewünschten Zeitpunkt nicht zur Verfügung stehen sollte, sei die Geisel tot!

Exakt eine Woche nach dem Verschwinden des Bulgaren wurde das Lösegeld, in der an diesem Sonntag überdurchschnittlich gefüllten Sankt Martin Kirche, übergeben. Das heißt, dem Polizeibeamten, der den Aktenkoffer mit den vielen Geldscheinen fest an seinen Körper gedrückt hielt, wurde im dichten Gedränge, als die vielen Gläubigen das Gotteshaus verließen, derselbe aus den Händen gerissen. Zum Leidwesen der in Zivil anwesenden Polizeibeamten, die sich unter die Gottesdienstbesucher gemischt hatten, gelang es dem Täter ohne Weiteres, unerkannt in der zum Ausgang drängenden Menge unterzutauchen und mit seiner Beute zu entkommen.

Bevor sich Herbert und Hans-Georg wieder auf den Weg in die *Hohenlohe* machten, überflogen sie noch die Artikel, die sich mit dem Wiederauftauchen des Entführten befassten. Er wurde am Abend von zufällig vorbeikommenden Passanten im Kurpark, an eine Bank gefesselt und geknebelt, aufgefunden. Wie im Polizeibericht zu lesen war, befand sich die Person, abgesehen von ein paar Schrammen und blauen Flecken, in einer guten körperlichen Verfassung. Bei der erst später stattgefundenen Befragung habe er auf den ermittelnden Beamten aber einen stark verwirrten Eindruck gemacht, was der auf die Erlebnisse, die der Entführte während seiner Gefangenschaft machen musste, zurückführte.

»Ich kann dir im Moment nicht sagen, warum, aber irgendwie habe ich das sonderbare Gefühl, dass die Geschehnisse von damals mit dem mysteriösen Mord von heute zusammenhängen«, sinnierte Herbert laut.

»Das wäre schon gut möglich«, pflichtete ihm Hans-Georg bei. »Wir sollten uns vielleicht einmal etwas mehr mit den Familien beschäftigen! Vielleicht sind die von damals mit denen von heute irgendwie verbandelt?«

»Verbandelt?«, überlegte Herbert nachdenklich.

»Na ja, wie soll ich sagen?«, startete Hans-Georg einen neuen Versuch.

»Das ist eine sehr gute Idee von dir. Dass ich da nicht selbst drauf gekommen bin!«

***

Hauptkommissar Roth hatte sich auf eine weitere verlorene Stunde eingestellt. Schließlich war es jedes Mal das Gleiche! Der verehrte Kriminalrat ermahnte ihn die ersten zwanzig Minuten, im Fall Viktor Kabadzhiev endlich Ergebnisse zu liefern, die darauf folgende halbe Stunde beweihräucherte er sich dann mit großem Eifer selbst und seine exorbitanten Beziehungen nach wer weiß wohin! Die restlichen zehn Minuten verplemperte er damit, ihm vorzuhalten, er wäre auf Brandners legendäre Aufklärungsquote neidisch, was letztendlich aber nur dazu führe, dass er sich selbst in seiner Ermittlungsarbeit behindern würde! Auf diese Weise würde er den Rekord des Oberkriminalrats a.D. die Anzahl der von ihm aufgeklärten Mordfälle betreffend jedenfalls nicht einstellen!

Aus diesem Grund war Roth überrascht, dass das alles heute nicht der Fall war. Sein unmittelbarer Vorgesetzter machte einen extrem lässigen Eindruck, was ihn vorab schon einmal stutzig werden ließ. Nicht nur, dass er ihn doch tatsächlich auf eine Tasse Kaffee einlud, nein, er erkundigte sich in der Tat nach dem Wohlbefinden der Gattin seines Mitarbeiters! Das hieß, höchste Vorsicht bei allem, was er ab jetzt sagen würde, walten zu lassen! Als der verehrte Herr Kriminalrat dann dazu überging, diverse Urlaubsreisen, die momentan überaus günstig angeboten würden, zu empfehlen, läuteten bei Roth alle vorhandenen Alarmglocken wild durcheinander!

Der Ermittler wurde durch ein Klopfen gegen die Bürotür aus seinen düsteren Gedanken gerissen. Wie ein Pfeil sprang sein Vorgesetzter zur Tür, um diese zu öffnen. Roth hatte den Eindruck, als habe der Kriminalrat fieberhaft auf diesen Augenblick gewartet. Der Polizeipräsident betrat zügig das Büro und brachte eine Person mit herein, die Roth augenblicklich mit einer ihm sehr unangenehmen Situation in Verbindung brachte.

Es handelte sich um den Herrn, den Schmalz auf Brandners Geheiß hin, im Palais Madeleine vorläufig festgenommen hatte und den er kurz darauf wieder auf freien Fuß setzen musste.

Herr Weber vom Landeskriminalamt, wie ihn der Präsident vorgestellt hatte, begrüßte Roth freundlich, ohne ihm für den Zwischenfall in Bad Mergentheim Vorhaltungen machen zu wollen.

Er erklärte Roth, dass er, gemeinsam mit den Kollegen des Verfassungsschutzes, bereits seit Längerem an einem Fall arbeite, in den das Mordopfer, Viktor Kabadzhiev, involviert war. Er schilderte dem Heilbronner Kommissar, der noch nicht vollkommen das Gefühl hatte, aus dem Schneider zu sein, dass er beinahe diese monatelange Arbeit zunichte gemacht hätte. Beziehungsweise sein Mitarbeiter Schmalz habe kurz davor gestanden, diese Aktion scheitern zu lassen. Nachdem sie aber festgestellt hatten, dass die Aktion von bulgarischer Seite aus sehr interessiert beobachtet wurde, hätten sich seine Vorgesetzten dazu entschlossen, ihn weiterhin mitspielen zu lassen. Wenigstens so lange, bis die gegnerische Seite ihren Mann zurückgepfiffen haben würde! Was dann auch relativ schnell der Fall gewesen sei. Besser als mit seiner Festnahme, die, ganz nebenbei bemerkt, sehr authentisch vonstattengegangen sei, hätte man die skeptisch gewordenen Bulgaren gar nicht wieder beruhigen können. Die hätten ihre nunmehr aufkeimenden Zweifel an seiner Tarnung, dank dieses Zwischenspiels, ganz schnell wieder begraben. Er könne nun seinem Auftrag weiterhin nachgehen, was er nicht zuletzt ihm und seinem beherzten Eingreifen in Schmalz' unüberlegte Aktivitäten zu verdanken habe.

Spätestens nach dem nicht ganz überzeugend vorgebrachten Lob des LKAlers war Roth hundertprozentig davon überzeugt, dass es jetzt nicht mehr lange dauern könne, bis er sein persönliches Waterloo erleben würde!

Es überraschte den Ermittler also nicht im Geringsten, als der Kriminalrat ihm riet, mit der lieben Frau Gemahlin doch ein paar Tage zu verreisen. Er habe da neulich in einem Prospekt eine traumhafte Kreuzfahrt entdeckt, die ihnen bestimmt gefallen würde.

»Ich habe gar keinen Urlaub beantragt«, brachte Roth vor, der nicht daran dachte, sich den Fall aus den Händen nehmen zu lassen.

»Ab sofort haben Sie Urlaub, mein lieber Roth«, widersprach sein Chef. »Der wurde vom Präsidenten höchstpersönlich genehmigt! Und, was soll ich sagen? Der gilt sogar auf unbestimmte Zeit!«

***

Leopold hatte die beiden kurzerhand vor ihrem geplanten Dämmerschoppen, den sie gemeinsam mit Johannes in einem der gemütlichen, tauberfränkischen Weinlokal zu sich nehmen wollten, beim Verlassen der Reha-Klinik abgefangen

Sie holten den Heimatforscher von zu Hause ab und Leopold lud sie in ein nobles Weinlokal ein.

Johannes, der keine Berührungsängste kannte, einerlei mit wem, war es egal, wo er seinen Dämmerschoppen trinken würde. Wichtig war ihm allein, dass es sich um einen guten Tropfen handeln würde. So wie er die Hobbykriminaler bisher kennengelernt hatte, ging er davon aus, dass er sich diesbezüglich keine Sorgen machen müsse. Von Leopold, der sich schon auf der Hinfahrt in das Lokal angeregt mit ihm über die Königshäuser, die bei der Hochzeit im Januar 1924 in Bad Mergentheim anwesend waren, unterhalten hatte, war er regelrecht begeistert.

Nachdem sie erst einmal angestoßen hatten, drehte sich die Unterhaltung nur noch um den Mord an Viktor und die königliche Hochzeit.

»Wer ist denn nun der junge Mann, der mit dem Fotoapparat abgelichtet worden sein soll?«, wollte Hans-Georg zu vorgerückter Stunde von Leopold wissen. »Er muss doch hier bei uns irgendwo schon mal jemanden aufgefallen sein! Wenn man weiß, dass die Person, die bei dem Verkehrsunfall in Sofia umgekommen sein soll, und eben diese Person ein und dieselbe sind, muss man auch wissen, wer es wirklich ist! Oder nicht?«

»Ja, das sollte man meinen! Aber, so einfach ist das nun auch wieder nicht. Wir wissen zwar, dass der Tote aus Sofia ganz offiziell unter dem Namen Viktor Kabadzhiev behördlich gemeldet war. Mit aktuellem Wohnsitz, Werdegang und einer dazugehörigen Familie«, erklärte Herberts Cousin. »Aber, und jetzt kommt der Moment, wo der Frosch ins Wasser springt! Stimmt das auch, oder ist das alles nur gefaked?«

»Warum sollte sich jemand die Arbeit machen und eine Person mit allem Drum und Dran neu erfinden?«, fragte diesmal Johannes nach, dem dafür nun wirklich kein Grund einfiel.

»Um eine echte Identität zu verschleiern zum Beispiel. Es

könnte sich um einen verdeckten Ermittler handeln. Ein Polizeibeamter vielleicht oder gar ein Agent des bulgarischen Geheimdienstes. Oder, andererseits um eine Person in einem Zeugenschutzprogramm, der man, durch Vortäuschung des Todes der eigentlichen Person, ein völlig neues Leben ermöglichen will.«

»Was ist mit seinem ›Doppelgänger‹ hier in Bad Mergentheim? Hast du von dem schon etwas in Erfahrung bringen können?« Herbert sah erwartungsvoll zu seinem Verwandten.

»Von ihm haben wir bisher nur die Beschreibung des Obdachlosen und das nach seinen Angaben angefertigte Phantombild. Wer weiß, ob derjenige, der auf den Fotos zu sehen ist, tatsächlich derselbe ist wie der aus Sofia? Vielleicht sieht er dem auch nur sehr ähnlich?«

Brandner machte plötzlich sehr große Augen und sah überrascht zur Theke hinüber. »Je später der Abend, desto unerwarteter die Gäste!«, verwandelte er das alte Sprichwort. »Seht doch mal, wer da kommt!«

In diesem Moment drehte sich die Person, die jetzt am Tresen stand, um und sah in die Richtung, in die der Wirt zeigte. Genau auf Brandner!

»Je schöner der Abend, desto später die Gäste!«, verdrehte der das Sprichwort erneut, als Hauptkommissar Roth an ihrem Tisch auftauchte. »Was gibt es nur so Wichtiges, dass Sie uns sogar am späten Abend, noch dazu während unseres Dämmerschoppens, stören müssen?«

Der Kriminaler nahm Platz und berichtete, nachdem ihm die Bedienung ein Gläschen *Tauberschwarz* serviert hatte, von seinem unschönen Erlebnis im Heilbronner Polizeipräsidium. Er verschwieg weder, dass man ihm den Fall mit sofortiger Wirkung entzogen, noch, dass er bis auf Weiteres suspendiert wurde. Die vier Männer machten erstaunte Gesichter, als ihnen Roth ab sofort seine Mithilfe anbot.

»Schließlich verfüge ich jetzt über jede Menge Freizeit, mit der ich ansonsten nichts Vernünftiges anzufangen wüsste.«

***

Es war natürlich nicht bei diesem einen Abendessen geblieben. Gottlob und sein neuer Freund Bogomir trafen sich mehrmals in der Woche, um gemeinsam die einschlägigen Lokale rund um Bad Mergentheim unsicher zu machen. Graf Bogomir schöpfte, wie es aussah, mit beiden Händen aus dem Vollen. Der Reichtum seiner Familie schien schier unerschöpflich zu sein! Mitunter warf er eine Runde Champagner nach der anderen und hielt alle jungen Damen des Etablissements, die meist nur sehr leicht bekleidet waren, frei. Der von Haus aus eher zurückhaltende, um nicht zu sagen ausgesprochen schüchterne Bogomir hatte sich schnell an das süße Leben eines Bonvivants gewöhnt. Er hatte in Gottlob aber auch einen ausgezeichneten Lehrmeister gefunden! Der musste allerdings einen sehr hohen Schwund seiner Ersparnisse in Kauf nehmen, um auch nur halbwegs mit seinem Kumpan mithalten zu können. Da würde er in nicht allzu ferner Zeit einen neuen Coup starten müssen. Einen, der ordentlich was einbringen würde.

Das Weihnachtsfest 1923 rückte mit unglaublich großen Schritten immer näher und Bogomir, der seine Vorbereitungen für das Hochzeitsfest im Januar so gut wie abgeschlossen hatte, überlegte, was er nun machen solle. Schließlich müsste er mit dem Tross der Prinzessin Nadeschda schon kurz nach den Neujahrsfeierlichkeiten wieder ins schönen Bad Mergentheim zurückkehren. Außerdem käme anlässlich dieser Vermählung sowieso seine ganze Familie hierher und er würde sie, relativ kurz hintereinander, erneut wiedersehen. Das wollte er sich aber nicht einmal rein theoretisch vorstellen! Also, warum die Strapazen einer anstrengenden Reise auf sich nehmen, wenn es doch auch ohne sie ging?

Sein um zwei Jahre jüngerer Cousin Vadim, der, wie Bogomir, keine Lust verspürte, das Fest mit seiner Familie zu verbringen, hatte ihm geschrieben und bei ihm nachgefragt, ob er ihn nicht über die Feiertage besuchen kommen solle, da er sich ohnehin ganz in der Nähe aufhielte. So wäre keiner von ihnen völlig allein. Das würde, wie er weiterhin anmerkte, bestimmt ein großer Spaß für sie beide werden. Außerdem wäre sein alter Herr sehr stolz auf ihn, weil er mit diesem Vorschlag endlich Verantwortung seiner

Familie gegenüber zeigen und nicht nur immer an sich denken würde.

Der junge Graf erzählte Gottlob von diesem Vorschlag und bat ihn bei dieser Gelegenheit um dessen Meinung. Der war vollauf begeistert. Das käme ihm sehr zupass, da er seit Jahren mehr oder weniger alleine diese vielen Feiertage am Ende des Jahres überstehen musste. Er wäre heilfroh, wenn das in diesem Jahr einmal nicht der Fall sein sollte.

»Ein kostbareres Geschenk, als mit mir gemeinsam diese langweiligen Tage zu verbringen, kannst du mir gar nicht machen!«, antwortete er theatralisch. »Da hat kein halbwegs anständiger Mensch Zeit für den anderen. Es sei denn, die Umstände ließen es nicht zu, verbringt doch ansonsten fast jeder, den er kenne, gewollt oder auch ungewollt, diese doch sehr düstere Zeit des Jahres mit der Familie!«

»Na, ja! Der eine oder andere wünscht sich schon auch, diese Zeit nicht unbedingt im Schoße der Familie mit Punsch, Weihnachtsgans und Plätzchen sowie Hausmusik und lärmenden Kindern verbringen zu müssen!« Bogomir lachte amüsiert. »Mir zum Beispiel fehlte die letzten Jahre eigentlich nur die Gelegenheit dazu, mich vor solchen Festivitäten drücken zu können. Und ohne Zweifel auch der passende Freund, mit dem ich diese Zeit auch in vollen Zügen hätte genießen können. Aber in diesem Jahr, mein lieber Gottlob, habe ich Gott sei Dank beides! Die Gelegenheit und auch den passenden Freund!«

Ein paar Tage später, es lag bereits Schnee und eine eisige Kälte hatte sich über Nacht über das Taubertal gelegt, erreichte Vadim den Bad Mergentheimer Bahnhof. Bogomir, der nicht wollte, dass seinem Cousin das Gleiche passieren würde wie ihm, holte ihn deshalb höchstpersönlich vom Bahnsteig ab.

Es war inzwischen nur noch ein Tag bis Heiligabend. Bogomir, der zu Ehren seines Verwandten zum Dinner in den Gasthof Spat geladen hatte, tat sich sehr schwer damit, so kurzfristig zu dieser kleinen Festlichkeit überhaupt noch ein paar respektable Gäste aufzutreiben.

Gottlob, der eines dringenden Geschäftes wegen bereits am Vortag in die nicht sehr weit entfernt liegende Stadt Rothenburg gereist war, hatte es leider nicht mehr geschafft, pünktlich zum Beginn des Festes anwesend zu sein. Er kam erst, als sich die meisten der überwiegend männlichen Gäste bereits im hell beleuchteten Billardsaal aufhielten und mit sehr altem Cognac und sehr guten Zigarren versorgt waren.

Da außer ihm noch weitere Gäste erst zur vorgerückten Stunde eingetroffen waren, ließ Bogomir ein zweites Mal auftischen. Gottlob, der bei dem miesen Wetter stundenlang mit dem Wagen unterwegs war, hatte reichlich Hunger und auch Durst.

Plötzlich erschrak er sehr. Konnte das überhaupt möglich sein, fragte er sich? Im ersten Moment traute er seinen eigenen Augen kaum. Nein, das war nicht möglich. Auf keinen Fall!

Er hörte Bogomir reden, aber er verstand nicht wirklich,was der ihm sagte! In seinem Kopf drehte sich alles wild durcheinander! Was hatte der gesagt? Wer sollte das sein? Nein! Das stimmt nicht! Das war er selbst! Das war Gottlob Fleuchaus! Der war zugegebenermaßen äußerst geckenhaft gekleidet. Von der neumodischen Frisur, wie man sie in Karlsruhe oder Ludwigsburg heutzutage trug, und diesen ungeheuerlichen Schuhen einmal abgesehen, war das er selbst! Gottlob Fleuchaus, wie er leibt und lebt! Den er in seinen Gedanken schon vor Jahren beerdigt hatte und dem er eigentlich in diesem Leben auch nicht mehr hatte begegnen wollen!

»Gottlob«, rief Bogomir nun schon zum zweiten mal. »Darf ich dir meinen Cousin vorstellen? Baron ...«

Gottlob verdrehte ohne große Vorwarnung seine Augen. Während sich die ganze Welt wie verrückt um ihn zu drehen schien, sackte er langsam zusammen und er fiel Bogomir direkt in die Arme. Dieser kleine Zusammenbruch, war jedoch relativ schnell überwunden und es ging ihm auch zügig wieder besser. Ob der Kollaps aber nur an dem viel zu schnell genossenen Wein gelegen hatte, vermochte er sich selbst nicht zu beantworten.

9. Kapitel

»Was ist jetzt eigentlich aus diesem Portier geworden? Ist der denn inzwischen wieder irgendwo aufgetaucht? Habt ihr den in der Zwischenzeit vernehmen können?« Herbert, der mit Roth auf seinem kleinen Balkon saß, schenkte ihnen beiden ein Glas Wasser ein. Sie genossen die bereits warme Morgensonne. »Den hat man doch seit seinem Verschwinden vor drei Tagen schon nicht mehr gesehen!«

»Vor drei Tagen war ich bei ihm und habe mehrmals an seiner Wohnungstür geklingelt. Das ist richtig. Er hat mir aber nicht geöffnet und auch bei Mehling ging er nicht an die Tür. Der hatte es erst am späten Nachmittag und dann am nächsten Morgen noch mal bei ihm versucht. Allerdings jedes Mal vergebens«, beantwortete Eugen die Frage.

»Den sollte man zur Fahndung ausschreiben lassen! Er ist bestenfalls ein wichtiger Zeuge, schlechtestenfalls sogar weit mehr!«

»Ich bin ›beurlaubt‹, falls dir das entfallen sein sollte! Ich schreibe momentan niemanden zur Fahndung aus. Das kannst du vergessen! – Was macht eigentlich Hans-Georg so lange an seinem Laptop?«

»Er sucht nach dem Ring. Beziehungsweise nach dem eigenartigen Muster, das die Steine bilden. Er ist völlig überzeugt davon, dass es irgendein Symbol darstellt. Ein geheimes Erkennungszeichen in etwa. Oder eine Art Geheimbund vielleicht.«

»Warum nicht gleich der bulgarische Ku-Klux-Klan?« Eugen sah skeptisch zu dem Ex-Dozenten. Der machte plötzlich ein Gesicht, das so viel ausdrücken sollte wie ›warum eigentlich nicht?‹.

»Das ist jetzt aber nicht euer Ernst, oder? Warum nicht gleich das englische MI5? Oder gar der israelische Mossad?«

»Im Augenblick glaube ich, sucht er eigentlich nur nach der ›DANS‹, wenn ich ihn da vorhin richtig verstanden habe. Er neigt, wie du vielleicht noch gar nicht weißt, zum Nuscheln. Besonders dann, wenn er hungrig ist. Demzufolge also rund um die Uhr.«

»Nach was?«, hakte Eugen fassungslos nach.

»Nach der DANS. Der staatlichen Agentur für Nationale Sicherheit. Also nach dem bulgarischen Pendant des MI5! Was sollten wir denn auch von den Engländern wollen? Es war doch eine bulgarische Reisegruppe, mit der Viktor hier bei uns unterwegs war und keine englische!« Nach einem Augenblick intensiven Nachdenkens fuhr er fort: »Was ist mit Schmalz?« Herbert sah abwartend zu Eugen.

»Was soll denn mit ihm sein? Er macht das, was er gesagt bekommt. Im Augenblick bekommt er seine Anweisungen halt von diesem LKA-Weber und nicht von mir. Aber ansonsten macht er das, was er immer macht. Was willst du bloß vom Schmalz?«

»Könnte der nicht eine Fahndung nach dem Portier einleiten? Das kann der bestimmt auch!«

»Der Schmalz? Warum sollte der so etwas für mich machen? Wenn da der Weber nicht selbst etwas unternimmt, tut sich in dieser Beziehung sicherlich nichts. Wir hätten sowieso nichts davon, da ich, wie ich dir gegenüber bereits mehrfach erwähnte, seit gestern suspendiert bin«, wunderte sich Eugen über Herberts Hartnäckigkeit.

»Ist der nicht loyal, seinem langjährigen Chef gegenüber? Würde der dir das Resultat der Befragung wirklich nicht zukommen lassen? Das kann ich ja gar nicht glauben!«

»Ich weiß nicht recht. Wenn da etwas davon herauskommen würde, wäre er ganz schön gelackmeiert.«

»Ich bin sage und schreibe bei Herrn *Google* fündig geworden!«, rief Hans-Georg überschwänglich und versuchte tatsächlich sich jetzt auch noch auf den kleinen Balkon zu drängen. »Das müsst ihr euch unter allen Umständen und auf der Stelle ansehen!«

»Machen wir, aber drinnen! Hier heraußen ist nicht genügend Platz für drei so Kaliber, wie wir welche sind.« Beim Hineingehen meldete sich Herberts Handy. Der Alarm sollte ihn daran erinnern, dass in wenigen Minuten die Ernährungs-Beraterin auf sie beide warten würde. »Was immer du gefunden hast, wird noch etwas auf uns warten müssen!«, sagte er darauf zum Pfarrer außer Dienst. »Jetzt müssen wir zuerst zum Kalorienzählen!«

»Weißt du, was mich diese studierte Hauswirtschafterin das letzte Mal allen Ernstes fragte?«

»Die wer hat dich was gefragt? Die studierte was?«, hakte Herbert nach. »Die Hauswirtschafterin?«

»Na, die Diplom Ökotrophologin, die gute Frau Mayer.«

»Studierte Hauswirtschafterin! Ich glaube es ja nicht! Was du immer für Kracher loslässt!« Herbert konnte sich fast nicht mehr beruhigen. »Da muss man erst einmal drauf kommen!«

»Also, noch einmal. Weißt du, was sie zu mir sagte? Nein? Sie wollte von mir wissen, wie viel Scheiben Wurst ich auf mein ›halbes Brötchen‹ legen würde! Auf ein ›halbes Brötchen‹, Herbert! Das musst du dir einmal geben!«, lachte Hans-Georg und hörte nicht mehr auf. Nur äußerst mühsam und mit vollster Konzentration gelang es ihm zwischen dem einen und dem anderen Lachanfall, noch herauszupressen: »Auf ein halbes Brötchen, habe ich ihr geantwortet, lege ich gar nichts! Weil ich wegen einer solchen Bagatelle erst gar kein Besteck schmutzig machen würde!« Hans-Georg lachte sogar noch, als er mit Herbert den Schulungsraum im vierten Stock erreicht hatte!

***

Im Tauberbischofsheimer Krankenhaus war auf der chirurgischen Abteilung die Hölle ausgebrochen. Vor dem Krankenzimmer des verletzten Reiseleiters hatte in den vergangenen Tage immer ein Mann gestanden, der das Krankenhauspersonal sehr an einen Bodyguard erinnerte. Er hatte eine große, breitschultrige Figur, trug einen militärischen Kurzhaarschnitt und hatte Oberarme wie der legendäre Schwarzenegger. Sogar innerhalb des Gebäudes hatte er eine Sonnenbrille auf der Nase. Eine verspiegelte Fliegerbrille. Insgesamt handelte es sich um vier verschiedene Personen, die gut auf ein Werbeplakat eines Fitness-Studios gepasst hätten. Die vier wechselten sich ständig ab. Man hätte fast glauben können die würden aufpassen, dass sich der Reiseleiter nicht unerlaubt aus dem Staub macht.

Der hatte sich mit irgendjemanden angelegt, der nicht gerade sehr zimperlich mit seinen Kontrahenten umzugehen schien. Deshalb genoss er, seit er sich hier im Krankenhaus aufhielt, tatsächlich so etwas wie Personenschutz. Von der ganz besonderen Sorte!

Nicht lange nach der Visite kamen zwei Herren im Anzug und mit dunklen Sonnenbrillen, die fast die Hälfte ihrer Gesichter verdeckten, den langen Flur entlanggelaufen. Sie näherten sich mit großen Schritten dem Zimmer mit der Nummer 123.

Als sie den ›Türsteher‹ erblickten, der aus der Teeküche kam, teilten sich die beiden auf. Einer sprang in die Richtung, aus der der Personenschützer kam, der andere versuchte, in das Krankenzimmer zu gelangen, in dem der Reiseleiter untergebracht war.

Ersterer traf mit voller Wucht auf seinen Gegner. Seine rechte Faust traf den Kerl mit ganzer Kraft am Kinn, was den ›Türsteher‹ ins Straucheln brachte. Dabei ließ er die Teekanne mit dem kochend heißen Wasser aus seiner Hand fallen. Dem Angreifer, der regelrecht in den Muskelmann hineingelaufen war, flog die Thermoskanne gegen die breite Brust. Bei dem verzweifelten Versuch, diese aufzufangen, ohne dass ihm etwas Schlimmes passieren würde, drehte sich das Gefäß und die Öffnung geriet plötzlich nach unten. Das kochende Wasser sprudelte nur so aus der Kanne und verbrühte Bauch und Oberschenkel des Angreifers. Der schrie vor Schmerzen laut auf und ließ kurzfristig von seinem Widersacher ab.

Der anfangs vielversprechende Versuch, den ›Türsteher‹ zu überwältigen, war dadurch kurzfristig ins Stocken geraten. Das nutzte der Personenschützer sofort gnadenlos aus. Erst trat er seinem Gegner kräftig gegen die Knie. Als der große und muskulöse Mann, zu Boden ging, schlug ihm der Verteidiger die rechte Faust in die Magengrube. Im Anschluss hämmerte er ihm die linke Faust mitten ins Gesicht! Das Letzte, was der Anzugträger noch hörte, bevor er ohnmächtig wurde, war das Geräusch, das sein Unterkiefer verursachte, als er, gemeinsam mit dem Nasenbein, in Stücke brach!

Der zweite Angreifer, der versucht hatte, in Holzapfels Krankenzimmer zu gelangen, war bei seinem Versuch, die Tür zu passieren, mit der Therapeutin zusammengestoßen, die exakt in diesem Moment das Zimmer verlassen wollte. Durch den Stoß, den sie abbekam, wurde sie gegen die Wand geschleudert. Vor Schreck ließ sie die schwere Bewegungsschiene, die in einem anderen Zimmer gebraucht wurde, fallen. Sie schlug mit der schmalen Seite auf dem rechten Fuß des zweiten Anzugträgers auf. Hierbei brach er sich mehrere Fußknochen. Bei seinem Bestreben, extrem humpelnd das Weite zu suchen, stolperte er dem Bodyguard direkt in die Arme.

Obwohl diese Aktion rasend schnell vonstattenging, hatten sich doch einige Personen um die gewalttätigen Männer versammelt, die gemeinsam mit dem vermeintlichen Bodyguard, die beiden stark angeschlagenen Anzugträger daran hinderten, den Schauplatz ihrer Schmach vorzeitig zu verlassen.

Einer der Patienten hatte geistesgegenwärtig den Notruf betätigt. Innerhalb weniger Minuten erreichten zwei Polizeistreifen das Krankenhaus. Kurz danach nahmen sie die beiden Angreifer in Gewahrsam.

Von dem ›Türsteher‹ war zu dem Zeitpunkt aber Weit und Breit nichts mehr zu sehen.

***

»Dass ich nicht immer der beste Chef war, weiß ich natürlich selber. Ich habe manchmal ganz schön was von dir verlangt, Reinhold. Das ist mir bewusst. Du darfst nicht glauben, ich hätte deine Arbeit nicht anerkannt. Ganz im Gegenteil! Ich wusste immer ganz genau, was ich an dir hatte, glaube mir! Ich konnte das dir gegenüber bloß nicht immer gleich in Worte fassen. Oder dir zeigen.« Roth, der Schmalz zu einem inoffiziellen Frühstück eingeladen hatte, verrenkte sich bei dem Versuch, seinen Mitarbeiter ihm gegenüber milde zu stimmen, beinahe die Zunge.

»Das konntest du nicht nur nicht gleich. Das konntest du auch später nicht. Wenn du einigermaßen ehrlich zu mir wärst, mein lieber Eugen, dann würdest du jetzt auch zugeben, dass dich das auch gar nicht groß interessiert hat, wie ich mich dabei fühlte. Du hast dir immer die jeweiligen Lorbeeren ganz alleine an dein breites Revers geheftet und nicht nach links oder rechts geschaut! Du warst nie besonders neugierig zu erfahren, wie es anderen dabei so ging. Habe ich recht, oder habe ich recht?«

»Na ja! Du schilderst das Ganze jetzt aber schon sehr düster. Hatte ich nicht vielleicht auch ein paar gute Seiten? Von Zeit zu Zeit wenigstens? Was meinst du?«, erkundigte sich Eugen Roth hoffnungsvoll.

»Lass mich jetzt mal ganz kurz überlegen! – Äh! Nein!« Reinhold Schmalz machte ein Gesicht wie drei Tage Regenwetter. »Keine einzige gute Seite konnte ich an dir entdecken!«

Roth würde seinen Plan wohl vergessen können. So, wie es aussah, würde er von Schmalz keine Hilfe zu erwarten haben.

Das würde seinem Bestreben, den Fall doch noch zu lösen, einen gewaltigen Dämpfer versetzten!

»Das tut mir leid, Reinhold! Wenn es etwas gibt, das ich tun kann, um deinen schlechten Eindruck von mir ein wenig zu korrigieren, dann lass es mich bitte wissen!«

»Was willst du jetzt überhaupt von mir, Eugen? Was soll ich denn schon wieder für dich erledigen? Du kommst doch nicht einfach vorbei, nur um mich zu einem Frühstück einzuladen! Du doch nicht! Nun sei einmal ehrlich zu mir und sag, was du von mir willst!«

»Nichts, Reinhold«, antwortete der Gefragte enttäuscht. »Überhaupt nichts! Ich wollte dir nur einmal sagen, dass es mir leid tut, wenn ich dich nicht mit dem gebührenden Respekt behandelt haben sollte.«

»Rührei mit Speck. Die doppelte Portion! Zwei Milchbrötchen, die doppelte Portion Butter und dazu Orangenkonfitüre. Eine große Kanne Kaffee und frisch gepressten Orangensaft«, antwortete Reinhold nach kurzem Zögern.

»Wie, jetzt? Was meinst du?«

»Du hast mich doch gerade eben gefragt, was du für mich machen könntest! Ein ordentliches Frühstück wäre da zum Beispiel schon einmal ein ganz guter Anfang, würde ich sagen! Ich weiß, dass es für ein Frühstück eigentlich schon viel zu spät ist. Die meisten Menschen haben um diese Zeit schon längst zu Mittag gegessen. Die ersten sitzen schon wieder bei Kuchen und Kaffee. Ich hatte heute Morgen allerdings nicht mehr genügend Zeit für ein ausgewogenes Frühstück.«

»Wie jetzt?«, in Eugens Gehirn drehten sich sämtliche Gedanken wild durcheinander. »Denkst du also doch nicht, dass ich ein Unmensch bin?«

»Natürlich bist du ein Unmensch! Und was für einer sogar! Was glaubst du denn? Aber die vielen anderen Flitzpiepen, die möglicherweise als Chef zur Verfügung gestanden hätten, waren durch die Bank noch viel schlimmer als du.« Reinhold lachte gerade heraus. »Du solltest dich jetzt im Spiegel sehen! So ein belämmertes Gesicht hat dir noch nie entgegengeschaut!«

Dann legte er unerwartet ein Kuvert auf den Tisch, während er sich noch die Lachtränen von den Wangen wischte. »Das ist es doch, was du so gerne hättest, oder? Ist gestern erst bei uns angekommen!«

Eugen nahm den Briefumschlag und sah hinein. Er konnte es kaum glauben. Hatte er sich so in seinem Mitarbeiter geirrt, was dessen Loyalität ihm gegenüber betraf? In dem Umschlag befand sich tatsächlich eine Kopie des verschlüsselten Briefes, den Viktor erhalten hatte. Mit spitzen Fingern nahm er ihn heraus und stellte fest, dass keine entschlüsselte Version in dem Umschlag steckte.

Er sah Reinhold in die Augen und fragte ihn, ob er ihn verarschen wolle.

Der antwortete allerdings, dass man für ein Frühstück, selbst wenn es noch so gut sein sollte, nicht allzu viel erwarten könne.

Darauf versprach ihm Eugen ein ganz exquisites Abendessen in einem feudalen Restaurant gemeinsam mit seinen neuen Bekannten.

»Dann will ich dir das einmal glauben!«, antwortete der Jüngere der beiden. Er nahm den Brief, drehte ihn um und deutete auf den hier abgebildeten Text. Dann begann er erneut lauthals zu lachen.

***

»Was haben wir bisher an hieb- und stichfesten Informationen gesammelt?«, begann Herbert das Gespräch und beugte sich in seinem bequemen Sessel nach vorn, um nicht allzu laut sprechen zu müssen. »Wir wissen, wer der Ermordete ist, und wir wissen, dass seine Existenz von den offiziellen Stellen Bulgariens verschleiert wird. Wir wissen, dass es im *Palais Madeleine*, in dem Viktor logierte, kurz bevor er ermordet wurde, mindestens einen bulgarischen Spion gab oder sogar noch immer gibt. Weswegen sich auch das Landeskriminalamt für diesen Fall so brennend interessiert. In Gestalt des ominösen Herrn Weber, um ganz genau zu sein! Ihm oder seinem obersten Dienstherrn geht es, wie wir aus der entschlüsselten Botschaft erfahren konnten, aber einzig und allein um die Abwehr von möglicher Industriespionage. Die dechiffrierte Nachricht klärt uns darüber auf, dass es hier in diesem industriellen Ballungsgebiet ein Großaufgebot von sehr aktiven Industrie-Spionen gibt, die intensiv ihrer Arbeit nachgehen. Hat das aber tatsächlich etwas mit Viktors Tod zu tun? Schließlich war er der Empfänger der Nachricht! Und er reagierte mit Entsetzen auf den Brief, wie der Portier zu Protokoll gegeben hat.«

»Wenn wirklich zutrifft, was der Portier berichtet hat«, gab Eugen zu bedenken. »Einen Briefumschlag haben wir nicht gefunden. Der Junge sagte aus, dass er die Nachricht einfach an der Rezeption abgeben sollte. Was auf dem Kuvert geschrieben stand, konnte er nicht lesen, weil es sich um eine ihm fremde Sprache handelte.«

»Was wir jedoch nicht wissen, ist, wie Herr Holzapfel oder der immer noch spurlos verschwundene Hotelportier in dieser schrecklichen Sache drinhängen!« Hans-Georg, der seinem guten Bekannten im Gesellschaftsraum der Hohenlohe-Klinik gegenübersaß, sah bedeutungsvoll in die Runde. »Holzapfel hat man beinahe totgeschlagen! Der Portier ist seit Tagen wie vom Erdboden verschwunden! Wenn die nicht ganz tief mit drinstecken, dann fresse ich einen Besen! Es stellt sich uns allerdings die Frage, was sie genau damit zu tun haben.«

»Die Person, die mich in der Stadt angerempelt hatte und der ich in diese Jazz-Kneipe gefolgt war, kam mir damals irgendwie bekannt vor. Mir war der Mann bereits vorher schon einmal aufgefallen, und zwar im *Palais Madeleine*!«, sprudelte es nun aus Herberts Mund. »Der hat hundertprozentig etwas mit diesem Fall zu tun, dachte ich. Darauf hätte ich Haus und Hof verwettet! Aber vielleicht ging es in der Jazz-Kneipe dann doch um etwas völlig anderes, das ich falsch interpretiert habe. Am Schluss vielleicht um etwas ganz Banales!«

»Mit welchem Fall meintest du damals, hätte der etwas zu tun?«, hakte Hans-Georg nach. »Mit dem Mord an Viktor? Mit der Industriespionage?«

»Oder an dem Verbrechen von 1924?«, fiel ihm Johannes ins Wort. Der hatte das Gebäude von der Terrasse aus betreten und war vor dem Kaffeeautomaten geradewegs auf die drei ›verdeckten Ermittler‹ gestoßen. »Ich habe verdammt interessante Neuigkeiten aus der Vergangenheit, die Rückschlüsse auf einen völlig neuen Ansatz zulassen.«

»Ich habe auch Neues zu berichten«, nahm Hans-Georg das Wort wieder an sich. »Die Steine dieses Ringes ergeben ein Muster, das, wie ich heute Morgen herausfand, ein stilisiertes Familienwappen darstellt. Ratet einmal, um welche Familie es sich bei diesem Wappen handelt! Das glaubt ihr mir sicher nicht!«

»Der Ring, den auch der Portier am Finger hatte?«

»Ja! Genau der Ring! Also, was denkt ihr? Welchem Familienclan könnte man dem zuordnen?«

***

Im Tauberbischofsheimer Krankenhaus lagen die beiden Schläger, die am Morgen für erheblichen Aufruhr gesorgt hatten, einträchtig nebeneinander im selben Krankenzimmer. Vor der Tür standen zwei uniformierte Polizisten, die niemanden, der nicht ausdrücklich die Genehmigung von Weber hatte, in das Krankenzimmer hineinließen.

Der kräftige ›Türsteher‹ blieb auch weiterhin unauffindbar, obwohl mehrere Polizeibeamte das Krankenhausgebäude stundenlang regelrecht auf den Kopf gestellt hatten.

Die beiden Polizisten unterhielten sich angeregt mit einer Schwesternhelferin, die ihnen eine große Thermoskanne mit Kaffee und zwei Tassen gebracht hatte, über die nicht alltäglichen Geschehnisse des frühen Vormittags. Sie wunderte sich sehr darüber, dass seitdem kein *Bodyguard* mehr vor der Zimmertür des Reiseleiters stand.

Dafür seien sie jetzt mehr oder weniger zuständig, meinte der ältere der Polizeibeamten augenzwinkernd. Von hier aus hätten sie ohne Probleme beide Zimmertüren gut im Blick.

In dem Moment kamen Kommissar Schmalz und Herr Weber aus dem Zimmer, in dem der Reiseleiter untergebracht war. Als Schmalz die Zimmertür geschlossen hatte, blieben sie davor stehen und diskutierten mit leiser Stimme über den unveränderten Zustand des Kranken. Dann kamen sie zu den beiden Polizisten herüber, die ihre Kaffeetassen noch in den Händen hielten.

»Hallo, Kollegen«, grüßte sie Schmalz, der sich erkundigte, ob es in der Zwischenzeit zu weiteren Vorkommnissen gekommen wäre, was die zwei verneinten.

Weber gab ihnen, ohne ein Wort der Begrüßung, den guten Rat, sich nicht zu oft von den Schwestern ablenken zu lassen, ansonsten würden sie am Ende gar nicht mitbekommen, wenn die falschen Leute das Zimmer betraten. Außerdem wäre es von enorm großen Vorteil, wenn sie beide Hände frei hätten, um einen eventuell stattfindenden Fluchtversuch der beiden Schläger, möglichst sofort zu verhindern.

Die Uniformierten stellten nach dem versteckten Vorwurf des LKAlers ihre Kaffeetassen auf dem Fensterbrett des Flurfensters ab und bezogen wieder ihren jeweiligen Posten vor einer der beiden Türen.

Schmalz, der hinter Weber das Krankenzimmer Holzapfels betrat, in dem der seit heute Morgen lag, nickte dem Polizisten mit einem freundlichen Lächeln zu. Zuvor war er irrtümlicherweise in das Wertheimer Krankenhaus verbracht worden.

Der Mann vom LKA stellte zutiefst befriedigt fest, dass der Hotelmanager alleine im Zimmer lag und als Zweites registrierte er, dass auch der Fenstergriff wie gewünscht abmontiert war. Was jedoch völlig überflüssig war, da sich Holzapfels Patientenzimmer im oberen Stockwerk befand und seine Verletzungen außerdem eine Flucht durch das Fenster gar nicht erlaubt hätte!

»So, mein Freund, dann fang doch mal an zu erzählen!«, forderte Weber den Verletzten auf. Er stieß absichtlich den Stuhl, den er sich ganz dicht an das Krankenbett zog, mit voller Wucht gegen das Bettgestell. Holzapfel wurde regelrecht durchgeschüttelt, was ihm zusätzliche Schmerzen verursachte.

»Können Sie nicht ein bisschen aufpassen, ich habe schon Schmerzen genug! Ich wünsche die keinem!«, entfuhr es dem Patienten.

»Oh, Pardon!«, entschuldigte sich Weber und knallte den Stuhl erneut gegen das Bett. Diesmal verkniff sich Holzapfel jedoch einen Kommentar.

»So, jetzt reden Sie endlich!«, verlangte Schmalz. »Sie machen es sich nicht leichter, wenn Sie weiterhin mit uns schmollen!«

»Ich weiß gar nicht, was Sie bloß ständig von mir wollen. Ich wurde brutal zusammengeschlagen! Als ich bewusstlos war, warfen diese Verbrecher mich wie einen alten Müllsack achtlos auf den Autobahnparkplatz. Mein Auto ist seitdem verschwunden! Unternehmen Sie endlich was dagegen! Suchen Sie diese Ganoven! Bringen Sie die vor Gericht!«

»Wer waren diese Leute? Was wollten die von Ihnen?«, ließ Schmalz einfach nicht locker.

»Wir wissen, wer diese Leute sind!«, schaltete sich Weber wieder ein. »Wenn Sie wirklich wollen, dass die für das, was Sie Ihnen alles angetan haben, hart bestraft werden, dann arbeiten Sie besser mit uns zusammen! Im Übrigen wissen wir sehr wohl, was die von Ihnen wollten. Wir brauchen aber in erster Linie die Hintermänner! Die Auftraggeber, verstehen Sie?«

Holzapfel schüttelte müde den Kopf.

»So wird das nichts«, stellte der LKA-Mann fest und stieß erneut gegen das Bett. Diesmal aber legte er seine ganze Wut mit in den Tritt. Der Hotelmanager verspürte den stechenden Schmerz noch deutlicher als die beiden Male davor. Er stieß einen Schmerzensschrei aus, den man vor der Tür noch hören konnte. »Verdammt!«, nuschelte er mit schmerzverzerrtem Gesicht. »Da hätte ich gleich bei dem Lumpenpack bleiben können, das mich eingesperrt hatte!«

»Hört, hört! Gibt es vielleicht doch noch etwas zu berichten, was uns weiterhelfen könnte?«

»Nicht, dass ich wüsste! Wie gesagt, ein paar bescheuerte, durchgeknallte und obendrein noch völlig zugekiffte Brutalos! Ich war nur zum falschen Zeitpunkt am falschen Ort!«, versuchte Holzapfel mit aller Gewalt, das, was man ihm angetan hatte, kleinzureden.

»Jetzt hör auf, mir so eine Scheiße zu erzählen!«, wurde Weber laut. In dem Moment, als der Hotelangestellte wieder anfangen wollte zu bagatellisieren, schlug der LKAler ihm mit der flachen Hand auf das frisch operierte Bein. Der schwer Verletzte konnte seinen Schmerzensschrei nicht unterdrücken.

»Nun kläre uns endlich über die Auftraggeber deiner Peiniger auf! Wer hat das zu verantworten? Mehr wollen wir nicht von dir«, versuchte es Schmalz erneut. »Ein, zwei Namen und du bist uns wieder los!«

Der Patient schüttelte wieder nur den Kopf. Es war ihm anzusehen, dass er müde war und schreckliche Schmerzen hatte.

»Wie tief steckst du eigentlich mit drin in dieser Gülle? Warst du an dem Mord an dem jungen Mann beteiligt? Oder warst du das am Ende sogar allein?« Weber achtete konzentriert auf Holzapfels Reaktion.

Der machte ein durch und durch empörtes Gesicht. »Was denken Sie nur von mir, Herr Kommissar? Ich bin weder ein gewissenloser Mörder noch habe ich Beihilfe zu einem Mord geleistet!« Entrüstet versuchte er sich halbwegs im Bett aufzusetzen, was ihm aber nicht gelang.

»Haben Sie schon mal was von der Kronzeugenregelung gehört?«, versuchte es Schmalz mit einem Themenwechsel. »Der zuständige Richter würde sich bei Ihren eventuell begangenen Vergehen in dieser Sache gnädig zeigen und eine mögliche Haftstrafe in eine Bewährungsstrafe umwandeln. Überlegen Sie aber nicht zu lange! Der Richter ist kein sehr geduldiger Mensch. Also: Wer steckt hinter dem Ganzen?«

Holzapfel ließ sich langsam zurück in seine Kissen sinken. Er überlegte einen Moment lang angestrengt, im Anschluss daran winkte er Schmalz zu sich herunter und flüsterte dem Kriminaler etwas ins Ohr. Dann drehte er sich zur Seite und schloss die Augen.

In dem Moment, in dem Weber den Patienten schütteln wollte, betrat der Stationsarzt den Raum und beendete, nachdem er den gezeichneten Holzapfel gesehen hatte, die Befragung. Weber intervenierte sofort und forderte den Arzt auf, seinem Patienten zu raten, mit ihnen zusammenzuarbeiten. Der Mediziner ließ sich jedoch auf keine Diskussion ein.

Als die beiden Ermittler die Treppe hinunter ins Parterre gingen, wollte Weber von seinem Mitarbeiter wissen, was Holzapfel ihm gesagt habe.

»Dass er, wenn überhaupt, nur mit Hauptkommissar Roth sprechen würde, hat er zu mir gesagt«, antwortete Schmalz mit ernster Miene und grinste erst, wie das sogenannte Honigkuchenpferd, als der LKA-Weber ihm den Rücken zugedreht hatte.

***

Bad Mergentheim, Ende Dezember 1923

Das Weihnachtsfest hatten die drei jungen Männer eher ruhig angehen lassen. Gottlob war gesundheitlich sowieso noch nicht auf dem Damm. Er hatte sich irgendwo einen grässlichen Magen-

Darm-Infekt eingefangen und dieser hatte sich besonders negativ auf seinen Kreislauf ausgewirkt, was wiederum nicht unerheblich zu einem körperlichen Kollaps beigetragen hatte. Sein Arzt hatte zu Gottlob gesagt, dass er es ausschließlich seiner ansonsten guten körperlichen Konstitution und natürlich seiner Jugend zu verdanken habe, seinen schweren Zusammenbruch relativ schnell überstanden zu haben.

Zwischen den Feiertagen gewöhnte sich der arme Gottlob schnell wieder an das süße Leben, welches in den goldenen Zwanzigern des jungen Jahrhunderts selbstverständlich auch in den örtlichen Etablissements pulsierte. Er und sein Freund Bogomir führten den jungen Vadim standesgemäß in die verruchten Salons ein, von denen es in der näheren Umgebung Bad Mergentheims mehr gab, als man vermuten würde.

Vadim sollte derjenige sein, der Gottlob, wie der nach langen und sehr intensiven Überlegungen beschlossen hatte, endlich zu seinem großen Glück verhelfen würde. Einer Vermählung mit seiner herzallerliebsten Traudl würde in Kürze also nichts mehr im Wege stehen.

Es gab zwei Punkte, die Gottlob zu dieser folgenschweren Entscheidung kommen ließen. Zum einen ähnelten sich die beiden kolossal, zum anderen hatte Vadim kaum noch Familienangehörige.

Der frühere Schreinergeselle würde sich den Bart abrasieren und sich einen neuen Haarschnitt zulegen müssen. Außerdem bliebe ihm auch nichts anderes übrig, als sich neu einzukleiden. Das würde das größte Problem darstellen. Er bezweifelte, dass es hier in der Gegend einen Herrenschneider gebe, der sich auf solch neumodische Garderobe, wie sie Vadim trug, spezialisiert hätte. Es bliebe ihm also nur die Möglichkeit, einen diskreten Schneider zu beauftragen, der Vadims Kleidung für ihn umarbeiten müsste. Obwohl, als er sich die Angelegenheit noch einmal durch den Kopf gehen ließ, gelangte er zu dem Ergebnis, dass sie beide, was die Körpermaße betraf, eigentlich gar nicht so weit auseinanderlagen. Wegen ihrer außerordentlich großen Ähnlichkeit würden sie ohne Problem als Zwillinge durchgehen. Das würde ihm bei seinem großen Coup enorm hilfreich sein.

Da Bogomirs Cousin bereits seit seiner frühesten Kindheit exklusive Privatschulen besucht hatte und im Anschluss daran nun eine Ausbildung in der Firma des Geschäftspartners seines Großvaters, hier in der badischen Provinz, absolvierte, hatte er in seinem bisherigen Leben leider Gottes nur sehr wenig Zeit mit seiner Familie verbracht.

Abgesehen davon bestand der Rest seiner Familie nur noch aus seinem weit über achtzigjährigen Großvater, einem geistig verwirrten Onkel, der im Hause des Großvaters betreut wurde, einer kinderlosen Tante, die seit Jahrzehnten schon in einem Kloster unweit des Familiensitzes lebte, und weiterhin aus Bogomir. Der hatte zwar noch jede Menge Angehörige, da aber sein Vater mit dem Vater seines Cousins zu dessen Lebzeiten bereits bis aufs Blut zerstritten war, wie übrigens auch mit dem Rest des Familienclans, war der Kontakt zwischen ihnen bisher nicht besonders intensiv gewesen.

Letztendlich war es ein Segen für Gottlob, dass Vadims Familienangehörige kaum Kontakt zu ihm gepflegt hatten. So waren sie faktisch fremde Menschen für ihn.

Da die spärliche Korrespondenz, die zwischen Vadim und seinem Großvater notgedrungen wegen den monatlich eingehenden finanziellen Zuwendungen ohne Ausnahme schriftlich vonstattenging, würde es für Gottlob kein Problem darstellen, er würde sich schnell in die Materie einlesen.

Nachdem letzten Endes eine Person aus sehr gutem Hause gefunden war, in dessen Identität Gottlob ohne Schwierigkeiten schlüpfen könnte, war es höchste Zeit, sich um die restlichen Modalitäten zu kümmern.

Große Bedeutung maß Gottlob den Fragen bei, wann und wo seine positive Verwandlung stattfinden sollte.

Aber vor der alles entscheidenden Frage, was nach seiner Übernahme von Vadims Identität im Einzelnen mit dem geschehen sollte, schreckte er derzeitig jedoch noch zurück.

***

10. Kapitel

Aufgrund Holzapfels Aussage, schlug das LKA unter der Führung Webers in den frühen Morgenstunden zu. In der näheren Umgebung Bad Mergentheims hatte sich eine Firma angesiedelt, die sich unter anderem auf die Entwicklung und Produktion von diversen technischen Produkten der Nanotechnologie spezialisiert hatte. Seit Jahren musste sie sich permanent mehr oder weniger professioneller Versuche von Industriespionage erwehren. Das Interesse an dem Know-how dieser neuen Technologie war nicht nur in asiatischen Billiglohnländern sehr hoch. Seit Neuestem kamen auch immer mehr Ausspähversuche von osteuropäischen Spionen hinzu. Ein besonders großes Interesse legte in diesem Fall ein bulgarisches Unternehmen an den Tag.

Ihnen war es in der Tat gelungen, einen ihrer Spitzel in die Forschungsabteilung dieser Firma einzuschleusen. Seine Tarnung war dermaßen perfekt, dass er das vollste Vertrauen all seiner Kollegen und auch Vorgesetzten besaß. Selbst der firmeneigene Werkschutz hegte keinen Verdacht gegen ihn.

Was den Zugriff auf Dokumente, die empfindlichen Forschungsergebnisse in der Kategorie dieser zukunftsweisenden Technologie oder erst die immens geheimgehaltenen Produktionspläne für die neuartigen Geräte dieser Firma, gerade im Bereich der Medizin, betraf, war dieser selbstverständlich besonders geschützt.

Aus dem einfachen Grund, die vielen aufwendigen Sicherheitssysteme zu überlisten, brauchte der bulgarische Spion fachmännische Unterstützung aus dem Bereich der Sicherheitstechnologie. Diese war seit mehreren Wochen anwesend und arbeitete fieberhaft an dem Projekt. Der Experte wohnte für die gesamte Dauer seines Auftrages im *Palais Madeleine*. Dazu kamen drei weitere Spezialkräfte, die einen reibungslosen Ablauf der gesamten Aktion zu gewährleisten und eventuell auftauchende Personen lautlos aus dem Weg zu räumen hätten. Zudem sollten sie den anschließenden Abtransport der Unterlagen besorgen. Auch sie waren bereits seit mehreren Tagen in Bad Mergentheim.

Um diesen Auftrag erfolgreich zu Ende bringen zu können, bedurfte es einer enormen logistischen Leistung. Für diese Aufgabe hatte sich ein Agent des bulgarischen Geheimdienstes an Holzapfel gewandt. Er hatte diesen vor Jahren schon einmal zur Zusammenarbeit überredet, indem er ihm Fotos zeigte, auf denen Holzapfel eindeutig dabei zu erkennen war, wie er eine seiner speziellen Neigungen auslebte, die in Deutschland allerdings unter Strafe stand.

Seit dieser Zeit hatte der Hotelmanager bereits mehrere Projekte, zwar nicht ganz freiwillig, aber nichtsdestotrotz zur Zufriedenheit seines Auftraggebers durchgeführt.

Diesmal war allerdings im Vorfeld des Geheimauftrags schon etwas verdammt schiefgelaufen. Die ebenfalls an der Nanotechnik stark interessierte, asiatische Konkurrenz war plötzlich vor Ort aufgetaucht. Man sah ihre Mitarbeiter immer wieder in der unmittelbaren Umgebung dieser Firma das weitläufige Gelände auskundschaften.

Der Geheimagent, der den Hotelmanager seinerzeit rekrutiert hatte, hatte für diese Vorfälle Gerhard Holzapfel in Verdacht. Der war wiederum felsenfest davon überzeugt, dass Viktor hinter dieser Sache stecken würde. Schließlich hatte er ihn mehrmals dabei beobachtet, wie er sich mit einem offensichtlich aus Asien stammenden Mann unterhielt.

Webers Männer, die sowohl von einem Mobilen-Einsatz-Kommando als auch von der örtlichen Polizei unterstützt wurden, waren an diesem frühen Morgen erfolgreich.

Der in die Firma eingeschleuste Geheimagent wurde gemeinsam mit dem Spezialisten für Sicherheitstechnik auf frischer Tat von Webers Mitarbeitern überwältigt und festgenommen. Um die drei weiteren Spitzel, die für einen reibungslosen Ablauf verantwortlich waren, kümmerte sich das SEK, das diese Aktion innerhalb weniger Minuten und obendrein unblutig beendete.

Der offizielle Geheimagent des DANS wie auch der mutmaßliche, aus Asien stammende Industriespion wurden widerstandslos in ihren Hotelbetten liegend in Gewahrsam genommen.

»Das nenne ich erfolgreiche Polizeiarbeit, meine Herren!«, lobte sich der LKA-Weber selbst, als er im Heilbronner Polizeipräsidium die kurzfristig einberaumte Pressekonferenz hinter sich gebracht hatte.

Dass er aber, um überhaupt an Holzapfels Informationen heranzukommen, den auf sein hartnäckiges Drängen hin suspendierten Eugen Roth erst wieder aktivieren musste, verschwieg er geflissentlich. Er wollte sich nicht an die für ihn äußerst peinliche Situation erinnern, wie er dieses Vorzeigeexemplar von einem Landei förmlich anbetteln musste, um ihn davon zu überzeugen, in den Dienst zurückzukehren.

Außerdem gönnte er Roth die Genugtuung nicht, ausgerechnet von ihm, der LKA-Größe schlechthin, gebraucht zu werden.

Dass der Hotelmanager jedoch gar nicht verlangt hatte, er solle Roth holen, da er ausschließlich mit ihm über seine Beteiligung an der ›Operation Nanotechnologie‹ sprechen würde, sondern Schmalz das bekannteste der Zitate Götz von Berlichingens ins Ohr geflüstert hatte, behielt der geflissentlich für sich.

Zum einen war das seine Rache an diesem eingebildeten Schnösel, der immer so tat, als sei er Luft für ihn. Zum anderen konnte er auf diese Art und Weise seinen Vorgesetzten wieder ins Team zurückholen.

***

Hauptkommissar Roth, der von Mehling und Toni in seinem behelfsmäßigen Büro im Bad Mergentheimer Polizeirevier herzlich begrüßt wurde, ließ sich von den beiden berichten, was es in der Zwischenzeit für Neuigkeiten gegeben hatte.

Dass der ungeliebte LKA-Weber das Feld geräumt hatte und seine restlichen Ermittlungen nun von Stuttgart aus koordinieren würde, freute die zwei jedoch am meisten.

»Holzapfel scheidet also als Täter aus«, erklärte Mehling selbstbewusst. »Was den Mord an Viktor angeht. Wegen der Firmenspionage hat ihn weiterhin das LKA am Wickel. Allerdings muss er hierfür keine hohe Haftstrafe fürchten, da er als Kronzeuge sicherlich ein sehr gutes Angebot des Staatsanwaltes erhalten haben dürfte. Ferner wurde er darüber hinaus in das Zeugenschutzprogramm aufgenommen. Das er, bei der Auswahl seiner Feinde, mit Sicherheit auch wirklich brauchen wird.«

»Den ominösen Besucher, der mit Viktor so heftig gestritten hatte, können wir auch ausschließen, bei dem handelte es sich nämlich um Weber selbst, wie er uns erklärte«, merkte Toni an.

»Das ist mir bereits bekannt«, erwähnte Roth. »Das geschah während seines Einsatzes als verdeckter Ermittler. Ist es aber nicht ungeheuer interessant, dass Weber ausgerechnet Viktor Kabadzhiev in Verdacht hatte, der Drahtzieher dieser Werkspionage zu sein? Mit seinem Streit, den er heraufbeschwor, in der Hoffnung, Viktor könne sich dabei verraten, hat er uns aber leider nur kostbare Zeit geraubt. Die hätten wir für die Aufklärung des Mordes viel notwendiger brauchen können.«

»War Ihr Besuch bei dem Reiseleiter wenigstens erfolgreich?«, wollte Toni neugierig wissen.

»Was immer er mit der Angelegenheit zu tun hat, er weiß es auf jeden Fall nicht mehr. Er kann sich an restlos gar nichts mehr erinnern!«, klärte Schmalz ihn auf. »Man hat ihm verschiedene Substanzen eingeflößt, die hochgradig toxisch sind und von denen man nicht so ganz genau weiß, inwieweit sie sich im menschlichen Körper abbauen. Der eine oder andere dieser Wirkstoffe kann auch irreparable Schäden am Gehirn hervorrufen. So dass er sich durchaus für sehr lange Zeit an nichts mehr wird erinnern können. So erklärte es uns auf jeden Fall sein behandelnder Arzt.« Er machte eine kurze Pause und fuhr dann fort: »Ach, ja, der Portier ist seit gestern Abend zur Fahndung ausgeschrieben. Es kann also nicht mehr lange dauern, bis wir ihn endlich haben und zu den Ereignissen befragen können.«

»Von meiner Seite gibt es auch Neuigkeiten zu berichten«, begann Roth. »Ihr Vater, Toni, hat uns, wie Sie wahrscheinlich von ihm längst wissen werden, bei unseren vielen Recherchen in großartiger fachmännischer Art und Weise unterstützt.«

»Ich weiß«, antwortet er. »Allerdings hat er kein Sterbenswörtchen über die Details gesagt, noch ein eventuell erzieltes Ergebnisse verraten. Ein richtiger Geheimnisgräber ist der seit Neuestem.«

»Das haben Sie ausschließlich mir zu verdanken. Ich habe ihn zu absolutem Stillschweigen vergattert. Auch, beziehungsweise, gerade der eigenen Familie gegenüber. Nicht, um Sie von der Ermittlung auszuschließen, sondern alleine, um Sie und Ihre Frau Mutter zu schützen.«

»In meinem Vater hätten Sie wirklich eine hundertprozentig vertrauensvollen Mitarbeiter gefunden. Wenn er nicht schon im

Ruhestand wäre, gäben Sie beide wirklich ein super Team ab. Der würde eher sterben, als auch nur die kleinste Kleinigkeit zu verraten!«

»Da bin ich mir vollkommen sicher, Toni!«

***

Hans-Georg hatte seinen Laptop mit in Herberts Zimmer genommen. Da stand er betriebsbereit auf dem Schreibtisch. Der pensionierte Pfarrer saß davor und rief eine bestimmte Webseite auf. Auf dem Bildschirm erschien ein Symbol, bei dem es sich allem Augenschein nach um ein stilisiertes heraldisches Symbol handelte.

Hans-Georg betätigte einige Tasten und auf dem Bildschirm verwandelte sich nach und nach das simplifizierte Bild zu einem gestochen scharfen Foto, auf dem klar und unmissverständlich ein Wappen zu erkennen war.

»Ich habe einmal unter den bulgarischen Adelsfamilien recherchiert und was soll ich sagen? Ich bin selbstverständlich fündig geworden!«

»Das hast du uns gestern schon gesagt. Glaubst du, dass ich schon so senil bin, dass ich mir das nicht mehr merken kann?«, lachte Herbert. »Oder bist du tatsächlich so vergesslich, dass du heute schon nicht mehr weißt, was du uns gestern erst erzählt hast? Oder frei nach Adenauer: ›Was kümmert mich heute mein Geschwätz von Gestern!‹«

»Gestern hatte ich herausbekommen, dass es sich bei dem Symbol, das auf dem Ring zu sehen ist, ganz allgemein um ein Familienwappen handelt. Jetzt weiß ich aber zudem, zu welcher Familie das Wappenbild explizit gehört. Das ist ein gewaltiger Unterschied, Herbert! Es war eine große Überraschung für mich, als ich langsam begriff, welche Familie ausgerechnet dieses Wappen auf ihrem Schild trägt.«

»Nun spanne mich nicht länger auf die Folter! Spuck es endlich aus!«

»Es ist das Wappen der Grafen von Wollkov. Eine sehr alte bulgarische Adelsfamilie. Der bekannteste Vertreter dieser Familie war Konstantin Graf Wollkov, seines Zeichens Adjutant seiner Majestät, des Zaren Ferdinand I. von Bulgarien. Er weilte im Januar 1924, anlässlich der Fürstenhochzeit hier in Bad Mergentheim.«

»Langsam, langsam, Hans-Georg! Das ist doch derjenige, der zu jener Zeit die schwarzen Herrenschuhe in Auftrag gegeben hatte, oder?«, wollte Herbert nachdenklich wissen. »Wie kommt ausgerechnet sein Wappen an den Finger eines hiesigen Hotelportiers? So einer ist doch mit Bestimmtheit kein Mitglied dieser Familie.«

»Das kann ich mir jetzt auch nicht erklären, Herbert, aber genau so ist es nun einmal. Ein Irrtum ist ausgeschlossen!« Hans-Georg zog die Schultern hoch. »Um das definitiv herauszufinden, sollten wir uns unbedingt schleunigst mit dem Johannes unterhalten. Meinst du nicht auch?«

»Unbedingt, Hans-Georg! Unbedingt! Aber wir sollten zuerst einmal auf unseren Terminplan schauen, nicht dass wir längst irgendwo erwartet werden. Ich fürchte tatsächlich, dass ich noch einen Termin in der Bäderabteilung für ein Stangerbad habe.«

»Du schaust jetzt sofort nach deinem Behandlungsplan und ich rufe derweil Johannes an.«

***

Roth saß an Holzapfels Krankenbett, während Mehling am Fußende des Bettes stand. Sie besprachen mit dem Hotelmanager die Modalitäten seiner Teilnahme am Zeugenschutzprogramm.

»Herr Weber hat mich wissen lassen, dass er Sie heute in der Nacht abholen kommt. Sie werden am frühen Abend kollabieren und daraufhin natürlich in die Intensivstation verlegt. In ihrem Bett liegen jedoch nicht Sie, sondern einer meiner Männer. Die Schwestern und der Stationsarzt, die sich um Sie kümmern werden, veranstalten dabei eine wilde Hektik, so dass alle Leute auf der Station mitbekommen, was vor sich geht. Sie werden aus ihren Zimmern kommen, um zu sehen, was los ist. In diesem Tumult wechseln Sie das Zimmer, von wo aus Sie am nächsten Tag ganz offiziell verlegt werden. An einem passenden Ort wechseln Sie vom Sanitätsauto in einen zivilen PKW des Landeskriminalamtes. Ab da übernimmt Sie Herr Weber und bringt Sie an einen sicheren Ort«, beendete Roth seine Erklärung.

»Glauben Sie, dass das klappen wird?«, wollte Holzapfel Roths persönliche Meinung zu diesem Plan wissen.

»Ich denke schon. Schließlich macht Weber das nicht zum ersten Mal. Bis jetzt hat es immer funktioniert. Es wird auch bei Ihnen sicherlich nichts schiefgehen, glauben Sie mir!«, beruhigte Roth den Patienten.

»Ihr Wort in Gottes Ohr!«

»Also, Herr Holzapfel, dann wünsche ich Ihnen alles Gute!« verabschiedete sich Roth. Mehling folgte ihm wortlos.

Als sie auf ihrem Weg nach draußen an den beiden Polizisten vorbeikamen, die heute für die Bewachung und Sicherheit der vier in den Fall involvierten Männer verantwortlich waren, stellten sie fest, dass die Anzahl der Beamten verdoppelt worden war. Vier uniformierte Kollegen saßen oder standen vor den drei Zimmern verteilt.

Roth und Mehling unterhielten sich kurz mit ihnen. Im Gegensatz zu Weber, fragte Roth, ob sie etwas bräuchten. Kaffee zum Beispiel. Als sie das Angebot annahmen, schickte er Mehling in die Cafeteria, um sich darum zu kümmern.

Während er sich noch mit den Männern unterhielt, kamen der Stationsarzt und eine Schwester aus dem Zimmer, in dem die beiden Schläger untergebracht waren. Hierbei gelang es Roth einen Blick in das Innere des Krankenzimmers zu werfen. Es war nur ein kurzer Augenblick, in dem er freie Sicht auf einen der Patienten hatte, der in seinem Bett lag. Vor ihm auf der Bettdecke lagen mehrere Blätter, bei denen es sich um Unterlagen handelte, die ihm sein Anwalt mitgebracht hatte. Verbunden mit der Bitte, diese Unterlagen sorgfältig zu lesen und im Anschluss zu unterschreiben.

Um dem Wunsch seines Rechtsbeistandes nachkommen zu können, setzte der Verletzte umständlich, da beide Hände bandagiert waren, seine Brille auf.

Hierbei handelte es sich um eine runde Nickelbrille, wie Roth in dem kurzen Augenblick deutlich erkennen konnte.

Als Mehling mit zwei Thermoskannen und vier Tassen aus der Cafeteria zurückgekommen war und die Polizeibeamten versorgt waren, schlug Roth vor, den Schlägern, die in dem Zimmer hinter ihm lagen, auch einen kurzen Besuch abzustatten.

Roth ging zielorientiert auf den Mann zu, der immer noch damit beschäftigt war, die Unterlagen seines Anwaltes durchzulesen.

»Ich hoffe sehr für Sie, dass Sie zu dem Personenkreis gehören, von denen in der Werbung von ›Des Anwalts Liebling‹ gesprochen wird!

»Was bist du denn für ein Spaßvogel?«, erwiderte der Mann ruhig, den Roth auf gut zwei Meter Körpergröße schätzte, was, da der Mann in seinem Bett lag, gar nicht so einfach war.

»Ah«, machte der Kriminaler. »Entschuldigen Sie bitte! Ich habe mich Ihnen ja noch gar nicht vorgestellt! Roth ist mein Name. Kriminalhauptkommissar Eugen Roth. Mordkommission Heilbronn.«

»Cool! Habt ihr noch mehr solche Clowns bei euch in der Truppe?«, wollte der Angesprochene von Mehling wissen, ohne seinen Blick von dem Dokument zu nehmen, das er gerade in der Hand hielt.

Mehling setzte zu einer Erwiderung auf diese Unverschämtheit an, als Roth ihm ein Zeichen gab, das seinem Mitarbeiter sagen sollte, dass er sich das bitte für später aufsparen solle.

»Von wem hatten Sie die Nachricht bekommen, die Sie dem kleinen Jungen mit dem Auftrag, diesen doch bitte im *Palais Madeleine* abzugeben, in die Hand gedrückt haben?«

»Ich weiß überhaupt nicht, wovon Sie reden, Herr Inspektor!«, machte der Hüne einen auf lässig.

»Spuck es schon aus!«, mischte sich Mehling ein. »Du wirst uns doch nicht allen Ernstes erzählen wollen, dass du dir diesen Code ausgedacht hast. Ich bezweifle nämlich stark, dass so einer wie du überhaupt des Lesens und des Schreibens mächtig ist.«

»Ich habe mir doch gleich gedacht, als ihr beiden ins Zimmer kamt, dass ihr etwas gegen mich habt. Ich muss euch aber leider mitteilen, dass mich mein Anwalt gerade schriftlich darauf hingewiesen hat, bloß nicht mit den Komikern von der Polizei zu sprechen. Schon gar nicht mit denen von der Heilbronner Mordkommission! Zumindest so lange nicht, bis der Herr Anwalt bei unserem kleinen Gespräch anwesend ist.«

»Dann seien Sie doch bitte so freundlich und richten ihm aus, dass wir auf ihn warten.«

»Der ist ja eh schon auf dem Weg hierher.«

»Sie sind sich absolut sicher, dass Sie ohne ihren Rechtsbeistand kein Wort mit uns wechseln wollen?«, probierte es Roth erneut.

»Kein einziges Wort! Mein Paragrafenreiter wird von mir überdimensional gut bezahlt, dann kann der auch ruhig einmal etwas dafür tun. Meinen Sie nicht auch?«

»Wenn Sie das sagen!«, antwortete Mehling. Roth ging schon vor in Richtung Cafeteria, wo er die Zeit, bis der Anwalt des Schlägers im Krankenhaus eintraf, für eine Kaffeepause nutzen wollte. Mehling folgte ihm dicht auf den Versen.

Doktor Braun, wie der Anwalt hieß, hatte sich ganz schön Zeit gelassen. Als ihn Roth vor dem Zimmer seines Mandanten abfing, um ihm mitzuteilen, dass er nun den Hünen befragen werde, erklärte der Anwalt dem Kriminaler, dass das ein gewaltiger Irrtum sei. Erstens würde er mit seinem Schützling erst einmal allein sprechen und zweitens müsse erst durch einen medizinischen Sachverständigen abgeklärt werden, ob sein Mandant, zumindest was die Strafprozessordnung angehe, überhaupt vernehmungsfähig sei. Immerhin habe er Verletzungen davongetragen, die das unwahrscheinlich erscheinen ließen.

»Ich denke«, fing Roth an, »ich werde den Staatsanwalt über Ihre Forderung in Kenntnis setzen. Ich kann mir fast nicht denken, dass der Ihrem kleinen Wunsch nicht entsprechen wird. Allerdings wird er den behandelnden Arzt des Mannes als kompetent genug vorschlagen, um sich eine Meinung von ihm und seinem körperlichen und geistigen Zustand zu machen. Was meinen Sie? Könnten Sie sich dem Urteil dieses Mediziners beugen?«

Überrascht nahmen Roth und Mehling zur Kenntnis, dass sich der Jurist damit einverstanden erklärte.

Roth ging auf dem Weg zurück ins Krankenzimmer im Schwesternzimmer vorbei, wo er sich nach dem Stationsarzt erkundigte. Der befände sich bei der Visite und wäre noch eine ganze Weile damit beschäftigt, erhielt er als Antwort auf seine Frage.

Roth bedankte sich für die Auskunft und machte sich auf die Suche nach der Visite. Die fand er gar nicht so weit von dem Zimmer entfernt, in dem sich die zwei Ganoven befanden.

Als der kleine Trupp, angeführt vom Oberarzt, das Zimmer verließ, nahm er den jungen Stationsarzt beiseite und erklärte ihm die vertrackte Situation. Auf die Frage, ob der Verdächtige vernehmungsfähig sei, antwortete der Arzt mit einem überzeugten Ja. Auf die weitere Frage, ob er das auch dessen Anwalt mitteilen würde, antwortete er erneut mit einem klaren Ja. Mehling nahm den Mediziner mit in das Krankenzimmer, in dem sich momentan der Verdächtige und sein Anwalt aufhielten. Den zweiten der Patienten hatte ein Pfleger in Roths Abwesenheit, begleitet von einem der Polizisten aus dem Flur, zu einer weiteren Untersuchung abgeholt.

»Walten Sie Ihres Amtes!«, verlangte Roth von dem Arzt.

*

Charly, der ältere, obdachlose Mann, dem man den Vorwurf gemacht hatte, er habe unberechtigterweise Viktors Fotoapparat an sich genommen, bezog heute schon sehr früh am Abend sein Quartier auf dem Bahnhofsgelände. Er war schon sehr wackelig auf den Beinen, da einer seiner Kumpels von der Straße heute ganz groß seinen Geburtstag gefeiert hatte. Was eigentlich gar nicht sein konnte, da er bereits vor drei Monaten schon einmal auf dessen Geburtstagsfeier gewesen war, wie er sich jetzt deutlich erinnerte. Dem Charly sollte es aber einerlei sein, im Endeffekt war er Gast und als solcher macht man sich keine Gedanken über den genauen Grund der Feierlichkeit. Schließlich will man dem Gastgeber nicht die gute Laune verderben.

Es war ein schönes Fest. Es gab Bier und Schnaps, so viel man wollte. Das ließ sich der Mann ohne festen Wohnsitz natürlich nicht zweimal sagen. Er trank auf das Wohl des Geburtstagskindes, bis er beim besten Willen keinen Tropfen mehr in sich hineinbrachte.

So stand er also vor der Tür des alten Lockschuppens und überlegte fieberhaft, was er hier eigentlich wollte. Als ihm dann doch noch einfiel, dass er sich zur Ruhe begeben wollte, verspürte er einen gewaltigen Druck auf seiner Blase. Das ist einer der Nachteile des Älterwerdens, dachte er. Früher hatte er einen Kasten Bier alleine trinken können, ohne auch nur einmal pinkeln zu müssen. Aber heutzutage konnte er gar nicht so schnell trinken, wie er sein Wasser abschlagen musste.

Er stolperte über das erste Gleisbett, blieb an einem gespannten Stahlseil, das irgendetwas mit einer Weiche oder einem Signal zu tun hatte, wie ihm der dicke Eduard einmal so schön erklärt hatte, und fiel der Länge nach hin.

»Ach ja, der arme Eduard, was der wohl jetzt macht?«, sprach er mit sich selbst. Dann kicherte er schrill. »Eigentlich schade, dass er nicht zu der schönen Feier gekommen ist. Wir hätten bestimmt wieder eine Mordsgaudi gehabt. Wie wir eigentlich immer sehr großen Spaß miteinander hatten«, sprach er, jetzt aber mit einem melancholischen Unterton in der Stimme. Ihm war plötzlich zum Weinen zumute.

Mit diesen trübseligen Gedanken schlief er auch ein. Er träumte davon, welch wunderschöne Feste er früher mit dem Eduard gefeiert hatte. Was hatten sie nicht alles getrunken damals!

Plötzlich passte irgendetwas nicht mehr zu seinem schönen Traum. Es war eindeutig ein Geräusch, das hier nicht her gehörte. Außerdem bohrten sich grelle Blitze tief in sein Hirn. Er brauchte einige Zeit, bis er wahrnahm, dass die menschliche Stimme die er hörte, mit ihm zu sprechen schien. Es kostete ihn viel Kraft, die Augen zu öffnen. Das grelle Sonnenlicht, das ihm direkt in das Gesicht schien, wurde immer wieder durch einen Körper verdeckt, der versuchte, sich mit ihm zu unterhalten. So viel zu den Blitzen! Bevor er wieder einschlief, rüttelte irgendjemand wild an seiner Schulter. Er hätte denjenigen am liebsten umgebracht. Noch einmal öffnete er seine Augen und erschrak beinahe zu Tode. Instinktiv schloss er seine Augen. Er schnaufte dreimal tief durch, dann öffnete er seine Augen erneut. An dem Bild, das sich ihm bot, hatte sich nichts geändert. Er sah direkt in Eduards wasserblaue Augen. Tränen der Freude liefen ihm über das Gesicht. Charly wollte seinen Kumpel in die Arme schließen, was ihm jedoch nicht gelang. Er konnte sich nicht erklären, warum das so war.

Als Eduard ein Taschenmesser hervorholte und es vor Charlys Gesicht aufklappte, fürchtete er zuerst, dass nun sein letztes Stündchen geschlagen habe. Wie konnte ihm sein bester Freund nur so etwas antun? Mit zwei schnell ausgeführten Schnitten, durchtrennte sein Kumpel aber nur seine Fesseln. Als er langsam realisierte, dass er mit Händen und Füßen an ein Bahngleis gefesselt war, wurde ihm spontan fürchterlich schlecht.

»Hast du ein Glück gehabt!«, hörte er aus großer Entfernung seinen Kumpel sagen. »Wäre der Zug nicht in eine Schafherde gefahren, die gerade ein Gleis überquerte, und hätte dadurch nicht das Gleis blockiert, hätte der dich in deine sämtlichen Einzelteile zerlegt!«

Charly konnte sich nicht länger beherrschen. Er spie dem irritiert schauenden Eduard direkt vor die Füße.

Als sich sein Magen nun einigermaßen beruhigt hatte, besah er sich Eduard genauer. Er war seinem ›Retter im letzten Moment‹ unheimlich dankbar! Seine bis dahin überwiegend freundschaftliche Stimmungslage, verwandelte sich jedoch in Windeseile in einen schier unbändigen Zorn!

Um Eduards Hals baumelte, von einem breiten, schwarzen Band gehalten, die gesuchte Kamera!

***

Bad Mergentheim, 25. Januar 1924

Gottlob hatte nach reiflicher Überlegung den Tag der alles überragenden Fürstenhochzeit als den am besten geeigneten Zeitpunkt auserkoren, um seinen genialen Plan letztendlich in die Tat umzusetzen.

Zum einen würde ein solch grandioses Ereignis, wie es aller Voraussicht nach nur einmal in Bad Mergentheim stattfinden würde, eine spannungsvolle, ausgelassene Stimmung in der ganzen Stadt hervorrufen, wie es sie ansonsten noch nie in der Tauberstadt gegeben haben dürfte. Was wiederum bedeutete, dass jeder damit beschäftigt sein würde, etwas von diesem Glanz und Gloria auf seine eigene Person fallen zu lassen.

Niemand würde sich auch nur einen Deut darum kümmern, wenn er zu später Stunde zwei jungen, adeligen Herren auf der Suche nach ihrer Pension in den verwinkelten Gassen der Stadt begegnen würde. Noch dazu, wenn sich die beiden in einem heiteren, angetrunkenen Zustand befänden.

Zum anderen würde bei diesem überdimensional hohen Aufkommen an gekrönten Häuptern, diversen Mitgliedern des Hochadels und der bürgerlichen Prominenz aus Politik und Wissenschaft, Vadims kurzfristiges Fehlen nicht auffallen. Sobald er den jungen Baron sicher verwahrt und zumindest die optische Verwandlung von Gottlob zu Vadim vollzogen haben würde, stünde seinem Glück wirklich nichts mehr im Wege. Er hatte weiterhin geplant, Vadims Entführung vorzutäuschen und nach Zahlung des Lösegelds, das seine erheblichen Ausgaben wieder wettmachen würde, an seiner Stelle wieder aufzutauchen.

Bis dahin, so war er sich absolut sicher, wären auch die letzten Festteilnehmer abgereist. Er würde also keine Gefahr laufen, von irgendjemandem erkannt zu werden. Da er vorhatte, einen schweren Schock vorzutäuschen, blieb ihm nach dem Wiederauftauchen ausreichend Zeit, sich in die bis dato noch ungewohnte Rolle einzuarbeiten.

Was die sprachliche Barriere betraf, so hatte er im Vorfeld ohnehin schon mit Bogomir begonnen, elementare Grundbegriffe der bulgarischen Sprache zu lernen. Schließlich hatten sie vor, gemeinsam den Sommer auf dem väterlichen Gut Bogomirs zu verbringen. Zugute kam Gottlob der Umstand, dass Vadim seine Muttersprache nicht einmal annähernd beherrschte.

Zufrieden mit seinen bisherigen Vorbereitungen, machte sich Gottlob für das Diner zurecht, das er mit seinen neuen Freunden im Gasthof Spaht einnehmen würde. Anschließend ging es dann mit Sicherheit in eines der kuscheligen Etablissements, in denen sich die drei wie zu Hause fühlten.

Gottlob würde den heutigen Abend auch dazu nutzen, die spezielle Mimik und Gestik Vadims zu studieren. Außerdem würde er versuchen, wieder einige Vertraulichkeiten aus dessen Leben zu erfahren.

Spät am Abend stellte Gottlob fest, dass er die nächsten Tage vorsichtiger sein müsste, was seine ›Neugier‹ betraf. Bogomir stellte lachend fest, dass man beinahe den Eindruck gewinnen könne, Gottlob wolle Vadim aushorchen.

***

11. Kapitel

»Heute Morgen könnte ich wieder einmal zehn Hände auf einmal haben und trotzdem wären es noch zu wenig«, seufzte Toni. »Jeder kommt und sagt, dass ich das noch machen soll und dies noch nicht erledigt sei, und wenn ich endlich mit dem einen fertig bin, soll ich sofort mit dem anderen beginnen. Ich weiß einfach nicht mehr, wo mir der Kopf steht.«

»Wenn ich dir bei irgendetwas behilflich sein kann, dann lass es mich wissen«, bot Mehling seinem Kollegen Hilfe an. »Ich habe im Moment noch etwas Luft. Wenn ich dir also etwas abnehmen kann, dann sag es!«

»Das wäre toll! Würdest du dich bitte um das Protokoll der Vernehmung des Rambos aus dem Krankenhaus kümmern«, nahm Toni das Angebot sogleich an. »Hilde hat sich wieder einmal krankgemeldet, deswegen müssen wir uns jetzt auch noch selbst um den ganzen Schreibkram kümmern. Das Diktiergerät liegt noch auf ihrem Schreibtisch. Also, wenn du das übernehmen würdest, wäre das super von dir!«

»Mache ich doch gern«, antwortete Mehling gut gelaunt und holte sich das Gerät aus dem Nachbarbüro.

Sie hörten Minuten später den Türöffner summen und kurz danach eine ihnen bekannte Stimme, die sich nach Herrn Roth erkundigte. Der Diensthabende an der Pforte antwortete eben, dass der Herr Hauptkommissar leider noch nicht im Hause sei, als Mehling und Toni fast gleichzeitig riefen, dass sie sich um den Herrn kümmern.

»Um *die* Herren«, korrigierte der Diensthabende und brachte zwei Männer zu ihnen.

Da standen die zwei nun und waren total aufgeregt. Der Charly und der dicke Eduard.

»Wir haben da etwas, was Sie bestimmt brennend interessieren wird.« Charly öffnete eine Plastiktüte mit dem Aufdruck eines sehr großen Discounters, der sowohl im Norden, als auch im Süden der Republik jede Menge an Filialen besitzt, und holte die Kamera heraus, die schon so lange gesucht wurde.

Mehling nahm sie entgegen und wollte von den beiden wissen, wo die denn auf einmal herkomme.

»Der gute Eduard hatte sie umhängen, als er mich gestern Abend von dem Bahngleis abgeschnitten hat, an das mich irgendwelche Verbrecher gefesselt hatten«, gab Charly eine Erklärung ab. »Die hatten es wirklich auf mein Leben abgesehen. Umbringen wollten die mich, Herr Kommissar! Da müssen Sie sich bei Gelegenheit mal drum kümmern!«

»Stopp! Ganz langsam! Noch einmal zum Mitschreiben. Der Eduard hatte also den Apparat umhängen? Wie gelangte der dann in Ihre Hände?«

»Das ist eine sehr lange Geschichte, die erzähle ich Ihnen später. Wichtig ist doch jetzt nur, dass der Apparat wieder hier ist!«, antwortete der Gefragte.

Mehling nickte zustimmend und wollte weiterhin wissen, was es mit diesem erwähnten Bahngleis auf sich habe.

»Das tut im Augenblick eigentlich auch nichts zur Sache«, wiegelte Eduard ab. »Schließlich war das Gleis bereits stillgelegt, da hätte ja gar kein Zug mehr kommen können! Da fehlen gut fünfzig Meter bis zum nächsten Anschluss.«

»Na gut, dann erzählen Sie mir das eben auch erst später. Haben Sie sich den Fotoapparat genauer angesehen?«

Die beiden machten ein unschuldiges Gesicht, weshalb Mehling fragte: »Sind die Bilder wenigstens noch gespeichert oder hat sie jemand von Ihnen in der Zwischenzeit gelöscht?«

»Nein, sie sind alle noch drauf! Kein einziges wurde gelöscht!«, riefen die beiden gleichzeitig.

Während sich Mehling die auf der Kamera abgebildeten Fotos ansah, klärte Eduard den Toni über die Gleisaktion auf. Charly war am frühen Abend schon wieder so betrunken gewesen, dass er einfach über die Gleise marschierte, ohne sich um den Zugverkehr zu scheren. Wie schnell könnte es passieren, dass er von einer Lokomotive erfasst und dabei getötet würde. Ein paar Lausbuben haben sich, als sie ihn dort fanden, einen Spaß daraus gemacht und ihn an die Schienen eines stillgelegten Gleises gefesselt. Das Gras am Bahndamm und zwischen den Schienen ist bereits über einen halben Meter hoch gewachsen.

»So, wie es aussieht, ist die Person auf diesen Fotos und die, die auf dem Foto abgebildet ist, das wir aus Sofia erhielten, tatsächlich ein und dieselbe!«, stellte Mehling am Ende seiner Begutachtung fest. »Haben uns die Bulgaren wirklich einen Bären aufgebunden? Wenn ja, warum?«

»Das müssen Sie schon selber herausfinden, das können wir nicht auch noch für Sie übernehmen«, antwortete Eduard und fragte im Anschluss doch allen Ernstes, ob sie nicht Anspruch auf einen Finderlohn hätten. »So eine wertvolle Kamera kostet bestimmt ein paar tausend Euro!«

***

»Das ist doch mit Sicherheit kein Zufall, dass ausgerechnet das Wappenbild der Familie Wollkov eine so große Rolle spielt. Das kann doch wirklich nicht sein!«, zog Hans-Georg die Behauptung in Zweifel, die Johannes erst einen Tag zuvor aufgestellt hatte. »Ein kleiner Portier aus Bad Mergentheim ist ausgerechnet mit einer Familie liiert, deren frühen Wurzeln dem bulgarischen Hochadel entspringen?« Ungläubig schüttelte er wieder und wieder den Kopf. »Ich kann das einfach nicht glauben! Das passt doch auch gar nicht richtig zusammen!«

»Woher hat er aber dann den Ring?«, stellte Herbert eine Gegenfrage. »Wenn er ihn gestohlen hätte, wäre das Erste, was der rechtmäßige Besitzer getan hätte, den Diebstahl bei der Polizei anzuzeigen! Allein schon um den Schutz der Versicherung nicht zu verlieren! Andererseits trug er jeweils einen sehr teuren Anzug, als ich mit ihm gesprochen habe. Die kamen keinesfalls von der Stange. Auch die Schuhe waren mit Sicherheit nicht billig. Bei der Uhr, die er trug, war ich erst der Meinung, dass es sich um ein Plagiat handelte. Inzwischen kann ich mir durchaus vorstellen, dass es tatsächlich ein Original Exemplar des Herstellers nobler Uhren im sogenannten Hochpreissegment war!«

»Und was ist mit dem Kerl, der dem Reiseleiter einen Besuch abgestattet hat? Gehört der auch zur Familie? Ich weiß nicht, aber irgendetwas stimmt da doch nicht im Staate Dänemark!«, blieb Hans-Georg hartnäckig bei seiner Meinung. »Da stinkt etwas gewaltig zum Himmel!«

»Johannes wird gleich kommen, dann soll er uns den Zusammenhang noch einmal genau erklären!«

Da kam der pensionierte Lehrer auch schon immer zwei Stufen

auf einmal nehmend die Treppe zur Terrasse hochgelaufen. Die war bei diesem herrlichen Wetter bei allen Patienten sehr begehrt. Es war mitunter nicht einfach, noch einen schattigen Platz zu ergattern. Zum Relaxen gab es wirklich kein besseres Plätzchen als dieses. Da es den dreien dann doch zu unruhig wurde, wechselten sie nach drinnen, in das feudale Foyer. Sie richteten sich, wie so oft, in der Nähe des Kaffeeautomaten ein. Nachdem jeder eine Tasse vor sich auf dem Tisch stehen hatte, bat Herbert Johannes, zu wiederholen, was er bezüglich des Wappens und des Rings herausgefunden hatte.

»Es gab, beziehungsweise es gibt immer noch, einen großen Siegelring, auf dem das Wappen hervorragend zu erkennen ist. Den trug oder trägt, das ist heutzutage sicher noch exakt so wie früher, der jeweilige Chef des Hauses. Dann gab es mehrere kleinere, bei denen war das Abbild des Wappens stilisiert abgebildet. Solche Preziosen trugen aber ausschließlich diejenigen, die zur unmittelbaren Familie gehörten. Zuletzt gab es noch einige Ringe, die um Etliches kleiner waren als die der mittleren Größe. Da muss man sich schon anstrengen, um das Familienwappen noch zu erkennen. Diese Ringe wurden an entferntere Verwandte vergeben, die sich um die Familie verdient gemacht hatten. Oder an Vertrauensleute des Familienoberhauptes, die in seinem Namen sehr wichtige Geschäfte oder Verhandlungen führten. Das Schmuckstück galt in diesen Fällen sozusagen als Legitimation des jeweiligen Trägers. Und zwar ausschließlich!«

»Jetzt, wo du das so sagst, fällt es mir auch wieder ein«, lachte Hans-Georg und öffnete die Frischhaltebox, die er mitgebracht hatte. »Nichts ist so wichtig für den menschlichen Organismus, wie eine kleine Zwischenmahlzeit. Bitte langt zu!«, forderte er die beiden anderen auf. Dann nahm auch er sich ein Stück Marmorkuchen aus der Box.

Johannes, der gemerkt hatte, dass er am besten noch einmal die Geschehnisse von 1924 aufgreifen sollte, begann, solange die zwei noch ihren Kuchen aßen, zu berichten.

»Graf Konstantin Wollkov, der Adjutant des bulgarischen Zaren, hatte die Aufgabe, sich um die Hochzeit zu kümmern, an seinen Stellvertreter und Sohn Bogomir delegiert. Der war bereits Wochen vor dem Fest in Bad Mergentheim. Sein Cousin Vadim Baron Atanassov verbrachte die Feiertage gemeinsam mit ihm und einem gemeinsamen Freund, den Bogomir erst kurz davor hier in Bad Mergentheim kennengelernt hatte«, fasste Johannes die Ereignisse kurzerhand zusammen. Man habe nach der Hochzeit festgestellt, dass Vadim verschwunden war. So habe es auch niemanden wirklich überrascht, als urplötzlich eine Lösegeldforderung auftauchte. Als die Familie die Forderung erfüllt hatte, sei die Geisel im Kurpark, an eine Bank gefesselt, tatsächlich von einem Passanten aufgefunden worden.

»So weit, so gut!«, schloss Johannes seine Wiederholung ab. »Das wusstet ihr schon. Aber dass es im selben Jahr zu noch einer weiteren, allerdings nicht ganz so bedeutenden Hochzeit wie die Fürstenhochzeit kam, hatte ich glaube noch nicht erwähnt. Der entführte Baron hielt nur einige Monate nach seiner Freilassung um die Hand der Tochter des Eigentümers des Hotels und Gasthofs Spaht an. Der alte Spaht konnte sein Glück kaum fassen. Ein echter Baron, der noch dazu aus einer unglaublich wohlhabenden Familie stammte. Er war zwar seit der Entführung ein wenig sonderbar, aber das würde sich mit der Zeit schon wieder geben, dachte sich der alte Spaht.«

»Das ist ja sehr interessant, aber was hat das mit den Ringen zu tun?«, stellte Hans-Georg eine Zwischenfrage. »Es geht doch im Moment um die Frage, wie kamen die beiden an diese Ringe?«

»Dazu müssen wir uns nun um den jeweiligen Werdegang der beiden Männer kümmern«, schlug Herbert vor. »Heute Abend schaut Leopold noch einmal bei mir vorbei, bevor er sich wieder auf den Weg nach Berlin macht. Ich werde ihn fragen, ob er vielleicht herausfinden kann, was mit diesen beiden bulgarischen Familien in der Zeit nach der Hochzeit geschehen ist.«

Von allen Seiten strömten plötzlich Patienten an ihnen vorüber, die Richtung Speisesaal liefen. Herbert war jedes Mal aufs Neue davon fasziniert, wie kreativ ältere Leute plötzlich werden können, wenn es darum geht, die Pole-Position vor der Tür des Speisesaals zu ergattern. Wobei man von Zeit zu Zeit nicht mehr von Kreativität sprechen konnte. Das Verhalten seinen Leidensgenossen gegenüber grenzte bei einigen wenigen Patienten schon verdächtig nah an Boshaftigkeit.

»Ist schon wieder Zeit fürs Abendessen?«, überlegte Hans-Georg laut.

»Ich weiß«, konnte sich Johann nicht verkneifen anzumerken, »das Abendbrot ist die wichtigste Mahlzeit des Tages! Stimmt doch, oder?«

***

Die Fahndung nach dem verschwundenen Portier zeigte erste Erfolge. So nach und nach gingen auf dem hiesigen Revier Hinweise auf die gesuchte Person ein, mit denen man durchaus arbeiten konnte. Mehrere glaubwürdige Zeugen hatten übereinstimmend ausgesagt, ihn in der näheren Umgebung gesichtet zu haben. Einmal wollte eine ältere Frau sogar auf dem örtlichen Grundbuchamt direkt neben ihm gestanden haben, wo er sich nach mehreren Eintragungen erkundigt hätte, die allerdings zu Beginn des vergangenen Jahrhunderts getätigt worden sein mussten.

Es verdichteten sich die Anzeichen, dass die flüchtige Person in einem Landgasthof, nicht einmal eine Autostunde von Bad Mergentheim entfernt, Zuflucht gefunden habe.

Roth hatte den Zugriff auf die verdächtigte Person geplant und vorbereitet und saß jetzt gemeinsam mit dem örtlichen Polizeichef in seinem Dienstwagen. Sie warteten darauf, dass der Portier in sein Zimmer zurückkehren würde, da er, wie ihnen von dem Wirt des Gasthofs berichtet wurde, bereits zu seinem obligatorischen Abendspaziergang aufgebrochen sei. Was er übrigens, wie der betont hatte, jeden Abend vor dem Essen machen würde.

Der Portier ließ sich heute ganz schön Zeit, was die Herren im Auto auf eine mächtige Geduldsprobe stellte. Roth fürchtete schon, dass sie eventuell doch zu spät gekommen waren. Oder, dass er von dem geplanten Zugriff irgendwie Wind bekommen habe und sich deshalb rechtzeitig abgesetzt hatte.

Es dauerte eine geraume Zeit, aber letztendlich kam er dann doch noch. Direkt nachdem er das Landgasthaus betreten hatte, klickten auch schon die Handschellen um die Handgelenke des Portiers. Er leistete den Polizeibeamten gegenüber keinerlei Gegenwehr, versuchte auch nicht zu fliehen.

Der Gesuchte war weder besonders überrascht von der Aktion noch schien ihm die Prozedur, die er über sich ergehen lassen musste, äußerst unangenehm zu sein. Roth ging davon aus, dass der Mann noch ordentlich etwas in petto haben würde, da er den Beamten gegenüber den Eindruck erweckte, dass er fest davon überzeugt sei, schnell wieder auf freiem Fuß zu sein.

Vor Ort machte er nur Angaben zu seiner Person. Ansonsten verweigerte er die Aussage und verlangte, seinen Anwalt konsultieren zu dürfen.

Eine Stunde später saßen Roth und Schmalz im Bad Mergentheimer Revier dem Portier gegenüber. Der Hauptkommissar hatte dem Verdächtigen mehrfach erklärt, dass sich sein Rechtsbeistand auf einer Tagung in Hamburg befände und sich deshalb ein Mitarbeiter der Kanzlei in Bälde auf den Weg machen würde. Der müsse sich vorher aber erst noch mit seinem Chef absprechen, was nicht einfach sei, bei dem Trubel, der auf einer solchen Veranstaltung herrsche. Daher würde es noch eine Weile dauern, bis der hier einträfe.

Den Vorschlag Roths, ihm inzwischen bereits einige seiner Fragen zu beantworten, lehnte er kategorisch ab.

»Ich verstehe nicht, dass Sie sich das Leben selber so schwer machen müssen. Sie brauchen uns doch nur ein paar simple Fragen zu beantworten und wenn sich herausstellt, dass Sie mit dem, was wir Ihnen vorwerfen, nichts zu tun haben, können Sie jederzeit das Polizeirevier wieder verlassen.«

»Dazu habe ich nichts zu sagen«, war seine Antwort.

»Wo waren Sie zu dem fraglichen Zeitpunkt?«, probierte es Schmalz nun von der anderen Richtung her.

»Ich habe keine Ahnung, wann dieser fragliche Zeitpunkt gewesen sein soll, woher soll ich also wissen, wo ich mich zu jener Stunde aufhielt?«, antwortete der Portier mit einer Gegenfrage.

»Zum Todeszeitpunkt des Opfers«, präzisierte Schmalz seine Frage. »Heute vor zwölf Tagen ungefähr zur jetzigen Uhrzeit!«

»Auch auf diese Frage antworte ich auf Anraten meines Anwaltes nicht!«

»Das macht doch so keinen Sinn!«, stellte Roth gereizt fest und sprach in das Aufnahmegerät: »Es ist 22.37 Uhr. Die Befragung des Zeugen wird durch KHK Roth unterbrochen.« Dann verließen die beiden Kommissare den Raum.

Roth stand in der kleinen, aber feinen Teeküche des Reviers

und rührte völlig in Gedanken versunken seinen Kaffee um, als sich sein Smartphone lautstark meldete. Es war Herbert, der ihm mitteilen wollte, dass er eben von Leopold äußerst spannende Neuigkeiten über den Portier erhalten habe. Als er fragte, ob er schnell im Revier vorbeikommen oder ihm alles am Telefon erklären solle, überlegte Roth nicht lange, sondern entschied zügig, dass er kurz in die Hohenlohe fahren würde.

***

Als er eine halbe Stunde später in der Kurklinik angekommen war, erwartete ihn praktisch ein vollzähliges Empfangskomitee, bestehend aus Herbert, Hans-Georg und Johannes. Er erfuhr, dass Leopold und Herbert tatsächlich ein langes Telefongespräch geführt hatten, bei dem Letzterer Neuigkeiten über den Portier erhalten hatte, die, wenn man sie sich erst einmal langsam durch den Kopf gehen ließe, schon auch Sinn machten.

Es begann damit, dass Leopold dank seiner Beziehungen zu Seiner Exzellenz, dem Herrn Botschafter, bei dem Empfang zu Ehren des neuen nigerianischen Honorarkonsuls am gestrigen Abend nun endlich Antworten auf einige seiner vielen Fragen erhalten hatte.

Dass mit dem Portier etwas nicht stimmte, ahnten durchweg alle seit Langem schon. Dass es aber so gravierend werden würde, hätte niemand gedacht. Er war, wie er von Herbert im Schnellverfahren erfuhr, nämlich gar kein kleiner Portier, sondern der reiche Hauptaktionär einer namhaften Hotelkette, zu der auch das *Palais Madeleine* gehörte. Seinen Stammsitz hatte das Unternehmen in Deutschland. In Bulgarien hat er vor etwa drei Jahren damit begonnen, nach deutschem Vorbild eine weitere Hotelkette aufzubauen. Das war mit Sicherheit eine ungeheuer große Überraschung für Roth. Aber wahrscheinlich auch für all diejenigen, die es auch erst jetzt erfahren hatten.

Dass er seine Hotels inkognito, also unter falschem Namen und einer jeweils extra für den einen Besuch ausgedachten Identität, zu überprüfen pflegte, war seinen Mitarbeitern gegenüber nicht besonders schön oder gar fair, aber doch irgendwie nachvollziehbar. Also! So weit, so gut!

Dass er aber mit richtigem Namen Alexander Wollkov hieß und er in seiner Heimat zu jenen Männern gehörte, deren jährliches Einkommen das eines gut ausgebildeten Facharbeiters um ein Vielfaches überstieg, war ein gewaltiger Schock für alle Beteiligten!

»Er ist tatsächlich ein Nachfahre unseres Grafen«, bestätigte Johannes sofort Herberts Aussage, als der eine kurze Pause eingelegt hatte. »Der Ur-Ur-Enkel, um ganz genau zu sein! Er trägt denselben Siegelring wie lange vor ihm sein Ur-Ur-Großvater!«

»So richtig mit echtem Schloss und Grafentitel? Mit allem Drum und Dran?«, erkundigte sich Roth vorsorglich noch einmal. »Mit edlem Ross, Schwert und schöner Prinzessin?«

»Beinahe«, antwortete ihm Johannes und lächelte gequält. »Als 1944 die Russen in Bulgarien einmarschierten und 1946 die Monarchie abgeschafft worden war, verlor der letzte Graf seine Adelstitel und sein Schloss samt den dazugehörigen Ländereien. Das bewegliche Hab und Gut, sofern es von erheblichem Wert war, hatte der Graf rechtzeitig, zusammen mit einer hohen Summe Bargeld und Schmuck, von einem Angehörigen zu einem entfernten Verwandten ins Badische bringen lassen. Als der Eiserne Vorhang geschlossen war, wurde es sehr ruhig um die Familie Wollkov.

Alexander, unser ›Hotelportier‹, ist der Sohn des Sohnes des alten Grafen, der damals das Familienvermögen unbedingt in Sicherheit bringen wollte. Ganz egal, wie lange es dauern würde, bis er es wieder nach Hause nach Bulgarien holen könnte. Was ihm auch gelang. Allerdings kam ihm die Schließung der Grenzen dazwischen, sodass derjenige, der es letztendlich nach Deutschland brachte und es in treue Hände übergab, nicht mehr rechtzeitig nach Sofia zurückkehren konnte oder nicht mehr zurückkehren musste. Je nachdem, von welchem Standpunkt aus man es betrachtet.

Da das Familienvermögen bereits an den Treuhänder und sehr guten Freund seines Vaters übergeben war, musste er sich, da er eine Familie zu ernähren hatte, mehr recht als schlecht durchschlagen. Er gründete ein Hotel, das er recht erfolgreich führte und damit den Grundstein für das Vermögen setzte, dass sein Sohn, der falscher Portier vom *Palais Madeleine*, in den vergangenen zwei Jahrzehnten anhäufte!

»Was hat es jetzt mit seinem Ring auf sich? Ist er tatsächlich der Chef des Geschlechts der Grafen Wollkov?«, interessierte sich Johannes für die Tradition der Adelsfamilie.

»Das ist er wahrhaftig!«, bestätigte Herbert die Tatsache, nach der er bei seinem Cousin extra nachgefragt hatte.

»Wie gehört der Mann zu der Familie, der den Reiseleiter im Krankenhaus besuchte? Er trägt auch einen dieser Ringe, allerdings etwas kleiner!«

»Das mit dem Ring wissen wir schon länger. Dass er aber einer Seitenlinie der Familie Wollkov angehört, die beinahe ausgestorben ist, wissen wir noch nicht so lange!«

»Lass mich raten, Herbert, es handelt sich um den verarmten Teil der ansonsten sehr wohlhabenden Familie Wollkov, habe ich recht?«, hakte Eugen nach.

»Exakt!«, antwortete der Gefragte.

»Der Teil der Familie, der hinter dem Eisernen Vorhang verbleiben musste?«

»Auch das ist richtig!«

Als er gut zwei Stunden später wieder zurück zu seiner Vernehmung kam, hatte Schmalz die vorbereitete Erklärung, die der Kanzleimitarbeiter gebracht hatte, bereits entgegengenommen. Auch hier erfuhr Roth Neuigkeiten, die er so nicht erwartet hätte.

***

Bad Mergentheim, 26. Januar 1924

Nachdem Gottlob die Umsetzung seines Planes bisher reibungslos gelungen war und er Vadim ohne Probleme aus dem Verkehr ziehen konnte, durfte er sich zum Endspurt seines Coups auf keinen Fall mehr auf ein Risiko einlassen. Nicht auszudenken, was passieren würde, sollte er von irgendjemandem als ›Vadim‹ erkannt werden Trotzdem musste jetzt der echte Baron aus dem Gewölbekeller verschwinden. Der Hausherr sollte in zwei Tagen zurückkehren und Gottlob wollte vor dessen Rückkehr das Haus wieder verlassen haben.

Weiterhin hatte er sich dazu entschlossen, das Problem ›Vadim‹

bei dieser Gelegenheit endgültig zu lösen. Warum sollte er sich der Gefahr aussetzen, bei einem erneuten Wechsel des Verstecks, doch noch entdeckt zu werden.

Für diesen Teil des Plans, hatte er einen alten Bekannten aus früheren Tagen engagiert. Der hatte sich auf das Verschwinden von Personen spezialisiert.

Vor einer halben Stunde hätte er schon hier sein sollen. Gottlob wurde allmählich ganz schön nervös. Was, wenn sein früherer Kumpan nicht kommen konnte? Was, falls etwas dazwischen gekommen wäre? Dafür fielen ihm gleich mehrere Möglichkeiten ein. Er selbst würde es beim besten Willen nicht fertigbringen, Vadim für immer und ewig verschwinden zu lassen. Das wäre ihm unter keinen Umständen möglich! Jedem anderen würde er, ohne mit der Wimper zu zucken, die Kehle durchschneiden. Bei Vadim hatte er jedoch starke Skrupel. Hoffentlich würde dieses Musterstück von einer unzuverlässigen Person noch rechtzeitig hier erscheinen, dachte er. Dem würde er den Marsch blasen! Dieser Kanaille! Aber zu allererst müsste der überhaupt einmal kommen und zweitens, sollte er dann schleunigst das erledigen, wofür er schließlich von ihm fürstlich bezahlt werden würde.

Gottlob hatte sich jetzt selbst schon so in Rage gebracht, dass er es beinahe nicht mitbekommen hätte, dass mehrmals an die Haustür geklopft wurde. Zu guter Letzt hörte er es doch und ließ seinen Kumpan von früher herein. Er machte ihm schwere Vorhaltungen, bis ihm dann siedend heiß einfiel, dass er für so etwas überhaupt keine Zeit hatte.

Er geleitete ihn also hinunter in den alten Keller des Hauses. Vor der dicken Türe des Gewölbekellers blieb er stehen. Gottlob ermahnte diesen Schurken noch einmal zur größten Vorsicht und trieb ihn gleichzeitig zur Eile an. Dann öffnete er das schwere Vorhängeschloss.

Aus dem alten Gewölbekeller strömte ihnen augenblicklich eine Wolke modrigen Geruchs entgegen, der ein Hauch von halbverfaultem Gemüse anhaftete. Da es bereits dunkel wurde, fand nur ein schwacher Schein der Straßenbeleuchtung seinen Weg, über die beiden schmalen Lichtschächte in das Innere des Kellers. Der gedungene Mörder, dessen scharfe Augen sich erst an das diffuse Licht gewöhnen mussten, war vor der Tür stehen geblieben, worauf Gottlob ihn an seinen Schultern packte und ihn kraftvoll in den Raum hineinschob.

Langsam und vorsichtig näherte er sich der Raummitte, in der ein eisernes Bettgestell stand. Dem Bett fehlte die Matratze. Auf dem blanken Metallrost lag eine Gestalt, die alle Viere weit von sich gespreizt hatte. Erst als sich der gewaltbereite Kerl bis auf ein paar wenige Meter dem Bett genähert hatte, stellte er fest, dass die Gestalt, die auf dem Bett lag, mit Händen und Füßen an die vier rostigen Bettpfosten gefesselt war. Über ihren Kopf war ihr ein alter, zerschlissener Jutesack gestülpt worden, um ihr die Sicht zu nehmen.

Als sich der potentielle Mörder dem Bettgestell so weit genähert hatte, dass die gefesselte Person ihn riechen konnte, versuchte die sich krampfhaft nach ihm umzudrehen. Das gelang ihr jedoch auch mit allergrößter Anstrengung nicht.

Nachdem sich die Person, die auf dem nackten Rost des Bettes lag, wie wild gebärdete, riet ihr Gottlobs ehemaliger Kumpan, sich sofort ruhig zu verhalten, dann würde ihr auch nichts geschehen.

Er nahm den Stofffetzen, auf den er eine Flüssigkeit geträufelt hatte, und hielt diesen der auf dem Bett fixierten Gestalt unter die Nase. Es dauerte nur Sekunden und das Gezappel und Gestrampel ließen abrupt nach, bis es kurz danach gänzlich aufhörte.

Der Verbrecher löste seinem Opfer die Fesseln an Armen und Beinen, dann hob er ihn hoch, als sei er ein Kind und warf sich den leblos wirkenden Körper des jungen Mannes über seine linke Schulter.

Nachdem die beiden das Anwesen verlassen hatten, richtete Gottlob alles wieder so her, wie er es vor der Einquartierung der Geisel vorgefunden hatte. Dann verschloss er den Keller wieder. Er ging nach oben, nahm sein restliches Hab und Gut, das er bereits vorher gepackt hatte, und verließ das Haus ebenfalls über den Hinterausgang, damit auch er nicht doch noch von irgendwem erkannt wurde.

Gottlob, der kleine Schreinergeselle und Totengräber aus Bad Mergentheim, war mit sofortiger Wirkung Vergangenheit. Zukünftig sollte es heißen: ›*Es lebe Vadim Baron Atanassov!*‹

***

12. Kapitel

Der sündhaft teure Promi-Anwalt war mit seinem Klienten standesgemäß im mattschwarzen 500-er Pullman vorgefahren. In ihren maßgeschneiderten Anzügen und handgearbeiteten Schuhen saßen beide recht deplatziert, wie sich Roth dachte, an dem Schreibtisch in dem behelfsmäßigen Büro. Beide sahen missmutig zu Roth, der ihnen am Tisch gegenübersaß. Er blätterte in seinen Unterlagen und las von Zeit zu Zeit ein paar Zeilen. Dann blätterte er wieder weiter.

Als der Anwalt, der sich nicht so gut im Griff hatte wie Alexander Wollkov, gerade im Begriff war, sich über die ungebührliche Behandlung beschweren zu wollen, klatschte Roth mit einem lauten Knall den Ordner auf die Tischplatte.

»So, meine Herrn!«, strahlte er die beiden fröhlich an. »Dann können wir ja endlich beginnen.«

»Das wird auch langsam Zeit!«, ließ Doktor Marquard seinem Unmut freien Lauf. »Ich kann Ihnen leider nicht versprechen, dass ich Ihre Vorgehensweise Ihrem Vorgesetzten gegenüber tatsächlich lobenderweise erwähnen werde.«

»Das ist sehr schade, der Herr Kriminalrat hätte sich bestimmt über ein Lob aus Ihrem Munde gefreut«, erwiderte der Hauptkommissar mit einem breiten Grinsem im Gesicht.

»Nun kommen Sie aber bitte endlich zum Punkt, mein Lieber!«, forderte der Herr Doktor aufbrausend. »Time is money! Aber, was erzähle ich Ihnen da? Bei Ihren kläglichen Beamtenbezügen, können Sie bei dem Thema Geld ja leider nicht mitreden!«

»Falls ich irgendwann einmal eine warme Suppe benötigen sollte, komme ich gerne bei Ihnen vorbei!«

»Ich schlage vor, Sie klären Ihre Klassenunterschiede später!«, ergriff jetzt Herr Wollkov das Wort. »Im Gegensatz zu dem Herrn Hauptkommissar kosten Sie mich jede Stunde eine schöne Stange Geld, das Sie sich langsam einmal verdienen sollten! Haben Sie die Unterlagen, um die ich Sie gebeten hatte, Herrn Roth bereits übergeben?«

»Nein! Natürlich nicht! Ich habe Ihnen, wie Sie sich erinnern werden, von diesem Schritt dringend abgeraten, Herr Wollkov! Ich glaube nicht, dass ...«

»Und ich sagte Ihnen am Telefon, wie Sie sich hoffentlich auch erinnern werden, dass ich davon nichts wissen will!« Zu Roth gewandt, fuhr er fort: »Ich bin zur uneingeschränkten Kooperation mit Ihnen bereit. Stellen Sie also bitte Ihre Fragen!«

»Das ist gut!«, strahlte Roth, der sich über den Rüffel, den dieser eingebildete Anwalt einstecken musste freute. »Verraten Sie mir bitte zuerst, warum Sie wirklich hier in Bad Mergentheim sind? Doch nicht, um Ihr Hotel und das dazugehörige Personal zu überprüfen, oder?«

»Nein. Es hat sich allerdings angeboten, da ich bei einer solchen Aktion, wie Sie wissen, immer inkognito reise! Außerdem war ich seit Langem nicht mehr im *Palais Madeleine*!«

»Sie haben mir aber immer noch nicht den wahren Grund der Reise genannt!«

»Ich wiederhole mich noch einmal, Herr Wollkov, berufen Sie sich auf ihr Aussageverweigerungsrecht und beenden Sie die Unterredung mit diesem Herrn! Das kompliziert am Ende das Verfahren unnötigerweise!« Das Wort *Herrn* spukte er aus wie Galle.

Ohne sich um seinen Rechtsbeistand zu kümmern, fuhr Alexander Wollkov fort: »Ich bin hier in Ihrer schönen Stadt, weil ich die Interessen meiner Familie zu wahren habe. Ich kürze nun die Geschichte ein wenig ab, Sie können aber alles haargenau in den Unterlagen, die Sie von meinem Anwalt ausgehändigt bekommen werden, in Ruhe nachlesen.«

Er schilderte im nun folgenden Gespräch, wie seinerzeit der größte Teil des Familienvermögens nach Deutschland kam. Dann berichtete er weiterhin, dass es sehr lange dauerte, bis sie nach dem kalten Krieg herausfanden, wo sich ihr Eigentum tatsächlich befand. Als sie das eruiert hatten, scheiterten sie jedoch an dem Problem, nicht zu wissen, wie der Code hieß, von dem sie lange Zeit fälschlicherweise angenommen hatten, dass er benötigt werde, um das Vermächtnis ihres Ur-Ur-Großvaters und das dazugehörige Vermögen zu übernehmen.

»Das ist Ihnen nun gelungen und deshalb sind Sie in Bad Mergentheim?«, erkundigte sich Roth voller Hoffnung, dem Abschluss dieses Falles ein Stück näher zu kommen.

»Eben nicht!«, kam die prompte Antwort. »Uns, das heißt mir und meinen Angehörigen ist es nicht vergönnt gewesen, das Kapitel erfolgreich zu Ende zu bringen! Stattdessen ist einer unbedeutenden Seitenlinie der Familie das Unmögliche durch Zufall geglückt! Zumindest hat sie herausgefunden, dass es sich um kein Kennwort im herkömmlicher Sinn handelt.«

»Sie sprechen von Viktor, nehme ich an«, schlussfolgerte Roth aus dem, was er bisher wusste.

»Viktor? Viktor Kabadzhiev?«, fragte Herr Wollkov irritiert nach.

»Ja, natürlich!«

»Nein, ich spreche von Simeon, meinem Großcousin! Den armen Viktor hatte ich nur solange in Verdacht, bis ich erfuhr, dass der tatsächlich nur als Tourist unterwegs gewesen war und weder etwas mit meiner Familie noch mit unserem Erbe zu tun hatte. Er wollte einfach nur einmal unerkannt Urlaub machen!«

***

»Simeon ist derjenige, der die Rund-um-die-Uhr-Bewachung des Reiseleiters organisiert hat, bis die Polizei sowieso im Krankenhaus vor Ort war und auch das übernahm?«, fragte Herbert noch einmal nach.

»Ja, das hat er am Telefon gesagt«, antwortete Hans-Georg, der an Herberts Smartphone gegangen war, da der sein operiertes Bein im Entstauungsschlauch stecken hatte und sich nicht bewegen konnte.

»Der ist Alexander Wollkovs Großcousin?«

»Wenn ich es dir doch sage! Er hat doch auch den Wollkovschen Siegelring!«, erklärte ihm der Pastor außer Dienst geduldig, als habe er in ihm ein kleines Kind vor sich. »Allerdings den von der mittleren Größe.«

»Das weiß ich doch selber! Aber, dass die beiden tatsächlich miteinander verwandt sind, das wusste ich nicht!«

»Der war ebenso wie auch unser Portier hinter dem versteckten Vermögen der Familie her, sagte Eugen noch.«

»Das Geld war doch nicht versteckt, Hans-Georg, man hatte es damals einem Treuhänder übergeben. Das ist doch etwas ganz anderes!«, regte sich Herbert nun erst richtig auf. »Damals, nach

Beendigung des kalten Krieges hätten es die Wollkovs sich doch zurückholen können!«

»Aber genau so hat es Eugen gesagt!«, beharrte Hans-Georg darauf. »Weiter hat er noch gesagt, dass der aber ebenso erfolglos wie Alexander gewesen sei, was die Übernahme des Erbes betraf.«

»Das halte ich nicht länger aus hier!«, schimpfte Herbert und strampelte mit dem Bein, das in dem Massageschlauch steckte. »Außerdem ist mir das in der schmalen Kabine auch viel zu eng! Da ersticke ich am Ende noch!«

»Jetzt beruhige dich doch wieder, Herbert!«, riet ihm sein guter Bekannter, der glaubte, Herberts Empörung liege an dem, was Roth am Telefon gesagt hatte. »Wenn du dich jetzt wegen Roth aufregst, hilft dir das doch auch nichts!«

»Wegen diesem blöden Gerät platzt mir gleich der Kragen! Warum macht das Frau Linde nicht selbst? Sie hat das doch die ganze Zeit über immer gemacht!«

»So geht das aber nicht, Herr Brandner!«, schimpfte Frau Linde, die durch den Lärm auf den Kriminaloberrat a. D. aufmerksam wurde. »Sie müssen das Bein schon ruhig liegen lassen! Das Gerät arbeitet von ganz alleine! Das habe ich Ihnen doch alles schon bei Ihrer letzten Behandlung an diesem Gerät erklärt!«

»Frau Linde, ich flehe Sie an! Befreien Sie mich von diesem Monstrum, oder ich explodiere!«, rief Brandner aufgebracht, der sich vor lauter Herumzappeln mit dem Schlauch selbst an die Massageliege gefesselt hatte, um Hilfe.

Nachdem Frau Linde versucht hatte, ihren Patienten davon zu überzeugen, sich das Gerät neu anlegen zu lassen, der jedoch lautstark dagegen protestiert hatte, gab sie ihr Ansinnen auf und befreite Brandner nun doch widerstrebend von den Apparaturen.

»Wenn Sie die Lymphdränage partout nicht machen lassen wollen, brauchen Sie sich aber auch nicht zu wundern, wenn die Schwellungen in ihrem Bein nicht zurückgehen!«, gab sie ihm zu bedenken.

»Lymphdränage jeder Zeit! Bei Ihnen oder Ihrem Kollegen. Aber nicht unter Zuhilfenahme dieses Foltergerätes! Und dann noch in dieser engen Kabine! Da bekommt man ja Platzangst!«, zeterte Herbert, der von Hans-Georg hinaus in den Flur gezogen wurde.

»Halt!«, rief er lauter, als er eigentlich wollte. Die Patienten, die auf den Stühlen im Gang saßen und darauf warteten, dass sie von ihren Therapeuten zu ihren jeweiligen Anwendungen aufgerufen würden, warfen skeptische Blicke auf die beiden.

»Ich brauche doch noch ihre Unterschrift in meinem Behandlungsplan!«

»Jetzt beherrsche dich aber, Herbert! Das ist ja nicht mehr zum Aushalten mit dir! Du brauchst jetzt unbedingt was Süßes! Du bist ja völlig unterzuckert!« Hans-Georg hielt ihm die Glastür weit auf, die zur Treppe hoch zur Cafeteria führte.

»Wenn die beiden Recken aus den verschiedenen Wollkov-Lagern nicht an das Vermögen herangekommen sind, wer hat es sich aber dann unter den Nagel gerissen?« Herbert, der sich nach einem schönen Stück Heidelbeertorte und einer Latte macchiato wieder beruhigt hatte, sah mit fragendem Blick seinen Bekannten an. »Ich persönlich habe in dem Fall einen Verdacht!«

»Und, wen hast du im Visier?«

»Viktor!?«

»Von dem hat der Eugen mir nichts gesagt. Aber heute Abend kommt er noch auf einen Sprung bei dir vorbei. Soll ich dir noch ausrichten.«

***

Roth hatte mit dem zuständigen Mitarbeiter der Kanzlei gesprochen und ihm erklärt, wie wichtig es für die Aufklärung des Mordes sei, dass er in Erfahrung bringen würde, wer aus der Familie Wollkov das über mehrere Jahrzehnte treuhänderisch in der Kanzlei deponierte Vermögen letztendlich übernommen habe.

Der Anwalt erklärte ihm darauf, dass das Vermögen nicht im Büro, sondern in ihrem Auftrag in der Schweiz gelagert und dort auch verwaltet wurde. Zweitens klärte er dem Kriminaler darüber auf, dass er ihm, so ohne Weiteres, keine Auskunft über seine Mandanten geben dürfe. Nicht ohne einen richterlichen Beschluss in seinen Händen zu halten. Als Kriminalbeamter müsste er eigentlich wissen, dass er der anwaltlichen Schweigepflicht unterläge!

Roth, der davon überzeugt war, dass das keine große Sache sein dürfte, fuhr also sofort nach Mosbach zur zuständigen Staatsanwaltschaft.

Dort musste er allerdings feststellen, dass der ehrenwerte Herr Staatsanwalt nicht seiner Meinung war. Er ging davon aus, dass es zu Meinungsverschiedenheiten mit der Familie Wollkov, dem Landeskriminalamt, der bulgarischen Botschaft oder sogar noch mit dem Bundesministerium für äußere Angelegenheiten kommen könne, was er auf gar keinen Fall weder verantworten könne noch wolle. Das müsse er jetzt schon mit dem Herrn Oberstaatsanwalt persönlich abklären. Der sei aber erst ab morgen wieder im Hause. Er würde ihm den Antrag aber sofort auf den Schreibtisch legen, versprach ihm der karrierebewusste Staatsanwalt.

»Gibt es denn keine andere Möglichkeit, das Ganze abzukürzen und mir den Beschluss gleich mitzugeben?«, startete Roth einen letzten Versuch. »Hat der Herr Oberstaatsanwalt einen Stellvertreter? Kann ich mit dem sprechen?«

»Ich fürchte, das wird Ihnen auch nicht weiterhelfen!«

»Warum nicht?«

»Ich bin der Stellvertreter des Oberstaatsanwalts.«

***

Eugen war am Abend, wie er es Hans-Georg versprochen hatte, noch in der Klinik Hohenlohe vorbeigekommen. Wegen des herrlichen Wetters und der immer noch extrem hohen Temperatur, saßen er und Herbert auf dem schmalen Balkon, während sich Hans-Georg, mangels Platz, einen der schmaleren Sessel in die Balkontür gestellt hatte.

Er berichtete von seinem Ausflug nach Mosbach und seinem missglückten Versuch, von der Staatsanwaltschaft einen Beschluss zu erhalten, der den Notar von seiner Schweigepflicht entbinden würde.

»Die jungen Beamten heutzutage, sind auch nicht mehr das, was sie einmal waren!«, sinnierte Hans-Georg und nippte an seinem Weinglas.

»Die denken alle nur noch an sich und an ihre Karriereleiter!«, unterstützte Eugen die These des pensionierten Pastors. »Bloß keine Entscheidung treffen, die man hinterher rechtfertigen muss! Nur ja kein Risiko eingehen und sei es noch so gering!«

»Um ehrlich zu sein, muss ich sagen, dass das früher kein bisschen besser war als heutzutage«, meinte Herbert daraufhin. »Aber, was mich jetzt im Moment weitaus mehr interessiert als irgendwelche Aufstiegsmöglichkeiten innerhalb der Staatsanwaltschaft, wäre zum Beispiel die familiäre Zugehörigkeit unseres zweiten Ringträgers!« Er hielt Hans-Georg sein leeres Weinglas entgegen und bat ihn, einmal nachzuschenken, weil er der Einzige war, der an die Flasche herankam, die im kühlen Zimmer stand.

»Das ist so«, begann Eugen, nachdem auch sein Glas wieder aufgefüllt war. »Wir gingen fest davon aus, dass der Mann, der sich rund um die Uhr, um die Sicherheit des Reiseleiters kümmerte, Simeon Wollkov ist. Schließlich trägt der auch den Siegelring der Wollkovs. Den hat er aber nur an sich genommen, um ihn für seinen Besitzer aufzubewahren.«

»Weil der im Moment nicht dazu in der Lage ist. Der kann sich nämlich an nichts mehr erinnern«, unterbrach ihn Herbert. »Stimmt doch?«

»Der Reiseleiter!«, stellte Hans-Georg überrascht fest. »Wer hätte denn das vermutet? Also ich nicht!«

»Der Hotelportier, sprich Alexander Wollkov, Chef der wohlhabenden Hälfte der Familie, und der Reiseleiter, sein Großcousin Simeon Wollkov, der die nicht ganz so wohlhabende Hälfte repräsentiert, vereint in Bad Mergentheim!«, fasst Herbert die neuen Erkenntnisse zusammen. »Beide haben zur selben Zeit dieselbe Idee, um an das große Vermögen der Grafen Wollkov zu gelangen!«

»Wer hat das Erbe angetreten? Wem ist es gelungen den Code nach so vielen Jahren doch noch zu knacken?«, wollte Hans-Georg wissen und sah von einem zum anderen.

»Ich will weder unhöflich noch gemein erscheinen, aber das kann ich euch frühestens morgen sagen. Alles andere wäre zum jetzigen Zeitpunkt reine Spekulation! Immer vorausgesetzt natürlich, der Herr Oberstaatsanwalt spielt mit und ich bekomme den richterlichen Beschluss. Was ich euch aber schon jetzt sagen kann, ist, dass es sich um keinen Code gehandelt hat. Also um keine Zahlen oder Buchstabenkombination!«

***

Bad Mergentheim, den 13. Februar 1924

Es war ein paar Tage, nachdem das Lösegeld bezahlt und Vadim wieder auf freiem Fuß war, als Bogomir fragen ließ, ob sein Cousin eventuell für einen Krankenbesuch schon wieder kräftig genug sei.

Nachdem sich Gottlob alias Vadim, halbwegs von den Strapazen seiner Gefangenschaft erholt hatte, stimmte er dem Vorhaben seines Cousins zu. Er wusste genau, dass es früher oder später zu einem Treffen mit Bogomir kommen musste. Also konnte er das Unausweichliche auch gleich jetzt hinter sich bringen und diese frühe Verabredung als einen Testlauf dafür sehen, ob seine Verwandlung von Gottlob zu Vadim geglückt war.

Zuerst war Bogomir auch wie immer. Er begrüßte ihn herzlich und freute sich sehr darüber, dass es ihm bereits wieder besser ginge. Er machte seine Scherze, wie er sie immer mit Vadim gemacht hatte. Zumindest soweit, wie sie Gottlob selbst miterlebt und somit auch beurteilen konnte. Hierbei musste Gottlob ungeheuer vorsichtig sein, damit er vor lauter Fröhlichkeit nicht plötzlich den Eindruck bei seinem Besucher hinterließ, er sei gar keinen Strapazen ausgesetzt gewesen. Da kam ihm der Umstand zugute, dass er heute tatsächlich nicht richtig auf dem Damm war, was seine Gesundheit betraf. Bogomir schien zu spüren, dass Vadims Kräfte langsam nachließen und so wurde auch er wieder ruhiger. Er schlug seinem Cousin einige Ausflüge vor, von denen er glaubte, dass die ihm gefallen könnten.

»Wir können uns damit noch Zeit lassen, bis du wieder voll bei Kräften bist! Ich wollte dir nur aufzeigen, was wir noch unternehmen könnten, bis ich wieder zurück in die Heimat reise! – Wo ist eigentlich Gottlob?«, stellte er plötzlich eine Frage, die Gottlob zutiefst erschreckte. »Den habe ich seit der Hochzeit so gut wie nicht mehr gesehen. Vorgestern war es dann das letzte Mal, dass er mir über den Weg gelaufen ist. Da war er mir irgendwie sonderbar vorgekommen. Das ist doch merkwürdig! Meinst du nicht auch?«

Gottlob nickte zögerlich, da er sich krampfhaft eine glaubwürdige Notlüge überlegte.

»Also ich mache mir schon sehr große Sorgen um ihn! Er hätte es uns doch sicherlich gesagt, wenn er vorgehabt hätte, für ein paar Tage zu verreisen!«

»Ja, das denke ich mir auch!«, pflichtete Gottlob Bogomir bei. »Er wäre sicher nicht einfach so auf und davon! Ich glaube, er hatte am Abend der Hochzeit, erwähnt, dass er etwas Wichtiges vorhabe, was ihn dazu zwinge, ein paar Tage zu verreisen. Um was es dabei genau ging, das fällt mir aber im Moment leider nicht ein. Ich denke, er wird schon bald wieder auftauchen!«

Bogomir wollte wissen, ob sein Cousin bereits über die Entführung sprechen könne, was der jedoch verneinte. Es sei alles noch zu frisch und würde ihn zu sehr aufregen. Der Arzt habe ihm absolute Ruhe verordnet und wenn er ehrlich sein dürfte, hätte er die jetzt auch dringend nötig.

Sein Besucher verstand den dezenten Wink mit dem Zaunpfahl. Bevor er sich jedoch verabschiedete, erwähnte er eine Anekdote aus ihrer Kindheit, bei der es auch um eine Person ging, die über Nacht verschwunden war.

»Kannst du dich noch daran erinnern?«, fragte er zum Schluss.

»Als wäre es erst gestern gewesen«, antwortete der Cousin.

»Ich habe noch eine kurze Frage an dich, Gottlob!«

»Ja, frage mich …« Gottlob hätte sich am liebsten auf die Zunge gebissen! Das war es jetzt!, schoss es ihm durch den Kopf. Wenn Bogomir mich nicht auf der Stelle umbringt, werde ich mein restliches Leben im Zuchthaus hinter dicken Mauern verbringen müssen. Die Arbeit der letzten Jahre war mit diesen drei kleinen Worten komplett zunichte gemacht! Er konnte es nicht fassen. So kurz vor dem Ziel zu scheitern, war grausam.

»Wo ist Vadim?«, drang Bogomirs Stimme irgendwann sehr leise durch seine hoffnungslos düsteren Gedanken.

Gottlob konnte nicht antworten. Ein Kloß steckte tief in seinem Hals.

»Wo ist Vadim, habe ich dich gefragt!«, wiederholte Bogomir seine Frage. »Wo ist er? Sage es mir!«

»Ich kann dir alles erklären! Es ist nicht so, wie du denkst! Für mich hat sich urplötzlich die Gelegenheit ergeben und ich habe, ohne erst lange zu überlegen, zugegriffen!«

»Ist er tot?«, wollte Bogomir nun wissen und durchbohrte Gottlob mit seinem Blick.

Gottlob brachte es nur unter Aufbietung aller Kräfte fertig, zumindest leicht mit dem Kopf zu nicken.

»Bist du dir ganz sicher? Hast du ihn umgebracht?«

»Nein«, schrie Gottlob hysterisch. »Das könnte ich gar nicht. Ich habe nur zufällig mitbekommen, wie ein ... Ich war zu weit weg, um ihm noch helfen zu können! Das musst du mir glauben, Bogomir! Ich war doch sein Freund!« Gottlob witterte eine Chance, sich noch aus der Katastrophe herausreden zu können.

»Bist du dir hundertprozentig sicher, dass er nicht mehr am Leben ist? Oder glaubst du nur, dass es so ist?«

»Es tut mir wirklich so unsagbar leid, dir das sagen zu müssen, aber Vadim ist wirklich tot! Ich weiß, ich hätte gleich zu dir kommen müssen und es dir ...!«

»Seit wann?«, fragte Bogomir mit messerscharfer Stimme.

»Seit gestern! Worauf willst du hinaus, Bogomir? Ich sagte doch, dass ich einen Fehler gemacht habe! Ich will alles, wirklich alles tun, um ...!«

»Ganz im Gegenteil, Gottlob, du hast alles richtig gemacht! Ich werde dir ab sofort helfen, aus dir einen vorzeigbaren Vadim zu machen!«

***

13. Kapitel

Rechtsanwalt Enno Neumann stand vor dem geöffneten Tresor in seinem überaus noblen Büro, wo er die benötigten Unterlagen am gestrigen Nachmittag bereits deponiert hatte, um sie, falls sie zügig gebraucht würden, nicht erst lange suchen zu müssen. Er wusste schließlich aus seiner langjährigen Berufserfahrung, dass Herr Roth über kurz oder lang wieder in einem der Sessel vor seinem Schreibtisch sitzen und den benötigten Beschluss in Händen halten würde!

Was diesen Morgen schon Realität geworden war. Außer dass Roth nicht im Sessel saß, sondern sich stehend über einen der Ordner beugte, die auf dem Besprechungstisch lagen.

»Wie Sie anhand der Übersetzung des Originalschreibens lesen können, das übrigens noch von Konstantin Graf Wollkov persönlich unterzeichnet wurde, ist die Herausgabe des Vermögens an keine bestimmte Person gebunden. Für die Legitimation sind zwei bestimmte Dinge ausreichend. Erstens muss er im Besitz eines solchen Siegelrings sein«, der Rechtsanwalt kam vom Safe zurück, von wo er eine Fotografie des Siegelrings geholt hatte, wie Roth ihn in den vergangenen Tagen schon öfter zu Gesicht bekommen hatte. »Der Siegelring, den wir als Vergleichsstück hatten, wurde natürlich der Erbmasse einverleibt! Zweitens«, so fuhr er fort, »benötigte die Vertrauensperson der Familie noch einen ganz besonderen Herrenschuh.«

»Ich werde verrückt!«, platzte der Kommissar dem Anwalt ins Wort. »Die Schuhe mit dem Wappen auf der Sohle, dafür wurden die also gebraucht! Ich hatte mich schon gewundert, wo die solange waren, bis sie im Kurpark wieder auftauchten. Die wurden nie getragen! Auf welch absurde Ideen die früher nur gekommen sind!«

»Einen Schuh hatten wir hier in unserem Safe, den anderen hatte Simeon Wollkov von seinen Vorfahren übernommen und ohne zu wissen für welchen Anlass, ihn für genau diesen Tag bei sich zu Hause aufbewahrt«. Der Anwalt setzte sich und trank einen Schluck Kaffee, der vor ihm auf dem Tisch stand. »Im Laufe der Jahre wurde er von einer Generation zur nächsten weitergegeben Irgendwann wusste niemand mehr, für was der überhaupt gut war! Zudem verringerte sich die Anzahl der Familienmitglieder ständig. – Sie sind sicher, dass Sie keine Tasse Kaffee mögen?«, fragte er Roth und zeigte auf den High Tech Kaffeeautomaten. Roth lehnte dankend ab.

Eines Tages kam Vladislav Stoikov, ein Nachfahre Kubrat Stoikovs, des damaligen Kammerdieners, zu Simeon. Er hatte im Nachlass seines Vaters Briefe gefunden, aus denen hervorging, wie das Prozedere vonstatten ginge, um an das Familienvermögen zu gelangen. Mit dem Wissen wandte er sich an Wollkov.

»Nachdem sich die Familie dazu entschlossen hatte, das Erbe einzufordern, schickte sie mir einen Mann ihres Vertrauens, der die geforderten Voraussetzungen erfüllte«, fuhr er fort. »Ich hatte alle benötigten Unterlagen vorbereitet, auch die Anweisungen für die Bank in der Schweiz. Nach Erledigung der Formalitäten nahm der Mann den Ring und die Schuhe und beglich meine Liquidation prompt, wie ich gestehen muss, zu meiner großen Freude, nicht nur prompt, sondern auch in bar. Seitdem habe ich ihn nicht mehr gesehen!«

Roth nahm drei Fotos aus seiner Jackentasche und legte sie fein säuberlich nebeneinander auf die Tischplatte. Dann wollte er von dem Anwalt wissen, ob die Person, die hier bei ihm war, auf einem der drei Bilder zu sehen sei.

Herr Neumann besah sich die Bilder und deutete auf das mittlere. Auf dem waren mehrere Männer zu sehen. Weshalb der Kommissar nachfragte, um welchen es sich genau handeln würde. Der Anwalt antwortete, es sei der zweite von links.

»Roth bedankte sich für die nicht selbstverständliche Zusammenarbeit und machte sich auf den Weg.

***

Eugen Roth traf sich ein letztes Mal mit Herbert, Hans-Georg und Johannes in der Hohenlohe. Sie erwarteten ihn unterhalb der Treppe, die zur Terrasse hochführte. Da würde er auf seinem Weg vom Parkplatz zum Haus Hohenlohe unweigerlich an ihnen vorbeikommen. Sie setzten sich auf die Terrasse, die von der warmen Morgensonne beschienen wurde. Außer ihnen war keiner der anderen Patient anwesend, da die sich alle in Behandlung befanden oder noch immer beim gemütlichen Frühstück saßen.

»Nun fang endlich an zu berichten, Johannes!«, forderte Eugen. »Was gibt es Neues?«

»Ihr erinnert euch doch noch an Kubrat Stoikov, oder?«, fragte der, was alle mit Ja beantworteten. »Der wuchs mit Bogomir Wollkov auf, da auch Frau Stoikov, Kubrats Mutter, als Dienstmagd bei Wollkovs im Hause lebte. Als Kubrat seinerzeit mitbekam, dass sein Herr die sündhaft teuren Schuhe nie anzog, sprach er aus reiner Neugierde deshalb mit Bogomir. Dem stand er, so weit es seine Aufgaben als Stalljunge zuließen, in ihrer Kinder- und Jugendzeit als Spielgefährte zur Verfügung. Sie unterhielten ihr Leben lang eine sehr enge Freundschaft. Bogomir antwortete, dass er das auch nicht wisse. Sein Vater mache daraus ein großes Geheimnis.

Kubrat gab das Geheimnis, anders als Bogomir, der es nur einmal seinem Verwandten Simeon gegenüber erwähnte, an die nächste Generation weiter. Und diese an die nächste. So waren diese Herrenschuhe in der Familie Wollkov schnell vergessen, wogegen sie in der Familie Stoikov über Jahrzehnte ein Rätsel blieben.

Bis vor Kurzem erst der letzte Nachfahre Kubrat Stoikovs das große Rätsel durch reinen Zufall entschlüsselte.

»Ich wusste es von Anfang an, das war sicherlich Viktor!«, rief Hans-Georg, mit voll tönender Stimme und lachte freudestrahlend Herbert an, der den Toten ebenfalls in Verdacht hatte, mit den Erbstreitigkeiten zu tun gehabt zu haben.

»Stimmt das wirklich?«, wollte Herbert wissen und sah ungläubig zu Eugen.

»Nicht so ganz! Dass er aber in diese Aktion involviert war, ist korrekt!«, antwortete der. »Er hat auch bereits alles gestanden! Er sitzt in der Arrestzelle drüben im Polizeirevier!«

»Viktor hat gestanden und sitzt im Revier?« Johannes rollte ungläubig seine Augen. »Der Mann ist tot!«

»Nein, natürlich nicht unser Viktor!«, verbesserte sich Eugen und schüttelte den Kopf. »Die Person natürlich, die während ihrer Reise, hierher in Bad Mergentheim das Erbe der Familie Wollkov entgegen genommen hatte!«

***

Vladislav Stoikov sah sich mit übermäßig vielen Indizien konfrontiert. Wenn die Spurensicherung erst einmal ihre Arbeit beendet haben würde, kämen noch jede Menge handfeste Beweise hinzu, prophezeite ihm der Kommissar. Er ließ sich alle denkbaren Aspekte, die für und gegen ein vollumfängliches Geständnis sprachen, durch den Kopf gehen. Nach längerem Abwägen kam er zu dem Schluss, tabula rasa zu machen! Schon allein aus dem Grund, dass er die einzige Person war, die wusste, wo das Vermögen seit Kurzem versteckt war. Er würde es zwar genau diesem Umstand zu verdanken haben, dass er keine Haftverkürzung erhalten würde. Andererseits würde er aber bis zu seinem Lebensende sein Auskommen haben. Was bedeuteten da schon die paar Jahre, die er davor erst noch im Gefängnis verbringen würde?

»Also, Herr Kommissar, wo soll ich beginnen?«, fragte er höflich und setzte sich aufrecht auf seinen Stuhl, der dem des Kriminalers gegenüberstand. Auf dem schmalen Tisch dazwischen, befand sich ein Diktiergerät, das Roth zu Beginn des Verhörs, eingeschaltet hatte.

»Also, das war so«, begann er und erzählte ausführlich die Geschichte. Vom Kauf der Schuhe, über die Tatsache, dass das Familienvermögen nach dem zweiten Weltkrieg ausgelagert wurde, bis zu den Versuchen der Familie, direkt nach dem Fall des Eisernen Vorhangs, die Wertgegenstände und das Geld nach Bulgarien zurückzuholen!

Er bat um ein Glas Wasser, das er in einem Zug leerte.

Vladislav kam zu dem Punkt, an dem er im Nachlass seines Vaters einen ungeöffneten Brief fand. In dem sei es um ein Paar Schuhe gegangen mit dem Familienwappen und einem besonderen Datum, das auf der Sohle eingearbeitet war. Daraufhin habe er sich umgehend an das heutige Oberhaupt der noch in Bulgarien lebenden Linie der Familie Wollkov, Simeon, gewandt. Gemeinsam suchten sie nach dem Schuh, den sie tatsächlich in einer Kiste im Keller des halb verfallenen Stammsitzes der Grafen Wollkov fanden.

Simeon, ein gelernter Touristikkaufmann, organisierte eine Deutschlandreise, die er als Reiseleiter begleitete. In Bad Mergentheim stießen sie unvermutet auf den Chef des zweiten Zweiges der Familie Wollkov. Alexander, der – getarnt als Hotelportier – vorgab, sein Hotel zu inspizieren. Aber er bereitete seinerseits schon seit Längerem vor, das Erbe seiner Vorfahren zu übernehmen. Da er allerdings weder Kenntnis von dem Prozedere hatte noch im Besitz dieses mysteriösen Herrenschuhs war, habe er sich ausschließlich auf rechtliche Mittel verlegt, um an das Vermögen zu gelangen- Was sich allerdings als gar nicht so einfach herausstellte.

Hier machten sie eine kurze Pause, in der Vladislav eine Tasse Kaffee trank und eine Zigarette rauchte.

Dann ereigneten sich die Dinge Schlag auf Schlag, berichtete er weiter. Die beiden Familienzweige begannen sich gegenseitig zu bekriegen, wobei die jeweiligen Schläger keine Skrupel gehabt hätten, bis zum Äußersten zu gehen. Man hätte nicht mehr gewusst, wer eigentlich mit wem zusammengearbeitet habe. Der Hotelmanager habe mit seiner Firmenspionage erheblich zu diesem Durcheinander beigetragen.

»Nachdem Simeon aus dem Verkehr gezogen worden war, entschloss ich mich dazu, das Unternehmen selbst durchzuziehen!«, erklärte Vladislav. »Wozu ich mich ganz alleine dann aber doch nicht traute und aus diesem Grund Alexander Wollkov ansprach. Die Hälfte eines riesigen Vermögens, war immer noch viel mehr, als gar nichts, dachte ich mir. Mehr konnte ich für Simeon leider nicht tun. Was ich zu dem Zeitpunkt noch nicht wusste, war, dass der verdammte Kerl hinter dem gesamten Geld her war! Der wollte gar nicht teilen! Weder mit seinem Cousin, noch wollte er mir einen Teil zukommen lassen!«, empörte sich Vladislav Stoikov.

»Wie ging es weiter?«, wollte Roth wissen, als Vladislav plötzlich schwieg.

»Ich übergab Alexander den Ring und den Schuh sowie den gut gemeinten Rat mit auf den Weg, dass ich und meine Männer ihn ständig im Auge hätten und er sich nicht einfallen lassen sollte, mich zu linken. Das würde seinen sicheren Tod bedeuten, sagte ich ihm! Er managte das mit diesem Anwalt und übergab mir tatsächlich alles, was er von ihm erhalten hatte. Wir wollten gemeinsam in die Schweiz, wo ich ihm seinen Anteil ausbezahlt hätte. Das durchkreuzten Sie aber mit Ihren Ermittlungen. Mehr weiß ich nicht!«

»Eine entscheidende Frage haben Sie vergessen zu beantworten! Wer hat Ivan umgebracht? Und warum wurde er getötet? Haben Sie oder Ihre Männer mit seinem Tod etwas zu tun?«

»Ich? Warum sollte ich so etwas tun?«

»Sagen Sie es mir, Herr Stoikov!«

»Ich habe das alles nicht auf mich genommen, um mich persönlich zu bereichern! Das Erbe gehört den Wollkovs! Die brauchen das Geld dringend! Simeon braucht es schon allein, um das Schloss seiner Väter zu sanieren und die dazugehörigen Ländereien zurückzukaufen. Mit einem Mord, egal an wem, habe ich nichts am Hut!«

»Wer wusste alles davon, dass Sie und Alexander Wollkov zusammengearbeitet haben und dass das gesamte Vermögen in der Schweiz deponiert ist, Herr Stoikov?«

»Ich und Alexander waren bis vor ein paar Minuten die einzigen, die davon Kenntnis besaßen. Warum hätten wir auch einen Fremden einweihen sollen?«, wollte Stoikov mit einem fragendem Gesichtsausdruck wissen. »Dafür lag doch nicht der geringste Grund vor!«

»Ist Ihnen an Alexanders Verhalten, nachdem er bei dem Anwalt gewesen war, etwas aufgefallen? Kam Ihnen etwas merkwürdig vor?«

»Eigentlich nicht«, gab der Gefragte nach kurzem Überlegen zur Antwort. »Er wollte allerdings ein paar Tage später die Herrenschuhe haben!«

»Warum?«

»Ich habe mir gar keine großen Gedanken darüber gemacht. Er wollte wahrscheinlich nicht, dass ich die Schuhe und den Ring in meiner Gewalt hätte. Misstrauen würde ich als Grund vermuten. Großes Misstrauen!«

***

Alexander Wollkov legte eine Stunde später, unmittelbar nachdem er zur Einvernahme aufs Bad Mergentheimer Revier verbracht worden war, ein volles Geständnis ab, was allerdings den brutalen Mord an Viktor Kabadzhiev nicht mit einschloss!

»Sie wunderten sich kein bisschen darüber, dass das gesamte

Vermögen in der Schweiz gelagert war? Sie vertrauten dem Anwalt, als der Ihnen lediglich einen Ordner mit Dokumenten und Anweisungen in die Hand drückte, die Sie der Bank gegenüber legitimieren sollte, über die stattlichen Summen verfügen zu können?«

»Erst nicht. Nein!«, antwortete Wollkov. »Dann, einen Tag später, aber schon. Dank meiner geschäftlichen Beziehung, die ich zu jenem Bankhaus unterhalte, holte ich Erkundigungen über diese Transaktion ein. Sie können sich meinen Schrecken wohl vorstellen, als ich erfuhr, dass das viele Geld fest angelegt sei und kein einziger Mitarbeiter etwas von einer bevorstehenden Übergabe des Vermögens an mich wusste!«

»Weiter, Herr Wollkov! Berichten Sie weiter von dem, was dann geschah!«, forderte Schmalz von ihm.

»Da gibt es nicht viel zu erzählen«, fuhr Wollov fort. »Ich stellte den Anwalt zur Rede und er entschuldigte sein Verhalten damit, im Eifer des Gefechtes die Bankunterlagen mit denen eines anderen Vorganges, mit dem seine Kanzlei auch beauftragt sei, verwechselt zu haben. Er habe eigentlich gar keine Zeit im Moment, er sei völlig überlastet, aber er würde sich mit mir treffen und mir die richtigen Dokumente aushändigen, schlug er mir vor.«

»Worauf Sie sich eingelassen haben?«, fragte Roth ungläubig.

»Warum denn nicht? Möglich war es immerhin. Außerdem machte er bereits bei unseren ersten Begegnung einen recht verpeilten Eindruck auf mich.«

»Sagte er sonst noch etwas zu Ihnen?«

»Ja, dabei handelte es sich aber nur um eine Belanglosigkeit. Wirklich nicht der Rede wert«, wiegelte Alexander ab.

»Was für mich eine Belanglosigkeit ist und was nicht, möchte ich gerne selbst entscheiden, Herr Wollkov. Wenn Sie nichts dagegen haben?«

»Er fragte mich, ob ich mich eventuell von den dubiosen Schuhen trennen könnte, worauf ich ihm antwortete, dass das alles nur eine Frage des Preises sei!«, antwortete er verlegen.

»Worauf Sie sich mit Herrn Stoikov in Verbindung setzten und ihm Ihren Wunsch vortrugen?«

»Genau. Er hatte nichts dagegen, da sie bei der Schweizer Bank ja nicht vonnöten sein würden! Wer braucht schon wirklich solch altmodische Schuhe?«

»Was ereignete sich bei Ihrem Treffen mit dem Anwalt, Herr Wollkov? Bitte schildern Sie uns den Ablauf so genau wie nur irgend möglich«, meldete sich Schmalz wieder einmal zu Wort. »Versuchen Sie sich bitte an jedes Detail zu erinnern!«

»Da gibt es nicht viel zu berichten, meine Herren! Die Verabredung kam gar nicht erst zustande!"

»Was wollen Sie damit sagen? Es kam zu keinem Treffen zwischen Ihnen und dem Anwalt? Ist es das?«

»Genau so habe ich es gerade gesagt!«, erwiderte Wollkov. „Ich habe über zwei Stunden auf ihn gewartet, aber er hielt die Verabredung nicht ein.«

»Und dann? Was passierte dann?« Schmalz hielt es nicht mehr auf seinem Stuhl. Aufgebracht lief er durch den Raum. »Nun sagen Sie schon endlich! Was geschah im Anschluss?«

»Ich bin gegangen. Was sonst? Wie lange hätte ich noch warten sollen? Der wäre auch später nicht mehr gekommen, der feine Herr Anwalt!«

»Was haben Sie mit den Schuhen gemacht? Wenn Sie, wie Sie sagen, dieses Schuhwerk nicht dem Anwalt gegeben haben, müssten Sie sie logischerweise noch in Ihrem Besitz haben! Oder?«

»Die habe ich vor lauter Aufregung darüber, dass mich der Kerl einfach so versetzt hat, total vergessen und im Park auf der Bank habe stehen lassen!«

***

Knapp zwei Stunden später bogen Roth und Schmalz mit ihrem Dienstwagen in die Straße ein, in der sich Herrn Neumanns Villa befand. Nachdem der Anwalt nicht in seiner Kanzlei anzutreffen war, schickte Roth umgehend, noch bevor er und Schmalz sich selbst auf den Weg machten, drei Polizeistreifen zu dessen privater Villa. Die Uniformierten kamen keine Minute zu früh! Sie konnten gerade noch verhindern, dass sich der Rechtsanwalt, der schon abfahrbereit in seinem Wagen saß, ins Ausland absetzen konnte!

Er saß, als die beiden Kommissare eintrafen, bewacht von zwei Beamten in seinem Büro. Roth hatte den Eindruck, als würde der Anwalt auf ihn warten, um ihm etwas sehr Wichtiges zu erklären.

Der brauchte auch gar keine extra Einladung. Er begann, nachdem Roth ihm erklärt hatte, warum er in seinem eigenen Haus festgehalten und nun durch ihn und seinen Mitarbeiter Schmalz befragt wurde, von sich aus zu berichten.

»Das ganze Drama begann im Januar 1924 mit einer großen Hochzeit ...«, ging er weit in die Vergangenheit zurück. »Damals wurde ein junger Adeliger entführt und nach Zahlung des Lösegeldes wieder auf freien Fuß gesetzt. So nahmen die ermittelnden Beamten damals zumindest an. Als Monate später die Leiche eines jungen Mannes gefunden wurde, gingen die Ermittler davon aus, dass es sich um einen der Entführer handeln würde. Es war aber der Leichnam des Entführungsopfers. Der Täter hatte unmittelbar nach der Entführung die Identität seines Opfers angenommen. Und mit ihr auch einen unermesslichen Reichtum. Von dem er allerdings nicht sehr lang etwas hatte. Gottlob, wie der Täter hieß, wurde seinerzeit von Bogomir, dem Cousin des Opfers, der ihm auf die Schliche gekommen war, erpresst. Er ließ sich von ihm, also als Vadim, Ländereien überschreiben und verlangte von ihm mehrere Verzichtserklärungen auf einen großen Teil des Vermögens zu unterzeichnen.«

»Dieser Gottlob«, sagte er zu den Kommissaren, »war mein Urgroßvater!« Das Schicksal meinte es jedoch gut mit ihnen. Nach dem zweiten Weltkrieg ließ das Oberhaupt der Familie Wollkov das ganze Vermögen zu Verwandten bringen, die in Bad Mergentheim lebten. Zu den Vorfahren des Anwaltes! Der nahm die Angelegenheit als glückliche Fügung des Schicksals und legte das Vermögen gleich gewinnbringend an. Er bekam eigentlich nur das zurück, was man seinem Großvater damals abgenommen hatte! Nichts was ungesetzlich oder gar sittenwidrig gewesen wäre. Es habe sich praktisch alles im ›grünen Bereich‹ bewegt, was ihm sehr am Herzen gelegen habe!

»Bleibt nur noch die Frage offen, warum sie Viktor Kabadzhiev ermordet haben, Herr Neumann?«, konfrontierte Roth den Anwalt mit seinem Verdacht.

»Das war ein Versehen«, antwortete er gefasst. »Das war so überhaupt nicht geplant! Ich bedauere seinen Tod wirklich sehr. Aus meinem tiefsten Herzen!«

»Wie kam es dann dazu, wenn Sie es eigentlich gar nicht

geplant hatten? So ganz aus Versehen bringt man doch niemanden um!«

»Ich hatte vor, mich mit Alexander Wollkov zu treffen. Aus einem banalen Grund verspätete ich mich aber erheblich. Eigentlich hatte ich gar nicht mehr damit gerechnet, dass er noch auf mich warten würde. Da saß er aber, auf der Parkbank und hielt diese schwarzen Herrenschuhe in seinen Händen. Da ich mich ihm von seiner Rückseite näherte, musste ich erst gar nicht lange darüber nachdenken, was nun zu tun sei! Mit einem schnellen und konsequent ausgeführten Spezialgriff brach ich ihm das Genick. Erst als ich ihn später, gemeinsam mit einem Freund, an den Baum hängte, um es wie Suizid aussehen zu lassen, erkannte ich meinen folgenschweren Irrtum. Da war es aber leider schon zu spät!«

Epilog

Johannes hatte es sich nicht nehmen lassen, für seine neuen Freunde Herbert und Hans-Georg eine große Feier anlässlich ihrer Entlassung aus der Reha auszurichten.

Am Vorabend ihrer Heimreise war es dann also so weit. Johannes, seine Frau und sein Sohn Toni hatten die letzten Vorbereitungen gerade beendet, als die ersten Gäste eintrafen. Natürlich waren die Herren Roth, Schmalz und Mehling ebenfalls eingeladen. Schmalz hatte am Mittag kurzfristig nach Heilbronn in die Direktion gemusst. Er wollte es sich aber nicht nehmen lassen, sich von den beiden persönlich zu verabschieden. Aus diesem Grund wollte er auf jeden Fall noch auf dem Fest vorbeischauen. Auch der betagte Schuhmachermeister, der das eingeprägte Zeichen auf den Sohlen der markanten Herrenschuhe entschlüsselt hatte, stand auf der Gästeliste. Einige nahe Familienangehörige und eine Handvoll Freunde, die schon immer wussten, dass in Johannes viel mehr steckte als nur ein hochmotivierter Heimatkundler, vervollständigten die Gästeschar.

Tonis Ehefrau und seine Mutter waren drei Tage mit Einkaufen, Kochen und Backen beschäftigt, so dass Johannes einmal sagte, viel arbeitsintensiver hätte die Fürstenhochzeit 1924 im Hotel und Kurhaus Hohenlohe mit Sicherheit auch nicht gewesen sein können.

Nach dem hervorragenden Essen genossen die Herren ein Gläschen alten Portwein und der eine oder andere von ihnen dazu eine von Hand gedrehte kubanische Zigarre.

In dieser entspannten Runde dauerte es nicht lange, und die Anwesenden lauschten gebannt den drei *Hobbyermittlern,* die die eine oder andere Anekdote ihrer *Ermittlungsarbeit* zum Besten gaben. Was beileibe nicht immer besonders schmeichelhaft für den jeweiligen Erzähler ausging, aber auf jeden Fall für eine entspannte Atmosphäre sorgte.

»Was ich bisher noch nicht verstanden habe, ist, wer eigentlich der Mann gewesen ist, der in Sofia auf so tragische Weise ums Leben gekommen sein soll, aber gleichzeitig hier in Bad Mergentheim mehrfach fotografiert wurde«, bat der Schuhmachermeister im Laufe des Abends Herbert um Aufklärung.

»Die Frage ist relativ einfach zu beantworten«, begann Herbert. »Die offiziellen Stellen wollten augenscheinlich vermeiden, dass Viktor Kabadzhievs Todesumstände in Bulgarien zu einem handfesten Skandal beitragen würden. Immerhin handelte es sich bei seiner Person um einen sehr hohen Regierungsbeamten. Da jedoch zur annähernd gleichen Zeit in Sofia tatsächlich ein Mann seines Alters und auch noch selben Namens bei einem Verkehrsunfall zu Tode kam, nahmen die Verantwortlichen die überaus günstige Gelegenheit wahr und ließen durch die Medien verbreiten, dass dieser junge Mann das Mordopfer hier in Bad Mergentheim gewesen sei.«

»Sie sollen sich obendrein auch noch sehr ähnlich gesehen haben«, hakte der Schuhmachermeister nach. »Man hätte sie glatt für Zwillinge halten können, wurde gemunkelt. Das ist dann aber schon ein ungeheuer großer Zufall, wie ich meine.«

Nun ergriff Roth das Wort: »Auch das ist schnell erklärt. Unser Zeuge, der Obdachlose Charly, nach dessen Angaben das Phantombild des Mannes angefertigt wurde, der auf dem Fotoapparat zu sehen war, konnte sich, wie er nun zugab, gar nicht mehr an dessen genaues Aussehen erinnern. Aus diesem Grund schilderte er dem Polizeizeichner das Konterfei der Person, die auf der Fotografie abgebildet war, die wir aus Sofia geschickt bekommen hatten und die den dortigen Toten zeigte. Das Foto lag gemeinsam mit den restlichen Unterlagen auf meinem Schreibtisch.«

»War Viktor Kabadzhiev tatsächlich der Empfänger dieser verschlüsselten Botschaft, die der Portier entgegengenommen hatte?«, interessierte sich kurz darauf die Schwiegertochter des Hausherrn für diese Frage.

»Nein! Das war er definitiv nicht!«, erwiderte Schmalz, der es doch noch geschafft hatte, zu dem Abschiedsfest der beiden *Hobbyermittler* zu erscheinen.

»An wen war sie dann gerichtet?«

»An Gerhard Holzapfel!«, nahm Roth das Wort wieder an sich, als er merkte, dass er wieder in alte Gewohnheiten zurückfiel, entschuldigte er sich sofort bei seinem Mitarbeiter. »Erzähle ruhig weiter, Reinhold. Ich wollte mich wirklich nicht einmischen!«

»Danke!« Schmalz war erstaunt, dass sein Chef immer noch bemüht war, an seinem Benehmen seinen Mitarbeiten gegenüber zu arbeiten. »Der Portier, der die Nachricht entgegennahm, kam Holzapfel so auf die Spur. Da der vorhatte, sein Wissen zu Geld zu machen, beschuldigte er Viktor. Der war bekanntlich tot und konnte somit nicht mehr widersprechen.«

»Besser hätte ich es nicht erklären können, mein lieber Reinhold!«, lachte Roth. »Wenn alle Fragen beantwortet sind, würde ich mich gerne auf den Weg machen. Es war auch heute wieder ein sehr langer Arbeitstag. Schmalz schloss sich seinem Chef an und auch Herbert und Hans-Georg waren der Meinung, man solle dann gehen, wenn es am schönsten ist! Sie beschlossen, sich genau in einem Jahr wieder hier zu treffen!

»Falls du wieder einmal Hilfe benötigst, geniere dich nicht und rufe mich einfach an. Ich helfe gern – für den Fall, dass meine Hilfe gewünscht wird! Meine Festnetznummer steht schon seit Jahrzehnten im Telefonbuch!« Mit diesen Worten verabschiedete sich Herbert von seinem ehemaligen Schüler.

Mit Hans-Georg ging er, obwohl sich mehrere der Anwesenden angeboten hatten, sie zu fahren, zu Fuß zurück in die Klinik Hohenlohe. Sie waren beide der Meinung, dass sie jetzt unbedingt ein bisschen Bewegung an der frischen Luft nötig hätten.

***

Uwe Reiner Röber
memento mori
Würzburg-Krimi

Würzburg, 1959: An einem kalten Wintertag entdecken drei Jungen auf ihrem Schulweg die Leiche eines alten Mannes. Adolf Feser wurde erschossen.

Wer hatte ein Motiv, den verkrüppelten Kauz zu ermorden? Hauptkommissar Sauerhammer fördert bei seinen Ermittlungen Erstaunliches aus der Vergangenheit des Opfers zutage.

Ganz allmählich ergibt sich ein Mosaik aus Hinweisen, das den Täter zu entlarven scheint. Doch dann nimmt das Geschehen eine überraschende Wendung ...

Ein spannender Krimi, der seinen regionalen Bezug durch Dialekt sprechende Figuren unterstreicht.

204 Seiten. Paperback. 14,50 Euro. ISBN 978-3-95828-028-1
eBook. 7,99 Euro. ISBN 978-3-95828-029-8

Uwe Reiner Röber

Tot auf dem Schlossplatz

Ein Tauberfrankenkrimi

2. Auflage

»König Ludwig« ist tot! Auf dem Schlossplatz von Tauberbischofsheim wird die kostümierte Leiche des Metzgereibesitzers Ludwig Kuhn aufgefunden.

Rudolf von Rhoden, der stets elegant gekleidete Hauptkommissar, und sein jüngerer Kollege Kommissar Schmidt nehmen mit dem Team der Sonderkommission Ermittlungen auf, die Kreise vom Weinstuben-Stammtisch und dem Würzburger Theaterfundus bis in die Rhön und nach Bad Kissingen ziehen. Dabei kommt allmählich Licht in ein kompliziertes Beziehungsgeflecht von Verdächtigen. Immobilienschwindel, eine Vergewaltigung und weitere Verbrechen werden aufgedeckt, bis endlich der Täter entlarvt ist.

Spannende Lektüre mit Lokalkolorit.